Querido John

Querido John

Nicholas Sparks

Traducción de Iolanda Rabascall

WITHDRAWN

Rocaeditorial

Título original inglés: *Dear John*
© 2006, Nicholas Sparks

Primera edición: febrero de 2009

© de la traducción: Iolanda Rabascall
© de esta edición: Roca Editorial de Libros, S.L.
Marquès de l'Argentera, 17, Pral.
08003 Barcelona.
info@rocaeditorial.com
www.rocaeditorial.com

Impreso por Brosmac, S.L.
Carretera de Villaviciosa - Móstoles, km 1
Villaviciosa de Odón (Madrid)

ISBN: 978-84-92.429-76-9
Depósito legal: M. 229-2009

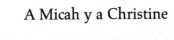

A Micah y a Christine

Prólogo

Lenoir, 2006

¿Qué significa amar verdaderamente a alguien?

Hubo una época en mi vida en que creía conocer la respuesta; significaba que amaba a Savannah incluso más que a mi propia existencia y que deseaba que pudiéramos pasar juntos el resto de nuestras vidas. No habría supuesto un esfuerzo significativo. Una vez me dijo que la clave de la felicidad radicaba en los sueños alcanzables, y los suyos no tenían nada de excepcional: casarse, formar una familia…, en dos palabras, lo básico. Significaba que yo conseguiría un trabajo estable, viviríamos en una casita rodeada por la típica valla de maderos blancos y tendríamos un monovolumen o un todoterreno lo bastante espacioso para llevar a nuestros hijos a la escuela, al dentista, al entrenamiento de fútbol o a recitales de piano. Dos o tres niños, nunca acabó de concretar el número, pero tengo la impresión de que, llegado el momento, habría sugerido que dejáramos que la naturaleza siguiera su curso y permitiéramos que fuera Dios quien decidiera. Así era Savannah —religiosa, quiero decir— y supongo que ésa fue en parte la razón por la que me enamoré de ella. Pero a pesar de lo que sucediera en nuestras vidas, no me costaba nada imaginarme tumbado a su lado en la cama al final del día, abrazándola mientras charlábamos y reíamos, perdidos el uno en los brazos del otro.

Tampoco parece un sueño tan inalcanzable, ¿no?, el que dos personas que se aman estén juntas. Eso era lo que también creía yo. Y mientras en cierta manera todavía deseo creer que aún lo puedo conseguir, sé que es del todo imposible. Cuando esta vez me marche de aquí, será para no volver.

De momento, sin embargo, me sentaré en la ladera de la montaña para contemplar su rancho y esperar a que ella aparezca. No podrá verme, lo sé. En el ejército nos enseñan técnicas de camuflaje para confundirnos con el entorno, y eso es algo que aprendí a hacer a la perfección, porque no tenía ningún anhelo de morir en un pueblucho de mala muerte perdido en medio del desierto iraquí. No, tenía que regresar a esta colina de Carolina del Norte para averiguar qué había sucedido. Cuando uno activa el engranaje de determinadas acciones, se siente invadido por una asfixiante sensación de desasosiego, casi de remordimiento, que no logra aplacar hasta que averigua la verdad.

Pero de una cosa estoy seguro: Savannah nunca sabrá que hoy he estado aquí.

Una parte de mí se aflige ante el pensamiento de estar tan cerca de ella sin poderla tocar, pero su historia y la mía toman caminos separados. No me resultó fácil aceptar esa sencilla verdad, pero eso sucedió hace seis años —aunque tenga la impresión de que ha transcurrido mucho, muchísimo más tiempo—. Recuerdo los momentos que compartimos, por supuesto, pero he aprendido que los recuerdos pueden adoptar una presencia física dolorosa, casi viva, y en este aspecto, Savannah y yo también somos diferentes. Si suyas son las estrellas en el cielo nocturno, mi mundo se halla en los desolados espacios vacíos del firmamento. Y a diferencia de ella, me abruma la carga de las preguntas que me he formulado a mí mismo miles de veces desde la última vez que estuvimos juntos. ¿Por qué lo hice? ¿Lo volvería a hacer?

Como podéis ver, fui yo quien puso fin a nuestra relación.

En los árboles que me arropan, las hojas acaban de empezar su lenta transformación hacia un bello color incandescente y resplandecen mientras el sol se alza sobre la línea del horizonte. Los pájaros han iniciado sus trinos matinales, y el aire está perfumado por el aroma de pino y tierra, tan diferente al del mar y salitre de mi ciudad natal. De repente, la puerta del rancho se abre, y entonces la veo. A pesar de la considerable distancia que me separa de Savannah, me sorprendo a mí mismo conteniendo la respiración mientras ella surge de la oscuridad hacia la luz del alba. Se despereza antes de descender los peldaños del porche y se encamina hacia ese océano de hierba verde y brillante que abraza la casa. Un caballo la saluda con un relincho, y luego otro, y mi primer pensamiento es que Savannah parece una figura demasiado diminuta para moverse entre los equinos con tanta facilidad. Pero ella siempre se ha sentido cómoda entre caballos, y ellos también se sienten cómodos con su presencia. Media docena de ellos —principalmente de la raza Quarter Horse— pace tranquilamente en la pradera, mientras *Midas*, su caballo árabe negro con patas blancas, permanece quieto, junto a la valla. Una vez salí a cabalgar con ella, y la fortuna quiso que no me pasara nada; mientras yo iba montado tenso y con los sentidos alerta para no caerme y partirme la crisma, recuerdo que pensé que ella parecía tan relajada sobre la silla de montar como si estuviera viendo plácidamente un programa en la tele. Ahora Savannah dedica unos momentos a saludar a *Midas*; le acaricia el hocico mientras le susurra algo, le da unas palmaditas en el lomo, y cuando se da la vuelta para separarse del animal y se encamina hacia el granero, *Midas* mueve las orejas varias veces seguidas.

11

Ella desaparece de mi vista, pero vuelve a aparecer de nuevo tras unos segundos con dos cubos —supongo que llenos de avena—. Los cuelga en dos postes de la valla, y un par de caballos inician el trote hacia el suculento manjar. Savannah se retira un poco para dejarles espacio, y contemplo cómo su pelo se agita en el viento mientras saca una silla de montar junto a una brida. Se acerca a *Midas*, que está comiendo, y lo ensilla para salir a cabalgar; unos minutos más tarde lo guía por la pradera hacia los senderos del bosque, con el mismo aspecto que tenía hace seis años. Sé que esa percepción es falsa —el año pasado tuve la oportunidad de verla de cerca y me fijé en las primeras arrugas que empezaban a formarse en las comisuras de sus ojos—, pero el prisma a través del cual la observo permanece incólume para mí. Para mí, ella siempre tendrá veintiún años y yo siempre tendré veintitrés. Me habían destinado a Alemania; todavía tenía que ir a Fallujah y a Bagdad o recibir su carta, que leí en la estación de tren de Samawah durante las primeras semanas de la campaña; todavía tenía que regresar a casa tras los sucesos que cambiarían el curso de mi vida.

Ahora, con veintinueve años, a veces me maravillo de las elecciones que he tomado en la vida. El Ejército se ha convertido en mi única salida. No sé si debería de estar harto o contento; me paso casi todo el tiempo deambulando solo de un sitio a otro sin rumbo fijo, en función del día. Cuando la gente me pregunta por mi semblante taciturno, les contesto que eso es porque soy un viejo cascarrabias, y hablo en serio. Todavía sigo en la base militar en Alemania, debo de tener unos mil dólares ahorrados, y hace años que no salgo con chica alguna. Ya casi nunca practico el surf, ni siquiera cuando estoy de permiso, pero en mis días libres me paseo con mi Harley por el norte o por el sur de la base, según mi estado de ánimo. La Harley ha sido sin duda la mejor adquisición que he hecho en mi vida, aunque me costara una fortuna. Encaja con mi forma de ser, ya que me he convertido en un tipo solitario. La mayoría de mis compañeros se han licenciado en el Ejército, pero probablemente a mí me destinen de nuevo a Iraq dentro de un par de meses. Al menos ésos son los rumores que circulan por la base. Cuando conocí a Savannah Lynn Curtis —para mí, ella siempre será Savannah Lynn Curtis—, jamás pensé que mi vida discurriría por el cauce que me ha llevado hasta aquí, ni tampoco que haría de servir en el Ejército mi verdadera profesión.

De todos modos, el caso es que la conocí, y ése es precisamente el motivo por el que mi vida resulta tan insólita. Me enamoré de ella cuando estuvimos juntos, y después aún me enamoré más de ella en los años en que estuvimos separados. Nuestra historia se compone de tres partes: un inicio, un desarrollo y un desenlace. Y a pesar de que así es como fluyen todas las historias, todavía no puedo creer que la nuestra no durase para siempre.

Reflexiono acerca de tales cuestiones y, como siempre, rememoro los días que estuvimos juntos. De pronto me sorprendo evocando cómo empezó todo, puesto que eso es lo único que me queda: mis recuerdos.

PRIMERA PARTE

Capítulo 1

Wilmington, 2000

$\mathcal{M}$e llamo John Tyree. Nací en 1977, y crecí en Wilmington, una ciudad situada en Carolina del Norte que se jacta con orgullo de poseer el puerto más grande en el estado y una historia prolífica y apasionante, aunque ahora me parezca más una ciudad que surgió por circunstancias accidentales. Lo admito, el clima era fantástico y las playas idílicas, pero no estaba preparada para acoger la oleada de jubilados provenientes de los estados del norte que llegaron con el anhelo de pasar el resto de sus días dorados en un enclave barato. La ciudad está ubicada en una lengua de tierra relativamente angosta que confina por un lado con el río Cape Fear y por el otro con el océano. La Autopista 17 —que lleva hasta Myrtle Beach y Charleston— divide la ciudad en dos partes y desempeña la función de carretera principal. Cuando era niño, mi padre y yo solíamos conducir desde el casco antiguo cerca del río Cape Fear hasta la playa de Wrightsville en diez minutos, pero ahora han instalado tantos semáforos y erigido tantos centros comerciales que el trayecto puede durar una hora, especialmente los fines de semana, cuando los turistas llegan en tropel. La playa de Wrightsville, situada en una isla justo a tocar de costa, se halla al norte, en la punta de Wilmington, alejada y separada de una de las playas más conocidas del estado. Las casas que se extienden a lo largo de las dunas son exorbitantemente caras, y la mayoría se alquilan durante los meses de verano. La zona denominada Outer Banks puede parecer más romántica por su recóndita ubicación, así como por sus caballos salvajes y el mito de los hermanos Orville y Wilbur Wright, que realizaron su primer vuelo precisamente sobre esa zona de la costa, pero si queréis que os diga mi opinión, la mayoría de la gente que elige la playa como destino veraniego se siente más cómoda con un McDonald's o un Burger King a su alcance, por si a los más pequeños de la casa no les entusiasma la oferta culinaria local, o quieren disponer de más de un par de opciones de actividades recreativas por la tarde.

Al igual que todas las ciudades, Wilmington tiene sus barrios ricos y sus barrios pobres, y puesto que mi padre desempeñaba uno de los trabajos más estables y respetables en el planeta —cubría una ruta como repartidor de correos—, las cosas no nos iban mal. Tampoco es que nuestra vida fuera fantástica, pero no nos podíamos quejar. No éramos ricos, aunque vivíamos lo bastante cerca del área más próspera como para que yo pudiera estudiar en uno de los mejores institutos de la ciudad. A diferencia de las moradas de mis amigos, sin embargo, nuestra casa era vieja y pequeña; una parte del porche había empezado a combarse, pero el patio en la parte posterior era sin duda lo que la redimía. En ese patio se alzaba un enorme roble; cuando yo tenía ocho años, monté una cabaña en el árbol con unos tablones de madera que recogí en unas obras. Mi padre no me ayudó en el proyecto —si alguna vez atinaba a propinar un martillazo certero sobre un clavo, podía considerarse sinceramente un acierto accidental—; fue el mismo verano en que aprendí a montar en la tabla de surf por mí mismo. Supongo que debería de haberme dado cuenta del inmenso abismo que me separaba de mi padre, pero eso sólo demuestra lo poco que uno sabe de la vida a tan temprana edad.

Mi padre y yo éramos posiblemente tan diferentes como dos personas pueden serlo. Él era una persona pasiva e introspectiva, en cambio yo siempre estaba en movimiento y detestaba la soledad; mientras él confería un incuestionable valor a los estudios, para mí el colegio no era más que un club social con deportes añadidos. Su porte era desgarbado y tendía a arrastrar los pies cuando caminaba, en cambio yo siempre iba dando saltitos de un lado para otro, y constantemente le pedía que cronometrara cuánto tiempo tardaba en ir y volver corriendo hasta la siguiente esquina. A los catorce años ya era más alto que él y a los quince le ganaba los pulsos. Nuestra apariencia física era también palmariamente distinta: él tenía el pelo rubio pajizo, los ojos castaños y muchas pecas; yo tenía el pelo y los ojos pardos, y mi piel aceitunada adoptaba un destacado tono bronceado a partir del mes de mayo. A algunos de nuestros vecinos les parecía extraño que pudiéramos ser tan diferentes físicamente, lo cual no carecía de sentido, supongo, teniendo en cuenta que me crié solo con él. Cuando crecí, a veces oía a esos mismos vecinos comentar en voz baja que mi madre nos había abandonado antes de que yo cumpliera mi primer año de vida. A pesar de que más tarde sospeché que mi madre se había fugado con alguien, mi padre jamás me lo confirmó. Lo único que decía era que ella se dio cuenta de que había cometido un error al casarse tan joven y que no estaba preparada para asumir el papel de madre. Jamás la criticó, tampoco la elogió, pero me pedía que siempre la incluyera en mis plegarias, sin importar dónde estuviera o lo que ella hubiera hecho. «Me recuerdas tanto a tu madre», me decía de vez en cuando. Hasta el día de hoy, jamás he hablado con ella, ni tampoco siento deseo alguno de hacerlo.

Creo que mi padre era feliz. Lo digo así porque él casi nunca expresaba sus emociones. Cuando yo era pequeño, apenas me besaba ni me abrazaba, y si esporádicamente alguna vez lo hacía, mi impresión era que se trataba de un acto mecánico, como si pensara que ése era el comportamiento que se esperaba de un padre, y no porque realmente sintiera la necesidad de hacerlo. Sé que me quería por la forma en que se dedicó siempre a cuidar de mí, pero él había cumplido cuarenta y tres años cuando yo nací, y en cierta manera creo que le habría ido mejor si se hubiera dedicado a ser monje que padre. Era el hombre más comedido y callado que jamás haya conocido. Me hacía poquísimas preguntas acerca de cómo me iban las cosas, y aunque prácticamente nunca se enojaba conmigo, tampoco se reía ni bromeaba. Vivía inmerso en una rutina inalterable.

19

Cada mañana sin falta, me preparaba huevos revueltos, tostadas y finas lonchas de panceta fritas, y durante la cena —que también preparaba él— escuchaba deferentemente las batallitas que yo le contaba acerca del colegio. Programaba las visitas al dentista con dos meses de antelación, pagaba las facturas el sábado por la mañana, hacía la colada el domingo por la tarde, y cada mañana se marchaba de casa exactamente a las siete y treinta y cinco minutos. No le gustaban nada los eventos sociales, y pasaba solo muchas horas cada día, repartiendo paquetes y pilas de cartas por los buzones que estaban dentro de su ruta. No salía con ninguna mujer, ni tampoco se pasaba las noches de los fines de semana jugando al póquer con amigos; el teléfono podía permanecer semanas enteras sin sonar, y cuando lo hacía, o bien se trataba de alguien que se equivocaba de número, o bien era un televendedor. Sé que debió de resultar muy duro para él criarme sin ayuda alguna, pero jamás le oí lamentarse de nada, ni tan sólo cuando lo decepcionaba.

Me pasaba todas las tardes prácticamente solo. Tras completar las tareas diarias, mi padre enfilaba hacia su estudio y se encerraba con sus monedas. Ésa fue la única gran pasión en su vida. Era feliz cuando se acomodaba en su estudio y ojeaba el *Greysheet* —un conocido folleto informativo en el ámbito de la numismática que le enviaba un negociante de monedas— para intentar decidir cuál sería la siguiente moneda que pasaría a engrosar su colección. De hecho fue mi abuelo quien inició la colección de monedas. El héroe de mi abuelo era un tipo llamado Louis Eliasberg, un banquero de Baltimore que ha sido la única persona capaz de reunir una colección completa de monedas de Estados Unidos, con todas las distintas variantes en fechas y marcas de la casa de la moneda donde fueron acuñadas. Su colección rivalizaba —si no superaba— con la expuesta en el museo Smithsonian, y tras la muerte de mi abuela en 1951, mi abuelo se obsesionó con la idea de reunir una gran colección con su hijo. Cada verano, mi abuelo y mi padre se desplazaban en tren hasta las diversas casas de la moneda con el fin de ser los primeros en recoger personalmente las nuevas monedas acuñadas, o visitaban exposiciones de numismática en el sudeste del país. Con el tiempo, mi abuelo y mi padre establecieron contactos con negociantes de monedas en todos los estados, y mi abuelo se gastó una fortuna a lo largo de los años en transacciones de monedas y puliendo su colección. A diferencia de Louis Eliasberg, sin embargo, mi abuelo no era rico —regentaba un colmado en Burgaw que se fue a pique cuando abrieron una tienda de comestibles de la cadena Piggly Wiggly al otro lado del pueblo— y jamás tuvo la oportunidad de igualar la colección de Eliasberg. No obstante, cada dólar extra que caía en sus manos lo invertía en monedas. Mi abuelo llevó la misma chaqueta durante treinta años, condujo el mismo coche toda su vida, y estoy prácticamente seguro de que mi padre se puso a trabajar como repartidor de correos en lugar de continuar los estudios en la universidad porque no disponían ni de un centavo para pagar nada que excediera las cuotas de un instituto. Mi abuelo era un bicho raro, de eso no me cabe la menor duda, igual que mi padre; tal como dice el viejo refrán: «De tal palo tal astilla». Cuando el anciano finalmente falleció, especificó en su testamento que quería que su casa fuera vendida y que el dinero obtenido en dicha venta se invirtiera en la compra de más monedas, lo cual era exactamente lo que mi padre probablemente hubiera hecho de todos modos.

Cuando mi padre heredó la colección, ésta ya era bastante valiosa. Cuando se disparó la inflación y el oro alcanzó los 850 dólares la onza, valía una pequeña fortuna, más que suficiente para que mi padre, con su vida tan sencilla y carente de ostentación alguna, se acogiera tranquilamente a un retiro anticipado, y más de lo que valdría un cuarto de siglo después. Pero ni mi abuelo ni mi padre se habían enfrascado en la numismática por dinero; lo habían hecho por el entusiasmo que suponía ir en busca de una moneda en particular hasta conseguirla y por el vínculo que esa afición había creado entre ellos. Existía algo apasionante en el hecho de buscar una determinada moneda durante mucho tiempo hasta dar con ella y negociar para conseguirla al precio justo. A veces una moneda era asequible, otras veces no, pero cada una de las piezas que incorporaban a la colección recibía el trato de un verdadero tesoro. Mi padre

21

esperaba compartir la misma pasión conmigo, incluso el sacrificio que requería. Recuerdo que de pequeño tenía que dormir con una pila de mantas en invierno y que recibía un único par de zapatos nuevos al año; en casa nunca había dinero de sobra para comprarme ropa, a menos que las prendas vinieran del Ejército de Salvación. Mi padre ni siquiera poseía una cámara fotográfica. La única foto en la que aparecemos juntos la tomaron en una feria de monedas en Atlanta. Nos la hizo un negociante de monedas, mientras estábamos de pie delante de su puesto, y luego nos la envió. Durante muchos años, el retrato estuvo expuesto sobre el escritorio de casa. En él, mi padre me rodeaba por el hombro con su brazo, y los dos esbozábamos una amplia sonrisa. En la mano yo sostenía un Buffalo nickel 1926-D en condición de joya, una moneda que mi padre acababa de comprar, considerada una de las Buffalo de cinco centavos más insólitas; acabamos comiendo perritos calientes y judías durante un mes, ya que la pieza costó más de lo que él había esperado.

22   Sin embargo, no me importaban los sacrificios, al menos al principio. Cuando mi padre empezó a hablarme de monedas —por entonces yo debía de tener seis o siete años— lo hizo como si estuviera a su altura. Que un adulto, especialmente tu propio padre, te trate por igual supone una cuestión de peso para cualquier niño, por lo que a mí me encantaba recibir esa atención y absorbía la información con gran interés. Al cabo de poco tiempo ya sabía cuántas águilas dobles Saint-Gaudens se acuñaron en 1927 en comparación con 1924, y por qué una moneda de diez centavos Barber de 1895 acuñada en Nueva Orleans era diez veces más valiosa que la misma moneda acuñada el mismo año en Filadelfia —por cierto, todavía recuerdo toda esa información—. Sin embargo, a diferencia de mi progenitor, llegó un momento en que perdí la pasión por la colección. Parecía el único tema de conversación de mi padre, y tras pasar todos los fines de semana durante seis o siete años con él en lugar de salir con amigos, me sentía asfixiado. Como la mayoría de los chicos de mi edad, empecé a mostrar interés por otros temas: deportes y chicas, coches y música, básicamente, y

a los catorce años pasaba ya muy poco rato en casa. Mi resentimiento fue en aumento, también. Poco a poco me di cuenta de las diferencias que existían entre nuestra forma de vivir y la de la mayoría de mis amigos. Mientras ellos disponían de dinero para ir al cine y comprarse un par de gafas de sol de moda, yo me veía obligado a rebuscar alguna miserable moneda de veinticinco centavos entre los cojines del sofá de casa para poder comprarme una hamburguesa en McDonald's. Bastantes amigos míos recibieron un coche como regalo cuando cumplieron dieciséis años, en cambio mi padre me dio un dólar de plata Morgan de 1883 que había sido acuñado en Carson City. Teníamos que cubrir la tela hecha jirones de nuestro destartalado sofá con una sábana, y éramos la única familia que yo recuerde que no tenía ni televisor ni horno microondas. Cuando se averió la nevera, compramos otra de segunda mano del tono verde más horroroso que uno pueda llegar a imaginarse, un color que no hacía juego con nada más en la cocina. Me avergonzaba la idea de invitar a algún amigo a casa, y le echaba la culpa a mi padre. Sé que eran unos pensamientos indudablemente mezquinos; si la falta de dinero me preocupaba tanto, podría haberme buscado algún empleo fácil, como cortar el césped en las casas del vecindario, pero no lo hice. Estaba tan ciego como un topo y tan atontado como una almeja fuera del agua, pero aunque os diga que ahora lamento mi inmadurez, no puedo cambiar el pasado.

Mi padre notó que algo estaba cambiando entre nosotros, pero se mostró totalmente confundido en cuanto a qué hacer para salvar nuestra relación. Admito que lo intentó, de la única manera que se le ocurrió, de la única manera que mi padre sabía hacerlo: hablándome de monedas —era el único tema de conversación con el que se sentía cómodo— y preparándome el desayuno y la cena; pero a medida que transcurrían los años, el abismo que nos separaba se fue agrandando. Al mismo tiempo empecé a distanciarme de mis amigos de toda la vida. Se estaban dividiendo en dos pandillas con sinergias distintas, atraídos por la próxima película que pensaban ir a ver o por el interés en las camisetas de moda que se acababan de comprar

23

en un centro comercial. De pronto me encontré fuera de juego, contemplándolos desde un desapego que me parecía infranqueable. «¡Al infierno con ellos!», pensé. En el instituto siempre hay sitio para todos, y empecé a frecuentar un grupito nada conveniente, un grupito que pasaba de todo, y adopté su actitud pasota. Empecé a saltarme clases y a fumar, y me expulsaron en tres ocasiones por pelearme.

También dejé de lado los deportes. Hasta el segundo año en el instituto había jugado al fútbol y al baloncesto y había hecho atletismo, y a pesar de que mi padre a veces me preguntaba cómo me iba en la escuela cuando regresaba a casa, parecía incómodo con la idea de entrar en detalles, ya que era obvio que él no sabía nada sobre deportes. Jamás había formado parte de ningún equipo. Sólo vino a verme una vez, en un partido de baloncesto, en mi primer año en el instituto. Se sentó en las gradas como un esperpéntico personaje de calva incipiente, con una deslucida chaqueta deportiva y unos calcetines que no hacían juego con el resto de la indumentaria. Aunque no era obeso, los pantalones se le clavaban en la cintura y le daban un aspecto de estar embarazado de tres meses; entonces supe que no quería tener nada que ver con él. Me avergonzaba la imagen que proyectaba y, después del partido, lo evité. No me siento orgulloso de cómo obré, pero así era yo.

Las cosas empeoraron aún más. Durante mi último año en el instituto, mi actitud rebelde alcanzó un punto insostenible. Mis notas habían ido de mal en peor durante dos años, más por una cuestión de holgazanería y falta de interés que por inteligencia —o al menos, eso es lo que me gusta creer—, y en varias ocasiones mi padre me había pillado regresando muy tarde y con el aliento apestando a alcohol. Una vez la Policía me acompañó a casa tras una redada en una fiesta de menores en la que hallaron claras pruebas de consumo de drogas y de bebidas alcohólicas, y cuando mi padre me castigó con no salir de mi habitación, me largué a casa de un amigo y me quedé allí un par de semanas después de soltarle, sulfurado, que no se metiera en mis asuntos. Cuando regresé no dijo nada; en lugar de amonestarme, los huevos revueltos, las tostadas y las lonchas de panceta fritas continuaron apareciendo sobre la mesa cada mañana como de costumbre. Aprobé el curso por los pelos, y sospecho que en el instituto me dieron el aprobado simplemente porque querían perderme de vista. Sé que mi padre estaba preocupado, y algunas veces, en su típica manera apocada, intentaba abordar el tema de la universidad, pero por entonces yo ya había decidido que no iba a seguir estudiando. Quería un trabajo, quería un coche, quería todas esas cosas materiales que me habían sido vedadas durante dieciocho años.

No me pronuncié al respecto hasta el verano después de mi graduación, pero cuando él se dio cuenta de que no había rellenado la solicitud de acceso a la universidad, se encerró en su estudio durante el resto de la noche y la mañana siguiente; mientras comíamos los huevos y las lonchas de panceta fritas, no me dirigió la palabra. Ese día, al atardecer, intentó establecer una conversación conmigo sobre monedas, como si intentara aferrarse a la relación que se había enfriado entre nosotros.

—¿Recuerdas cuando fuimos a Atlanta y tú descubriste esa moneda Buffalo que llevábamos tantos años buscando? —empezó a decir—. ¿La que sostenías en la mano cuando nos hicimos la foto juntos? Nunca olvidaré lo contento que estabas. En ese momento me acordé tanto de mi padre y de mí...

Sacudí la cabeza. Toda la frustración de la vida de mi padre estaba emergiendo a la superficie.

—¡Estoy harto de oír hablar de monedas! —espeté encolerizado—. ¡No quiero volver a oír hablar de monedas! ¡Deberías vender esa maldita colección y dedicarte a otra cosa! ¡A cualquier otra cosa!

Mi padre no dijo nada, pero hasta el día de hoy no he logrado olvidar la profunda tristeza que anegó su expresión cuando se dio la vuelta y se marchó a refugiarse en su estudio, arrastrando los pies. Le hice mucho daño, y a pesar de que me dije que ésa no había sido mi intención, en el fondo sabía que me estaba mintiendo. A partir de esa discusión, mi padre no volvió a sacar a colación el tema de las monedas. Ni yo tampoco. Pasó a ser un tema tabú entre nosotros, y nos dejó sin nada que

25

decirnos el uno al otro. Unos pocos días más tarde, me fijé en que la única foto en la que aparecíamos los dos juntos ya no descansaba sobre la mesa del escritorio, como si él pensara que la más leve evocación de las monedas pudiera ofenderme. En esos momentos probablemente era así, y ni tan sólo me afectó pensar que quizás había tirado la foto a la basura.

En mi mocedad jamás se me pasó por la cabeza la idea de alistarme en el Ejército. A pesar de que la zona del este de Carolina del Norte es una de las áreas más densas militarmente hablando del país —en un trayecto de menos de una hora en coche desde Wilmington, hay siete bases—, solía pensar que la vida militar estaba hecha para los perdedores. ¿Quién quería pasarse la vida bajo las órdenes implacables de una panda de tipejos abusones y cuadrados como armarios? Yo no, y, aparte del grupito de estudiantes que formaba parte del Programa de Formación de Jóvenes Oficiales de Reserva, tampoco muchos chicos en mi instituto. En lugar de eso, la mayoría de los que habían sido buenos estudiantes accedían a la Universidad de Carolina del Norte o la Universidad del Estado de Carolina del Norte, mientras que los que no habían sido buenos estudiantes se quedaban rezagados, saltando de un empleo de poca monta al siguiente, bebiendo cerveza y matando las horas, y evitando a toda costa cualquier labor que requiriese un ápice de responsabilidad.

Yo encajaba en esa última categoría. En los dos años siguientes después de salir del instituto tuve diversos empleos; desde limpiar las mesas en el restaurante Outback Steakhouse, a romper los resguardos de las entradas en el cine local, a cargar y descargar cajas en una de las tiendas de la cadena Staples, a preparar tortitas de harina en Waffle House, y a trabajar como cajero en un par de tiendas para turistas donde vendían las chorradas más absurdas que uno pueda llegar a imaginarse. Me gastaba cada centavo que ganaba, no tenía ninguna ilusión en cuanto a escalar posiciones para alcanzar un puesto de responsabilidad, y al final siempre acababan por despedirme de cada empleo. Durante una temporada eso no me importó en absoluto. Vivía mi vida. Me gustaba el surf y dormir hasta las tantas, y puesto que todavía seguía viviendo en casa de mi padre, no necesitaba ingresos para pagar ni el alquiler ni la comida ni un seguro médico ni para prepararme para el futuro. Además, a ninguno de mis amigos le iba mejor que a mí. No recuerdo sentirme particularmente infeliz, pero después de un tiempo empecé a hartarme de esa clase de vida. No en lo que concernía al surf —en 1996, los huracanes Berta y Fran se ensañaron con la costa y provocaron algunas de las mejores olas en muchos años—, pero sí de matar las horas en el bar Leroy después de pasarme la tarde montado en la tabla de surf. Empecé a darme cuenta de que cada noche era igual: bebía cerveza hasta que me topaba con algún chico que conocía del instituto, entablaba conversación con él sobre cómo nos iban las cosas a los dos, aunque no hacía falta ser un genio para descubrir que ambos estábamos montados en barcos a la deriva. A pesar de que ellos tuvieran casa propia y yo no, nunca los creía cuando me decían que estaban encantados con sus trabajos como albañiles o limpiadores de ventanas o transportistas, porque sabía perfectamente que ninguno de esos empleos era lo que habían soñado que acabarían por hacer. Quizás había sido un vago en clase, pero no tenía ni un pelo de tonto.

27

Durante ese periodo salí con una docena de mujeres. En el bar Leroy siempre había mujeres. La mayoría de ellas sólo suponían aventuras pasajeras. Usaba a las mujeres y me dejaba usar por ellas, sin entregar nunca el corazón. Únicamente mi relación con una muchacha llamada Lucy duró más de unos cuantos meses, y por un breve periodo, antes de que nuestra relación tocara a su fin, pensé que estaba enamorado de ella. Era una estudiante de la Universidad de Carolina del Norte en Wilmington, tenía un año más que yo, y decía que cuando se licenciara quería ir a trabajar a Nueva York.

—Me gustas —me dijo la última noche que estuvimos juntos—, pero somos muy distintos. Tú podrías sacarle más jugo a la vida; sin embargo, te conformas simplemente con salir a flote. —Dudó unos instantes antes de proseguir—: Pero lo que más me molesta es que nunca he sabido lo que verdaderamente sientes por mí.

Sabía que ella tenía razón. Al cabo de poco tiempo, Lucy se marchó en un avión sin ni siquiera despedirse. Un año más tarde, tras conseguir que sus padres me dieran su número de teléfono, la llamé y estuvimos hablando durante veinte minutos. Me contó que salía con un abogado y que se iban a casar el siguiente mes de junio.

Esa llamada telefónica me afectó más de lo que podía suponer. La hice justo un día en el que me acababan de despedir de otro empleo, y como de costumbre fui al bar Leroy en busca de consuelo. Allí encontré congregada a la misma caterva de perdedores, y súbitamente me di cuenta de que no quería malgastar otra noche fingiendo que en mi vida todo iba viento en popa. En lugar de eso, pagué una caja de seis cervezas y me la llevé a la playa. Era la primera vez en muchos años que reflexionaba realmente sobre lo que quería hacer con mi vida, y me pregunté si debería seguir el consejo de mi padre y acceder a la universidad para obtener un título universitario. Hacía tantos años que no estudiaba, sin embargo, que la idea me pareció ridícula e inabordable. Llamadlo mala o buena suerte, pero justo entonces dos marines pasaron delante de mí haciendo aerobismo. Un par de jóvenes, en buena forma física, que irradiaban una confianza serena. «Si ellos pueden hacerlo, yo también», me dije.

Maduré la posibilidad un par de días, y al final mi padre tuvo algo que ver con mi decisión. No es que comentara el tema con él —había llegado un momento en el que ya no hablábamos de nada—, pero una noche, en casa, me dirigía a la cocina cuando lo vi sentado frente a su escritorio, como siempre. Esa vez me dediqué a escrutarlo con curiosidad. Se había quedado casi completamente calvo, y el poco pelo que sobresalía por encima de sus orejas era totalmente gris. Estaba a punto de retirarse de su trabajo, y de repente me invadió un intenso remordimiento; pensé que no tenía ningún derecho a tratarlo tan mal después de todo lo que había hecho por mí.

Así que me alisté en el Ejército. Mi primera intención fue incorporarme al Cuerpo de Marines, ya que eran con los que me sentía más familiarizado. La playa de Wrightville Beach

28

siempre estaba llena a rebosar de marines con la cabeza rapada provenientes de Camp Lejeune o de Cherry Point, pero cuando llegó el momento, me decanté por el Ejército de Tierra. Supuse que, de un modo u otro, acabaría por portar un rifle de todos modos, pero lo que realmente me convenció fue que el oficial de reclutamiento del Cuerpo de Marines estaba almorzando cuando pasé por la oficina, y por consiguiente no pudo atenderme en ese preciso instante, mientras que el oficial de reclutamiento de soldados para el Ejército de Tierra —cuya oficina se hallaba en la misma calle, justo en el edificio de enfrente— sí que estaba en su despacho. Al final, la decisión me pareció más espontánea de lo que había planeado, pero firmé sobre la línea de puntos para prestar mis servicios durante cuatro años. Cuando el oficial me propinó una sonora palmada en la espalda y me felicitó mientras me dirigía a la puerta, me sentí angustiado durante unos instantes al pensar en lo que acababa de hacer. Eso fue a finales de 1997; por entonces yo tenía veinte años.

Boot Camp en Fort Benning era un lugar tan horrible como había supuesto. El cuartel parecía diseñado para humillarnos y lavarnos el cerebro, para que acatáramos las órdenes sin cuestionar, por más ridículas que éstas nos parecieran, pero me adapté más pronto que bastantes de mis compañeros. Después del periodo de formación inicial, elegí ingresar en el Cuerpo de Infantería. Los siguientes meses los pasamos realizando un montón de simulaciones en lugares como Luisiana y el viejo y legendario Fort Bragg, donde básicamente aprendimos las mejores técnicas para matar a gente y arrasarlo todo. Transcurridos unos meses, mi unidad, como parte de la 1.ª División de Infantería —apodada «El Gran Uno Rojo» por su insignia, consistente en un número 1 en color rojo de gran tamaño— fue destinada a Alemania. Yo no hablaba ni una sola palabra de alemán, pero no importaba, puesto que prácticamente toda la gente con la que trataba hablaba inglés. Al principio fue fácil, y después caímos en la típica rutina castrense. Pasé siete meses miserables en los Balcanes —primero en Macedonia en 1999, y luego en Kosovo, donde permanecí hasta finales de la primavera del 2000—. El trabajo en el Ejército no estaba muy bien remunerado, pero teniendo en cuenta que no tenía que pagar alquiler ni comida y que realmente no había mucho en que gastar la paga cuando recibía el cheque mensual, por primera vez en mi vida conseguí ahorrar un poco de dinero en el banco. No mucho, pero lo suficiente.

Mi primer permiso lo pasé en casa, completamente aburrido y asqueado. En mi segundo permiso fui a Las Vegas. Uno de mis compañeros era oriundo de esa ciudad, y fuimos tres los que nos animamos a ir a pasar unos días en casa de sus padres. Allí me gasté prácticamente todo lo que había ahorrado. En mi tercer permiso, tras regresar de Kosovo, necesitaba desesperadamente un descanso y decidí ir a casa, esperando que el aburrimiento de la visita fuera suficiente para aplacar mis remordimientos de conciencia. A causa de la distancia, mi padre y yo apenas hablábamos por teléfono, pero él me escribía cartas cuya fecha de envío impresa en el sobre siempre correspondía al día uno de cada mes. Sus cartas no eran como las que mis compañeros solían recibir de sus madres o de sus hermanas o esposas. Nada demasiado personal, nada sentimental, y jamás una palabra que sugiriese que me echaba de menos. Ni tan sólo mencionaba las monedas. En lugar de eso, me refería los cambios en el vecindario y añadía bastantes comentarios acerca del tiempo; cuando le escribí para explicarle que había intervenido en un combate bastante peligroso en los Balcanes, me respondió con otra carta diciéndome que se alegraba de que no me hubiera pasado nada malo, pero no dijo nada más al respecto. Por la forma en que se expresó en esa carta, comprendí que mi padre no quería oír nada acerca de las situaciones peligrosas en las que me veía envuelto. Lo asustaba el hecho de que yo pudiera correr algún riesgo, así que empecé a omitir los comentarios más desagradables. En lugar de eso, le enviaba cartas en las que le comentaba que estar de guardia era sin lugar a dudas el trabajo más aburrido que jamás se había inventado y que la única cosa excitante que me podía pasar en semanas era intentar averiguar cuántos cigarrillos sería capaz de fumarse en una tarde el compañero que hacía guardia conmigo. Mi padre acababa cada carta con la promesa de que me escribiría pronto y, como de costumbre, no faltaba a su palabra. Hace ya mucho tiempo que he asumido que él era una persona más noble de lo que yo nunca llegaré a ser.

Sin embargo, sólo maduré en esos últimos tres años. Sí, ya sé que parezco un cliché andante, con todo eso de entrar como niño y salir convertido en hombre, pero en el Ejército todo el mundo se ve obligado a madurar, especialmente si se está en infantería, como yo. Te confían un material que cuesta una fortuna, otros depositan su confianza en ti, y si metes la pata, el castigo resulta mucho más serio que enviarte a la cama sin cenar. Por supuesto que también hay mucho papeleo y momentos tediosos, y que todo el mundo fuma y que no es posible acabar una frase sin un taco y que debajo de la cama de cada recluta hay revistas pornográficas, y además tenemos que enfrentarnos a niñitos recién salidos de la universidad del Programa de Formación de Jóvenes Oficiales de Reserva que consideran que los soldados cascarrabias como yo tenemos el coeficiente intelectual del hombre de Neandertal; sin embargo, te ves obligado a aprender la lección más importante en la vida: hay que estar a la altura de las circunstancias, y por tu propio bien es mejor que no te equivoques. Cuando recibes una orden, no puedes decir que no. No es una exageración aseverar que las vidas de los soldados están siempre en peligro. Una decisión errónea, y tu compañero podría morir. Esto es precisamente lo que hace que el Ejército funcione; es el gran error que mucha gente comete cuando se pregunta cómo es posible que los soldados arriesguen sus vidas un día tras otro o cómo pueden luchar por algo en lo que no creen. No todos lo hacen. Yo he conocido a soldados en todos los ámbitos del espectro político; he conocido a algunos que detestaban el Ejército y otros que querían hacer la carrera militar. He conocido a genios y a idiotas, pero cuando todo está dicho y hecho, hacemos lo que podemos por los demás. Por amistad. No por el país, ni por patriotismo, ni porque seamos máquinas programadas para matar, sino por el compañero que tenemos al lado. Luchamos por nuestro amigo, para que no muera, y él lucha por nosotros, y todo el engranaje en el Ejército está basado en esa simple premisa.

31

No obstante, tal y como he dicho, yo había cambiado. Me alisté como un fumador empedernido que tosía hasta casi sacar los pulmones por la boca cuando realizábamos entrenamiento físico, pero a diferencia de prácticamente el resto de los que constituían mi unidad, dejé ese vicio y no he vuelto a tocar el tabaco desde hace más de dos años. Me moderé también en el consumo de alcohol hasta el punto de que una o dos cervezas a la semana eran suficientes, y puedo pasarme un mes entero sin tomar una. Mi historial era intachable. Me habían ascendido de soldado a cabo y después, seis meses más tarde, a sargento, y aprendí que tenía una habilidad innata para el liderazgo. Dirigí hombres en combates, y mi batallón se vio inmerso en la captura de uno de los criminales de guerra más conocido en los Balcanes. Mi oficial superior me recomendó para la OCS, la Escuela de Candidatos a Oficial, y mentiría si dijera que no consideré la posibilidad de convertirme en oficial, pero pensé que ese trabajo implicaba pasar numerosas horas sentado detrás de una mesa rellenando papeles, y estaba seguro de que eso no era lo que quería. Aparte de practicar surf, no me había ejercitado en habilidades intelectuales desde hacía bastantes años antes de enrolarme en el Ejército; cuando me dieron mi tercer permiso, mi cuerpo se había esculpido con nueve kilos de músculo y había rebajado toda la grasa sobrante de la barriga. Me pasaba la mayor parte del tiempo libre corriendo, practicando el boxeo y levantando pesas con Tony, un tipo hercúleo de Nueva York que no sabía hablar sin gritar, que juraba que el tequila era un afrodisíaco y que era con diferencia mi mejor amigo en la unidad. Me convenció para que me tatuara ambos brazos como él, y con cada nuevo día que pasaba, el recuerdo de quién había sido yo se fue convirtiendo en una idea más y más remota.

Leía mucho, también. En el ejército tienes mucho rato libre para leer, y la gente se intercambia libros o los toma prestados de la biblioteca hasta que las cubiertas están a punto de desprenderse. No pretendo dar la impresión de que me convertí en un intelectual, porque no es cierto. No me interesaba Chaucer, Proust ni Dostoyevski, ni cualquiera de esos otros escritores tan literarios; leía principalmente novelas de misterio y de suspense y libros de Stephen King, y me aficioné mucho a Carl Hiaasen porque sus palabras fluían con facilidad y siempre me hacía reír. Con frecuencia pensaba que si en las escuelas hubieran asignado estos libros en la clase de literatura, ahora gozaríamos de un elenco de lectores mucho más amplio en el mundo.

A diferencia de mis compañeros, me apartaba de cualquier posibilidad de buscar compañía femenina. Suena extraño, ¿verdad? En la plenitud de la vida, con un trabajo lleno de testosterona, ¿qué no sería más natural que desahogarse un poco de vez en cuando con una fémina? Pero la idea no me atraía. A pesar de que algunos chicos que conocía empezaron a salir e incluso se casaron con muchachas de la localidad mientras estábamos en Würzburg, había oído suficientes historias para tener la certeza de que esos matrimonios no solían acabar bien. El ejército es muy duro en cuanto a relaciones en general —he visto suficientes divorcios como para saberlo—, y a pesar de que no me habría importado la compañía de alguien especial, eso nunca llegó a suceder. Tony no podía entenderlo.

—Tienes que venir conmigo —me insistía—. Vamos, chaval, anímate por una vez.

—No estoy de humor.

—¿Cómo es posible que no estés de humor? Sabine asegura que su amiga es un verdadero bombón. Alta y rubia, y le pirra el tequila.

—Ve con Don. Estoy seguro de que aceptará con sumo gusto.

—¿Don Castelow? Pero ¡qué dices! Sabine no lo soporta.

No dije nada.

—Vamos, hombre, si sólo es para pasar un buen rato.

Sacudí la cabeza, pensando que prefería estar solo que convertirme de nuevo en la persona que había sido, pero me sorprendí preguntándome a mí mismo si acabaría por llevar una vida monacal como mi padre.

Con la impresión de que no conseguiría hacerme cambiar de parecer, Tony ni se molestó en ocultar su contrariedad mientras se encaminaba hacia la puerta.

—De verdad, chaval, a veces no logro entenderte.

Y

Cuando mi padre me recogió en el aeropuerto, no me reconoció al principio y dio un respingo cuando le propiné unas palmaditas en el hombro. Me pareció más bajito de como lo recordaba. En lugar de ofrecerme un abrazo, me estrechó la mano y me preguntó por el vuelo, pero ninguno de los dos supo qué decir a continuación, así que nos encaminamos lentamente hacia la salida de la terminal. Me parecía extraño y desconcertante estar de nuevo en casa, y de pronto me sentí deprimido, como la última vez que había estado de permiso. En el aparcamiento, mientras echaba el petate en el portaequipajes, me fijé en la pegatina alargada en el parachoques trasero de su viejo Ford Escort en la que ponía: «APOYEMOS A NUESTRAS TROPAS». No estaba seguro de qué significaba eso para mi padre, no obstante me alegré al verlo.

En casa, dejé el petate en mi antigua habitación. Todo estaba tal y como lo recordaba, en el mismo orden, desde los trofeos en la estantería llenos de polvo hasta la botella medio vacía de whisky Wild Turkey escondida en el cajón de la ropa interior. Y lo mismo sucedía con el resto de la casa. El sofá continuaba cubierto por la misma sábana, la nevera verde parecía chillar que estaba totalmente fuera de lugar en esa cocina, y en el viejo televisor sólo se podían ver cuatro canales borrosos. Mi padre preparó espaguetis; el viernes siempre tocaba espaguetis. Durante la cena, intentamos conversar.

—Qué alegría estar de vuelta —dije.

Su sonrisa fue breve.

—Me alegro —respondió.

Tomó un sorbo de leche. Durante la cena siempre bebíamos leche. Luego se concentró en su comida.

—¿Te acuerdas de Tony? —me aventuré a comentar—. Creo que lo he mencionado varias veces en mis cartas. Bueno, de todos modos, está, o al menos cree que está, enamorado. La muchacha se llama Sabine, y tiene una hija de seis años. Ya le he dicho que quizá no sea una buena idea, pero se niega a escucharme.

Con una gran parsimonia, mi padre espolvoreó queso parmesano rallado por encima de la pasta, asegurándose de que cada parte del plato recibía la cantidad perfecta.

—Ah —respondió.

Después de eso, me puse a comer y ninguno de los dos dijo nada. Bebí un poco de leche. Comí un poco más. El reloj dio la hora en la pared.

—Supongo que estarás ansioso de retirarte este mismo año —añadí—. Imagínate, por fin podrás tomarte unas largas vacaciones y ver un poco de mundo.

Estuve a punto de sugerir que podría ir a verme a Alemania, pero me contuve. Sabía que no lo haría, y no quería ponerlo en ese aprieto. Los dos nos pusimos a ensartar los espaguetis con el tenedor y hacer un ovillo simultáneamente mientras él parecía ponderar cuál era la mejor respuesta.

—No lo sé —contestó finalmente.

Abandoné mi intención de conversar con él, y a partir de ese momento los únicos sonidos audibles en el comedor fueron los de los tenedores que golpeaban los platos. Cuando acabamos de cenar, nos marchamos en direcciones opuestas. Exhausto por el vuelo, me fui directo a la cama, aunque esa noche me desperté a cada hora tal y como me sucedía en la base militar. Cuando me desperté por la mañana, mi padre ya se había marchado a trabajar. Desayuné y leí el periódico, intenté contactar con un amigo pero no lo conseguí, luego rescaté la tabla de surf del garaje y enfilé hacia la playa. Las olas no eran espectaculares, pero no me importaba. Hacía tres años que no me montaba en una tabla de surf, y al principio mis movimientos fueron más bien tensos, pero sólo bastó un par de leves ondulaciones para desear que me hubieran destinado a algún sitio cerca del océano.

Estábamos a principios de junio del año 2000, la temperatura ya empezaba a apretar, y el agua era refrescante. Desde mi aventajada posición encima de la tabla podía observar a algunas personas que se estaban instalando en las casas que se erigían más allá de las dunas. Tal y como ya he mencionado antes, la playa de Wrightsville estaba siempre abarrotada de familias

35

que alquilaban esas casas por una semana o más tiempo, y en ocasiones algunos estudiantes de la Universidad de Chapel Hill o Raleigh hacían lo mismo. Estos últimos eran los que me interesaban, y me fijé en un grupito de universitarias en bikini que ocupaban el porche trasero de una de las casas cerca del muelle. Las observé durante un rato, recreándome con la panorámica, luego me divertí con otra ola y me pasé el resto de la tarde perdido en mi pequeño universo.

Consideré la posibilidad de pasarme por el bar Leroy, pero supuse que nada ni nadie habría cambiado, excepto yo. En lugar de eso, compré una botella de cerveza en el colmado de la esquina y me fui a sentar al muelle para disfrutar del espectáculo del atardecer. La mayoría de los que estaban pescando ya habían empezado a recoger los bártulos, y los pocos que quedaban estaban limpiando los peces que habían obtenido y lanzando las partes sobrantes al agua. Al cabo de un rato, el océano gris metalizado empezó a teñirse de color naranja y luego de amarillo. En las grandes olas que se formaban más allá del puerto vi a unos pelícanos encaramados cómodamente sobre las espaldas de varias marsopas, mientras éstas se mecían sobre las olas. Sabía que el atardecer traería la primera noche de luna llena —mi experiencia en campo abierto hacía que esa constatación resultara casi instintiva—. No estaba pensando en nada en particular, sólo dejando que mis pensamientos fluyeran libremente. Creedme, conocer a una chica era la última cosa que tenía en mente.

Entonces fue cuando la vi subiendo los peldaños de madera que conducían hasta el muelle. O mejor dicho, no era una, sino dos chicas. Una era alta y rubia, la otra morena y muy atractiva; ambas parecían un poco más jóvenes que yo, seguramente debían de ser estudiantes universitarias. Las dos lucían pantalones cortos y tops con la espalda descubierta, y la morena llevaba además uno de esos enormes bolsos tejidos a mano que las mujeres llevan a la playa cuando piensan quedarse muchas horas con los niños. Mientras se acercaban podía oír cómo hablaban y reían de forma distendida y relajada.

—Hola —dije cuando estuvieron más cerca, y la verdad es

que las saludé mecánicamente, sin esperar ninguna respuesta.

Como ya suponía, la rubia no dijo nada. Echó un vistazo a la tabla de surf y a la botella de cerveza que sostenía en la mano y me ignoró irguiendo la barbilla con altivez. La morena, sin embargo, me sorprendió.

—¡Eh, forastero! —respondió con el típico saludo sureño y una sonrisa en los labios. Señaló hacia la tabla de surf y añadió—: Supongo que hoy lo habrás pasado bien, con esas fantásticas olas.

Su comentario me pilló desprevenido, y no sólo eso, sino el inesperado tono afable en sus palabras. Las dos continuaron su camino hacia uno de los extremos del muelle y, de repente, cuando se apoyó en la barandilla, me di cuenta de que no podía apartar los ojos de ella. Pensé en levantarme con celeridad e ir a presentarme, pero decidí que no era una buena idea. No eran mi tipo, o mejor dicho, probablemente yo no era su tipo. Tomé un buen trago de cerveza, intentando no prestarles atención.

Creedme que lo intenté, aunque la verdad es que no conseguía apartar los ojos de la morena. Me esforcé por no escuchar lo que decían, pero la rubia tenía una de esas voces imposibles de ignorar. Hablaba sin parar sobre un chico llamado Brad, del que estaba perdidamente enamorada, y también de que la hermandad de alumnas de la que formaba parte en la Universidad de Carolina del Norte estaba considerada la mejor, y que la fiesta que habían organizado al final de ese curso había sido la mejor en toda la historia de la hermandad, y que la otra debería hacerse miembro el próximo año, y que un número preocupante de sus amigas se lo estaban montando con la peor calaña de chicos que una pudiera encontrar en las numerosas fraternidades de estudiantes, y que una de ellas incluso se había quedado embarazada, pero que había sido por su culpa, porque ya la habían avisado de que se anduviera con cuidado con ese chico. La morena no hablaba mucho —no acertaba a distinguir si la conversación la divertía o la aburría—, pero de vez en cuando soltaba una carcajada. De nuevo percibí un tono afable y comedido en su voz que destilaba una agradable sensación familiar, lo cual he de admitir que carecía de sentido.

37

Mientras depositaba la botella de cerveza sobre la arena, me fijé en que ella dejaba el bolso sobre la barandilla.

Llevaban allí de pie unos diez minutos cuando dos chicos hicieron su aparición por el muelle. Con sus polos Lacoste de color rosa y naranja respectivamente cayendo desmayadamente por encima de las bermudas, tenían toda la pinta de ser un par de abominables niñatos de alguna de esas fraternidades universitarias a las que la rubia se había referido previamente. Mi primera impresión fue que uno de ellos debía de ser el tal Brad del que la rubia había confesado estar tan enamorada. Ambos portaban una botella de cerveza en la mano, y adoptaron una actitud más sigilosa a medida que se aproximaban a las chicas, como si pretendieran llegar hasta ellas sin ser vistos. Probablemente a las dos les apetecía estar con ellos, y tras un rápido estallido denotando sorpresa, complementado con unos grititos y unos golpecitos inofensivos en el brazo, los cuatro se marcharían juntos, riendo y haciendo las patochadas que las parejas de jóvenes tortolitos suelen hacer.

38 Suponía que ésa iba a ser la escena que iba a presenciar, ya que los chicos se comportaron del modo que me había imaginado. Tan pronto como estuvieron lo bastante cerca de ellas, saltaron sobre sus presas profiriendo un estentóreo rugido para asustarlas; las dos chicas chillaron y les propinaron los esperados golpecitos amistosos en los brazos. Los chicos estallaron en una fuerte risotada, y el niñato que lucía el polo rosa derramó un poco de cerveza. Se apoyó en la barandilla, cerca del bolso de la morena, con una pierna cruzada sobre la otra y los brazos en la espalda.

—Dentro de un par de minutos encenderemos la fogata —anunció el del polo naranja, rodeando a la rubia con su brazo. Luego la besó en el cuello—. ¿Estáis listas para regresar a cenar?

—¿Tú estás lista? —preguntó la rubia, mirando a su amiga.

—Sí —contestó la morena.

El niñato del polo rosa se apartó de la barandilla, y sin querer propinó un golpe al bolso con el codo. El cesto se tambaleó sobre la barandilla y fue a caer al agua con un sonoro «chof», como si fuera un pez que hubiera saltado para realizar una pirueta en el aire y luego se hubiera vuelto a sumergir.

—¿Qué ha sido eso? —inquirió él, girándose impulsivamente.

—¡Mi bolso! —exclamó la morena—. ¡Me has tirado el bolso al agua!

—Vaya, lo siento —se disculpó, aunque no parecía particularmente afectado.

—¡Mi monedero está ahí dentro!

El chico frunció el ceño.

—Ya te he dicho que lo siento.

—¡Vamos, tírate al agua! ¡Tienes que recuperarlo antes de que se hunda!

Los dos universitarios se quedaron paralizados, y yo supe que ninguno de los dos tenía intención de saltar al agua para recuperar el cesto. Básicamente por un motivo: probablemente no lo encontrarían, y además tendrían que alcanzar la costa —que no quedaba cerca— a nado, un ejercicio nada recomendable después de haber ingerido una considerable dosis de alcohol, como era obvio que había hecho ese par. Creo que la morena supo interpretar con acierto la expresión del niñato del polo rosa, porque la vi cómo se agarraba a la barandilla con ambas manos y pasaba una de las piernas por encima.

—¡No seas mema! No lo encontrarás —intentó disuadirla el niñato del polo rosa, que dejó la mano encima de la de la muchacha para detenerla—. No saltes. Es muy peligroso. Ahí abajo podría haber tiburones. Sólo es un monedero. Ya te compraré otro nuevo.

—¡Necesito ese monedero! ¡Todo el dinero que tengo está ahí dentro!

Ya sé que no era asunto mío, pero lo único que se me ocurrió fue ponerme de pie y dirigirme hacia la punta del muelle con paso presto. ¡Qué más daba un remojón a esas horas!

39

Capítulo 2

Supongo que debería de explicar por qué salté al agua para recuperar el bolso. No fue porque pensara que de ese modo ella me vería como un héroe, ni porque pretendiera impresionarla, ni tan sólo porque me importara lo más mínimo cuánto dinero acababa de perder. Simplemente reaccioné así por su sonrisa genuina y la calidez de su mirada. Incluso cuando me sumergí en el agua, fui plenamente consciente de lo ridícula que podía parecer mi reacción, pero entonces ya era demasiado tarde. Me había tirado al agua y, tras bucear unos momentos, emergí a la superficie. Cuatro caras me miraban con las bocas abiertas de puro asombro desde la barandilla. El niñato del polo rosa estaba definitivamente contrariado.

—¿Dónde ha caído? —grité.

—¡Justo allí! —gritó la morena—. Creo que todavía puedo verlo. Se está hundiendo…

Necesité un minuto para localizarlo en las aguas insuficientemente iluminadas, mientras el oleaje del océano intentaba arrastrarme hacia el puerto. Nadé a contracorriente, procurando alzar el cesto por encima del agua tanto como pude, a pesar de que éste estaba completamente empapado. Al final mi travesía a nado hasta la playa resultó menos ardua de lo que había temido, y de vez en cuando alzaba la vista y veía a los cuatro personajes que me seguían corriendo por el muelle.

Finalmente noté arena bajo mis pies y salí a la playa propulsado por las olas. Me sacudí el agua del pelo con unos enérgicos movimientos de cabeza, empecé a caminar por la arena, sosteniendo el bolso, y el grupo salió a mi encuentro a medio camino de la playa.

—Aquí tienes.

—Muchas gracias —me agradeció la morena, y cuando sus ojos toparon con los míos, noté que algo se activaba dentro de mí, como un interruptor que había iluminado mi interior con una poderosa luz.

Os lo aseguro, no soy un tipo romántico, y a pesar de que había oído todas esas chorradas acerca del amor a primera vista, jamás había creído en esa posibilidad, y sigo argumentando lo mismo. Pero aun así, algo nació entre los dos en ese momento, algo reconociblemente real, y no pude apartar la vista de ella.

Así de cerca, era más guapa de lo que me había parecido a primera vista, pero no era tanto por una cuestión de apariencia física, sino por su forma de ser. No era tan sólo por su sonrisa con los dos dientes delanteros ligeramente separados, sino por la forma despreocupada con que se enredaba un mechón de pelo en un dedo y la serenidad que destilaba.

41

—No tenías que hacerlo —dijo ella con un tono de voz que no podía ocultar su sorpresa—. Yo me habría tirado al agua para recuperarlo.

—Lo sé —asentí con la cabeza—. Ya vi que estabas a punto de saltar.

Ella ladeó la cabeza.

—Pero ¿sentiste una incontrolable necesidad de ayudar a una dama en apuros?

—Algo parecido.

Ella evaluó mi respuesta por un momento, entonces dedicó toda su atención al bolso. Empezó a sacar todo lo que contenía —el monedero, unas gafas de sol, una visera, un bote de crema solar— y se los entregó a la rubia antes de enzarzarse en la tarea de escurrir el cesto.

—Oh, vaya, tus fotos se han mojado —se lamentó la rubia, que escudriñó el contenido del monedero.

La morena no le hizo caso y continuó escurriendo el bolso primero en una dirección y luego en la otra. Cuando finalmente estuvo satisfecha con el resultado, recogió todos los objetos y los volvió a guardar dentro.

—Muchas gracias de nuevo —dijo. Su acento no era el típico de la zona este de Carolina del Norte, era más nasal, como si se hubiera criado en las montañas cerca de Boone o cerca de la frontera oriental de Carolina del Sur.

—No hay de qué —murmuré, pero no me moví.

—Oye, quizás espera una recompensa —intervino el niñato del polo rosa, con una voz estridente.

Ella lo miró, y luego volvió a mirarme.

—¿Quieres una recompensa?

—No —alcé la mano en señal negativa—. Sólo me alegro de haber podido ser útil.

—¿Lo veis? Sabía que la caballerosidad no había muerto —proclamó ella. Intenté detectar alguna nota de ironía, pero no oí ningún indicio en su tono que indicara que se estaba burlando de mí.

El del polo naranja me examinó rápidamente de arriba abajo, y se fijó en mi corte de pelo.

—¿Eres marine? —inquirió, al tiempo que con sus brazos estrechaba con más fuerza a la rubia por la cintura.

Sacudí la cabeza.

—Lamentablemente, no me encuentro entre los elegidos ni entre el orgullo del país. Aunque «la marina te llama», me alisté en el Cuerpo de Infantería.

La morena se puso a reír. A diferencia de mi padre, ella sí que había visto el anuncio de la tele y captó la broma.

—Me llamo Savannah —se presentó—. Savannah Lynn Curtis. Y éstos son Brad, Randy y Susan. —Me tendió la mano.

—Yo soy John Tyree —contesté al tiempo que estrechaba su mano cálida, suave como el terciopelo en algunos puntos y callosa en otros. De repente fui consciente de cuánto tiempo hacía que no tocaba a una mujer.

—Estoy en deuda contigo.

—Qué va, de veras, no te preocupes.

—¿Has cenado? —preguntó, ignorando mi comentario—.

Estamos preparando el fuego para la barbacoa, y hay comida de sobra. ¿Te apetece unirte a nosotros?

Los dos chicos intercambiaron miradas. Randy, el del polo rosa, tenía aspecto de estar incómodo, y admito que eso me hizo sentir mejor.

«¡Quién sabe! ¡Igual él sí que espera una recompensa! Menudo mequetrefe», pensé.

—Sí, vamos, anímate —añadió Brandy finalmente, con un tono no demasiado convincente—. Será divertido. Hemos alquilado una casa al lado del muelle. —Señaló hacia una de las casas en la playa, donde media docena de personas pululaba por el porche.

Aunque no sentía ningún deseo de pasar un rato con niñatos miembros de un club universitario, Savannah me regaló una sonrisa tan encomiable que las palabras se escaparon de mis labios antes de que pudiera retenerlas.

—De acuerdo. Pero primero iré a buscar la tabla de surf que he dejado en el muelle; no tardaré.

—Entonces hasta luego —se despidió Randy. Avanzó un paso hacia Savannah, pero ella lo ignoró.

43

—Te acompaño —me dijo Savannah, separándose del grupo—. Es lo mínimo que puedo hacer. —Se ajustó el bolso en el hombro—. Nos vemos dentro de un rato, ¿vale, chicos?

Empezamos a caminar hacia las dunas, donde las escaleras nos conducirían de nuevo hasta la tarima de madera del muelle. Sus amigos se quedaron observándonos unos minutos, pero cuando ella se puso a caminar decididamente a mi lado, ellos se dieron la vuelta despacio y emprendieron la marcha hacia la playa. De soslayo, vi cómo la rubia giraba la cabeza y nos observaba por debajo del brazo de Brad. Randy también nos miraba, con cara de pocos amigos. No estaba seguro de si Savannah se había dado cuenta de la reacción de sus amigos hasta que nos hubimos alejado unos cuantos pasos de ellos.

—Susan probablemente pensará que estoy loca por hacer esto —comentó.

—¿Por hacer el qué?

—Irme contigo. Ella opina que Randy es el tipo perfecto

para mí, y ha estado intentando que nos liemos desde que hemos llegado esta tarde. Randy lleva todo el día siguiéndome sin darme tregua.

Asentí con la cabeza, sin saber qué responder. En la distancia, la luna, llena y resplandeciente, había empezado su lento ascenso desde el mar, y vi cómo Savannah la miraba fijamente. Las olas se estrellaban en la arena y volvían a retroceder, refulgiendo con unos bellos destellos plateados, como si las estuvieran inmortalizando con el flash de una cámara de fotos. Llegamos al muelle. La barandilla estaba pegajosa por el baño de arena y sal al que se veía constantemente sometida, y la madera, ajada por el efecto de estar a la intemperie, se había empezado a astillar. Los peldaños crujieron bajo nuestro peso.

—¿Dónde estás destinado? —preguntó ella.

—En Alemania. Estoy aquí de permiso sólo por un par de semanas, para visitar a mi padre. Y tú no eres de aquí, ¿verdad?

Ella me observó, sorprendida.

—De Lenoir. —Escrutó mi cara—. Déjame que lo averigüe, lo dices por mi acento, ¿verdad? Crees que tengo un acento provinciano, a que sí.

—No.

—Pues es cierto, soy una chica provinciana. Me crié en un rancho, y ya sé que tengo un acento peculiar, aunque alguna gente me dice que lo encuentra sugerente.

—A Randy le gusta, ¿no?

El comentario se me escapó antes de que pudiera morderme la lengua. En el silencio incómodo que se formó a continuación, ella se pasó la mano por el pelo.

—Randy parece un chico la mar de agradable —remarcó después de unos instantes—. Pero no lo conozco lo bastante bien como para estar segura. La verdad es que apenas conozco a nadie de los de la casa de la playa, salvo a Tim y a Susan. —Ondeó la mano para espantar un mosquito—. Ya conocerás a Tim más tarde. Es un tipo fenomenal. Te gustará. A todos les cae bien.

—¿Y tú estás aquí de vacaciones, para pasar una semana?

—Un mes, aunque no se trata realmente de un mes de vacaciones. Somos voluntarios. ¿Has oído hablar de Habitat for Humanity, la ONG que se dedica a ayudar a los que tienen dificultades para conseguir vivienda en Estados Unidos? Estamos aquí para construir un par de habitáculos. Hace muchos años que mi familia colabora con esa ONG.

Por encima de su hombro, la casa de la playa parecía cobrar vida en la oscuridad. Más gente se había ido materializando, habían alzado el volumen de la música, y a cada momento podía oír alguna carcajada. Brad, Susan y Randy ya estaban rodeados de un grupito de jóvenes, bebiendo cerveza y con unas pintas más de niñatos universitarios que de almas caritativas, con ganas de pasarlo bien y de ligar con alguien del sexo opuesto. Savannah debió de darse cuenta de mi expresión y siguió mi mirada.

—No empezaremos a trabajar hasta el lunes. Pronto descubrirán que no todo es juerga y diversión.

—No he dicho nada...

—No hace falta; con la mirada lo dices todo. Pero tienes razón. Para la mayoría de ellos, es la primera vez que trabajan para Habitat, y sólo se han apuntado como voluntarios para hacer algo distinto en verano y añadirlo a sus currículos cuando acaben sus estudios en la universidad. No tienen ni idea del trabajo que implica esta labor. Al final, sin embargo, lo único que importa es que construyan las casas. Y lo harán. Siempre acaban por hacerlo.

—¿Has hecho esto antes?

—Cada verano desde que tenía dieciséis años. Solía trabajar como voluntaria para nuestra iglesia, pero entonces me fui a vivir a Chapel Hill, y allí iniciamos un grupo. Bueno, de hecho fue Tim quien lo inició. Él también es de Lenoir. Este año ha acabado la carrera en la universidad, y el próximo otoño empezará a estudiar un máster. Nos conocemos desde que éramos niños. En lugar de pasar los veranos trabajando en empleos de pacotilla en la ciudad o haciendo algún curso intensivo, pensamos que podríamos ofrecer a los estudiantes universitarios una oportunidad para hacer algo diferente. Todos contribuyen con las tareas domésticas y se pagan sus propios gastos durante el mes, además, no reciben ninguna remuneración por el trabajo que realizan para construir las casas. Por eso era tan importante que recuperase el bolso. Si no, no habría podido costearme la comida de todo el mes.

—Estoy seguro de que no habrían dejado que te murieras de hambre.

—Lo sé, pero no sería justo. Ellos ya están haciendo una labor que requiere un gran esfuerzo, y eso es más que suficiente.

Podía notar cómo me resbalaban los pies en la arena.

—¿Por qué Wilmington? —pregunté—. Quiero decir, ¿por qué venir aquí a construir casas, en lugar de elegir otro sitio como Lenoir o Raleigh?

—Por la playa. Ya sabes cómo somos los jóvenes. Resulta bastante difícil reclutar estudiantes para que trabajen de voluntarios durante el verano, pero si se trata de un lugar como éste es más fácil. Y cuánta más gente tienes, más puedes hacer. Este año se han apuntado treinta personas.

Asentí, consciente de que nuestros cuerpos estaban muy cerca mientras caminábamos.

—¿Y tú? ¿Cuánto te falta para acabar la carrera?

—Todavía me queda un año. Me estoy preparando para ser profesora de Educación Especial, por si ésa es tu próxima pregunta.

—Pues sí, eso era precisamente lo que te iba a preguntar.

—Me lo imaginaba. Es la típica pregunta que me hacen cuando digo que soy universitaria.

—Ya. A mí también me preguntan si me gusta el Ejército.

—¿Y te gusta?

—No lo sé.

Ella se echó a reír, y el sonido me resultó tan melódico que supe que quería volver a escucharlo.

Llegamos al extremo del muelle, y agarré la tabla de surf. Tiré la botella de cerveza vacía en el contenedor de basura, y oí el ruido del cristal al chocar contra el fondo. Las estrellas empezaban a diseminarse por el cielo, y las luces de las casas alineadas a lo largo de las dunas me recordaron los destellos de las linternas en campo abierto.

—¿Te importa si te pregunto qué es lo que te impulsó a alistarte en el Ejército? Ya que no sabes si realmente te gusta o no...

Necesité un segundo para decidir cómo contestar a esa pregunta, y me pasé la tabla de surf al otro brazo.

—Creo que lo más sensato es decir que en ese momento era lo que necesitaba hacer.

Ella aguardó a que yo añadiera algo más, pero cuando no lo hice, se limitó a asentir con la cabeza.

—Supongo que te alegras de estar de vuelta a casa, aunque sólo sea por poco tiempo —comentó.

—Así es.

—Supongo que tu padre también estará encantado, ¿no?

—Creo que sí.

—Oh, seguro que sí. Estoy segura de que se siente muy orgulloso de ti.

—Eso espero.

—No pareces muy convencido.

—Tendrías que conocer a mi padre para entenderlo. No es una persona muy habladora, que digamos.

Podía ver la luz de la luna reflejada en sus ojos oscuros, y cuando volvió a hablar lo hizo con una voz melodiosa.

—No ha de expresar con palabras el orgullo que siente por ti. A lo mejor es la clase de padre que lo demuestra de otros modos.

Consideré su razonamiento, deseando que fuera cierto. Mientras estaba reflexionando, se oyó un fuerte chillido proveniente de la casa, y me fijé en un grupito de chicos y chicas cerca del fuego. Uno de los muchachos rodeaba con sus brazos a una chica por la cintura y la empujaba hacia delante; ella reía mientras intentaba zafarse de sus garras. Brad y Susan se estaban haciendo carantoñas no muy lejos, pero Randy había desaparecido de vista.

—¿Has dicho que no conoces a la mayoría de la gente con la que vas a convivir?

Savannah sacudió la cabeza, y su melena le barrió los hombros con delicadeza. Empezó a juguetear con otro mechón de pelo.

47

—No demasiado. Conocimos a la mayoría de ellos cuando vinieron a inscribirse a la lista de voluntarios, y hoy es el primer día que estamos todos juntos. Probablemente nos hayamos visto en varias ocasiones en el campus universitario, y creo que muchos de ellos se conocen entre sí, pero yo no los conozco. Casi todos forman parte de alguna fraternidad de estudiantes y de alguna hermandad de alumnas. Yo todavía no soy miembro de ningún club universitario. De todos modos, me parece un grupito entrañable.

Mientras ella contestaba, tuve la impresión de que era la clase de persona que nunca hablaba mal de nadie. Su interés por los demás me parecía refrescante y maduro, y aunque fuera extraño, no me sorprendía en absoluto. Formaba parte de esa cualidad indefinible que había notado desde el principio en su personalidad, una manera de ser que la hacía destacar del resto.

—¿Cuántos años tienes? —le pregunté cuando nos acercamos a la casa de la playa.

—Veintiuno. El mes pasado fue mi cumpleaños. ¿Y tú?

—Veintitrés. ¿Tienes hermanos o hermanas?

—No. Soy hija única. Sólo mis padres y yo. Ellos aún viven en Lenoir y, ¿sabes una cosa?, después de veinticinco años siguen tan felices como el primer día. Tu turno.

—Lo mismo. Excepto que en mi caso siempre hemos sido únicamente mi padre y yo.

Intuí que la respuesta conduciría a un rosario de preguntas acerca de mi madre, pero para mi sorpresa, Savannah no me preguntó al respecto. En lugar de eso inquirió:

—¿Y fue tu padre quien te enseñó a hacer surf?

—No, aprendí de forma autodidacta cuando era un chiquillo.

—Eres muy bueno. Te he estado observando antes. Consigues que parezca fácil, incluso elegante. Me entraron ganas de aprender.

—Si quieres, te enseñaré con mucho gusto —me ofrecí—. No es tan difícil. Mañana me encontrarás en la playa.

Ella se detuvo y me miró fijamente.

—No es conveniente hacer promesas cuando uno no está seguro de si tiene intención de cumplirlas. —Me cogió por el brazo y me arrastró hacia la fogata—. ¿Estás listo para conocer a varias personas?

Yo me había quedado sin habla. Pensé que era la cosa más extraña que me habían dicho en mi vida. Tragué saliva y sentí una repentina sequedad en la garganta.

La casa de la playa era uno de esos enormes monstruos de tres plantas con el garaje en la parte inferior y probablemente seis o siete habitaciones. Una impresionante tarima rodeaba la planta principal, y la barandilla quedaba oculta debajo de un montón de toallas de playa. Podía oír el sonido de múltiples conversaciones que me llegaban de todas las direcciones posibles. En la tarima habían colocado la barbacoa, y pude oler el delicioso aroma a perritos calientes y a pollo asado; el chico que se encargaba de la barbacoa no llevaba camiseta y llevaba un pañuelo pirata en la cabeza, pavoneándose de ser un urbanita guay. No lo conseguía, pero la intentona me hizo reír.

En la arena que se abría enfrente del porche principal, ardía una fogata, y a su alrededor se agrupaban varias chicas que lucían sudaderas dos veces más grandes de su talla y que estaban sentadas en sillas, todas ellas fingiendo no darse cuenta de los chicos que pululaban cerca. Mientras tanto, los chicos se hallaban de pie justo detrás de ellas, adoptando posturas para resaltar el tamaño de sus brazos o sus torsos esculpidos y actuando como si no se fijaran en absoluto en las chicas. Ya había visto el mismo comportamiento en el bar Leroy; universitarios o no, los chicos de esa edad —debían de tener veinte años recién cumplidos o poco más— continúan comportándose como una panda de adolescentes, con las hormonas sexuales muy alteradas. Un cóctel explosivo como la playa y bastantes cervezas llevan inevitablemente a un final más que previsible entre chicos y chicas, pero cuando eso sucediera yo ya me habría marchado.

Cuando Savannah y yo nos acercamos, ella aminoró el paso antes de señalar hacia un punto.

—¿Qué tal si nos sentamos allí, cerca de esa duna? —sugirió.

—Muy bien.

Ocupamos unas sillas frente al fuego. Unas cuantas muchachas nos miraron con curiosidad unos instantes, dispuestas a inspeccionar descaradamente al chico recién llegado, antes de reanudar sus conversaciones. Randy finalmente se acercó al fuego con una cerveza, pero cuando vio a Savannah conmigo, se dio la vuelta rápidamente, siguiendo el ejemplo de las chicas.

—¿Pollo asado o perrito caliente? —me preguntó ella, como si no se diera cuenta de lo que sucedía a su alrededor.

—Pollo.

—¿Qué quieres beber?

El reflejo del fuego le aportaba un semblante nuevo, misterioso.

—Tomaré lo mismo que tú.

—Muy bien. No te vayas, ¿eh? No tardaré en volver.

Se dirigió hacia las escaleras, y yo me esforcé por no seguirla. En lugar de eso me acerqué al fuego, me quité la camisa aún mojada y la coloqué sobre una silla vacía, luego regresé a mi asiento. Al alzar la vista vi a míster Pañuelo, que estaba flirteando con Savannah, noté una tensión creciente en el vientre, por lo que me di la vuelta para mirar en otra dirección. Apenas la conocía, y tampoco sabía lo que ella pensaba de mí. Además, no tenía ningún deseo de iniciar algo que no podría acabar. Dentro de un par de semanas me marcharía, y nada de lo que sucediera allí tendría un significado relevante en mi vida. Me dije todas esas cosas, y creo que había logrado convencerme en parte de que me largaría a casa tan pronto como hubiera saciado un poco el apetito; pero entonces la presencia de una persona que se me acercaba interrumpió mis cavilaciones. Alto y larguirucho, con el pelo oscuro y perfectamente acicalado, y con la raya al lado, me hizo pensar en esa clase de chico con el que uno se topa de vez en cuando en la vida, con aspecto de adulto desde el día que nació.

—Tú debes de ser John —me dijo con una sonrisa, plantándose delante de mí—. Soy Tim Wheddon. —Extendió la mano—. He oído lo que has hecho por Savannah; ella está tan contenta de que estuvieras allí en ese instante...

Le estreché la mano.

—Encantado.

A pesar de mi recelo inicial, su sonrisa era más genuina que las de Brad o Randy. Tim tampoco mencionó mis tatuajes, algo decididamente inusual. Supongo que debería de decir que no eran exactamente pequeños y que cubrían la mayor parte de mis brazos. La gente me había dicho que me arrepentiría de habérmelos hecho cuando fuera mayor, pero cuando me los hice eso me traía sin cuidado. Y sigue dándome igual.

—¿Te importa si me siento aquí contigo? —me preguntó Tim.

—En absoluto.

Se sentó a mi lado, ni demasiado cerca como para incomodarme ni tampoco demasiado lejos.

—Me alegro de que hayas venido. Quiero decir, no es que sea una velada excepcional, pero la comida es buena. ¿Tienes hambre?

—La verdad es que sí, estoy hambriento.

—Claro, practicar surf abre el apetito.

—¿Tú haces surf?

—No, pero cuando estoy cerca del océano siempre tengo hambre. Recuerdo que me pasaba lo mismo incluso de niño, cuando iba de vacaciones. Cada verano solíamos ir a Pine Knoll Shores. ¿Has estado allí?

—Sólo una vez. Aquí tenía todo lo que necesitaba.

—Ni que lo digas. —Señaló mi tabla de surf—. Veo que te gustan las tablas largas.

—Me gustan las dos, pero la tabla larga es más acertada para las olas de aquí. Necesitas hacer surf en el Pacífico para poder disfrutar realmente de una tabla corta.

—¿Has estado allí? ¿En Hawai, Bali o Nueva Zelanda? He oído que ahora son los sitios de moda para practicar surf.

—Todavía no —respondí, sorprendido de que él conociera esos lugares—. Quizás algún día.

51

Un tronco crujió en el fuego, y pequeñas chispas danzaron en torno a las llamas. Entrelacé las manos; sabía que era mi turno:

—He oído que estáis aquí para erigir algunas casas para gente pobre.

—¿Te lo ha contado Savannah? Sí, al menos ése es el plan. Son para un par de familias realmente necesitadas, y espero que a finales de julio ya puedan disponer de un hogar digno.

—Es una labor encomiable, la que haces.

—No estoy solo en este proyecto. Pero antes de que se me olvide, quería preguntarte una cosa.

—A ver si lo averiguo. ¿Quieres que me apunte como voluntario?

Tim se echó a reír.

—No, no van por ahí los tiros. Aunque la salida tiene gracia, ya la había oído antes. Cuando la gente ve que me acerco, escapa rápidamente en la dirección contraria. Supongo que es fácil interpretar mis intenciones. De todos modos, ya sé que probablemente sea una curiosidad absurda, pero me preguntaba si conoces a mi primo. Está destinado en Fort Bragg.

—Lo siento —respondí—. Yo estoy en Alemania.

—¿En Ramstein?

—No. Ésa es la base aérea. Pero mi base queda relativamente cerca. ¿Por qué?

—Estuve en Fráncfort el pasado mes de diciembre. Fui a pasar las navidades con mi familia. Son originarios de esa zona, y mis abuelos aún viven allí.

—El mundo es un pañuelo.

—¿Sabes alemán?

—Ni jota.

—Yo tampoco. Lo más patético es que mis padres lo hablan perfectamente, y en casa he oído hablar alemán desde que era niño. Incluso me apunté a un curso antes de ir a Fráncfort. Pero no tengo mucha facilidad, que digamos, con las lenguas. Creo que tuve suerte de aprobar el curso, pero en Fráncfort me limité a asentir con la cabeza durante la cena y a fingir que entendía todo lo que decían. Al menos mi hermano estaba tan perdido como yo, así que me sentía más aliviado al compartir con él una situación tan incómoda.

Me eché a reír. Tim tenía una expresión abierta y honrada, y a pesar de mi desconfianza inicial, empezaba a gustarme.

—Bueno, ¿quieres que te traiga algo de comer? —me invitó.

—Savannah ya se ocupa de eso.

—Debería de habérmelo figurado. La anfitriona perfecta, para no perder la costumbre.

—Me ha contado que os habéis criado juntos.

Tim asintió con la cabeza.

—El rancho de su familia está justo al lado del nuestro. Íbamos a la misma escuela y a la misma iglesia, y luego coincidimos en la universidad. La considero como una hermana pequeña. Es una persona muy especial.

A pesar del comentario de que la consideraba como una hermana, por la forma en que pronunció «especial» tuve la impresión de que sus sentimientos hacia Savannah eran más profundos de lo que expresaba con sus palabras. Pero a diferencia de Randy, no parecía celoso de que ella me hubiera invitado. Antes de que pudiera darle más vueltas al asunto, Savannah apareció en lo alto de las escaleras y empezó a descender los peldaños hasta alcanzar la arena.

—Ya veo que has conocido a Tim —dijo, asintiendo con la cabeza. En una mano llevaba dos platos con pollo asado, ensalada de patatas y patatas fritas, y en la otra, dos latas de Diet Pepsi.

—Sí, pensé que sería una buena idea acercarme para agradecerle lo que ha hecho por ti —explicó Tim—, y entonces he decidido matarlo de aburrimiento con batallitas familiares.

—Perfecto. Tenía ganas de que os conocierais. —Savannah alzó las manos; igual que Tim, ignoró el hecho de que yo estuviera sin camisa—. La comida está lista. Toma mi plato, Tim; iré a buscar otro para mí.

—No te preocupes, ya iré yo —respondió Tim al tiempo que se ponía de pie—. Pero gracias de todos modos. Así tendréis la oportunidad de conoceros mejor. —Se sacudió la arena

53

de los pantalones cortos—. Oye, me ha encantado conocerte, John. Si estás por aquí cerca mañana o cualquier otro día, pasa a vernos; ya sabes que serás bien recibido.

—Gracias. Yo también me alegro de haberte conocido.

Un momento más tarde, Tim subía las escaleras. No miró hacia atrás, saludó a alguien que se cruzó con él con un «eh» amistoso y continuó andando hasta perderse de vista.

Savannah me entregó el plato y unos cubiertos de plástico, después me ofreció la bebida con gas y se sentó a mi lado. Noté su proximidad física, aunque no estaba tan cerca como para que nos rozáramos. Colocó el plato en su regazo y se dispuso a abrir su lata, pero se detuvo, con porte indeciso. Sosteniendo la lata todavía sin abrir entre sus manos, me miró y dijo:

—Ya sé que antes estabas bebiendo cerveza, pero ya que has dicho que tomarías lo mismo que yo… te he traído una Pepsi. No estaba segura de qué era lo que te apetecía.

—Me apetece beber Pepsi.

—¿Seguro? Hay un montón de cervezas en las neveras portátiles, y con la fama que os precede a los del Ejército…

Solté un bufido y sonreí.

—Ya —dije, y acto seguido abrí la lata—. ¿Y tú? Supongo que no bebes alcohol, ¿no?

—Así es —contestó. Me fijé en que no había ni una nota defensiva ni de represión en su tono, sólo de sinceridad, y eso me gustó.

Savannah comió un poco de pollo. Yo hice lo mismo, y en medio del silencio, me pregunté sobre ella y Tim, sobre si ella era consciente de lo que él sentía en realidad. Y me pregunté qué sentía ella por él. Mantenían una relación especial, de eso estaba seguro, aunque no podía imaginarme cómo, a menos que Tim fuera sincero y se tratara de un afecto fraternal. De todos modos, dudaba que ése fuera el caso.

—¿Qué haces en el Ejército? —preguntó Savannah, bajando el tenedor.

—Soy sargento de infantería. En el destacamento de armas especiales.

—¿Y qué tal es? Quiero decir, ¿qué es lo que haces cada día? ¿Disparar armas, hacer estallar bombas, o qué?

—A veces. Aunque la verdad es que la mayor parte del tiempo es bastante aburrido, sobre todo cuando estamos en la base. Normalmente hacia las seis de la madrugada, más o menos, tenemos que formar filas para pasar revista, luego nos reunimos por destacamentos para hacer un poco de deporte. Jugamos al baloncesto, corremos, levantamos pesas, y cosas por el estilo. A veces hay clase de maniobras militares ese día, para ejercitarnos con las armas, o una clase sobre orientación en campo nocturno, o sobre los diversos tipos de rifles, o algo parecido. Si no hay nada planeado, regresamos al cuartel y jugamos con videojuegos o leemos o hacemos más deporte o lo que sea durante el resto del día. Después volvemos a formar filas a las cuatro y nos comunican lo que haremos al día siguiente. A partir de ese momento, disponemos de tiempo libre.

—¿Y qué hacéis? ¿Jugáis con más videojuegos?

—Yo me dedico a hacer ejercicio y a leer. Pero algunos de mis compañeros son unos verdaderos expertos en videojuegos. Y cuanto más violento sea el juego, más les gusta.

—¿Qué lees?

Se lo dije, y ella se quedó pensativa.

—¿Y qué sucede cuando te envían a una zona en guerra?

—Entonces —dije, acabándome el pollo— es diferente. Tenemos la obligación de patrullar, y siempre hay algo averiado y hay que repararlo, así que estamos ocupados, incluso cuando no estamos haciendo guardia. Pero la infantería es la fuerza terrestre, por lo que pasamos gran parte del tiempo fuera de la base.

—¿Alguna vez tienes miedo?

Busqué la respuesta adecuada.

—Sí, a veces. Aunque no creas que es como ir todo el día encogido con miedo, ni tan sólo cuando las cosas se ponen realmente feas a tu alrededor. Se trata simplemente de… reaccionar, intentar continuar vivo. Todo sucede tan rápido que no queda tiempo para recapacitar sobre las decisiones que tomas, así que únicamente se trata de hacer tu trabajo e intentar sobrevivir. Aunque la verdad es que luego sí que te afecta, cuando

55

ya estás relajado y fuera de peligro. Entonces es cuando te das cuenta de lo cerca que has estado de la muerte, y a veces te entran temblores, o vomitas, o tienes una reacción por el estilo.

—No creo que pudiera hacer tu trabajo.

Yo no estaba seguro de que ella esperara una respuesta a su comentario, así que cambié de tema.

—¿Y por qué Educación Especial? —le pregunté.

—¡Uf! Es una larga historia. ¿Seguro que quieres oírla?

Cuando asentí con la cabeza, Savannah soltó un largo suspiro.

—En Lenoir hay un chico que se llama Alan, lo conozco desde que nací. Es autista, y durante mucho tiempo nadie sabía qué hacer con él o cómo tratarlo. Y eso me obsesionó, ¿sabes? Me sentía tan mal cuando lo veía, incluso cuando sólo era una niña. Cuando les preguntaba a mis padres qué era lo que le pasaba, ellos respondían que tal vez el Señor tuviera planes especiales para él. Al principio no le encontraba el sentido, pero Alan tenía un hermano mayor que era increíblemente paciente con él, siempre; jamás se enfadaba con él, y poco a poco consiguió ayudar a Alan. Alan no es una persona normal, de eso puedes estar seguro; todavía vive con sus padres, y nunca podrá vivir solo, pero no anda tan perdido como lo estaba cuando era más joven, y por eso decidí que quería dedicarme a ayudar a niños como Alan.

—¿Cuántos años tenías cuando tomaste esa decisión?

—Doce.

—¿Y quieres trabajar con ellos en una escuela?

—No —respondió—. Quiero hacer lo mismo que hizo el hermano de Alan: él recurrió a los caballos. —Hizo una pausa, como si pretendiera ordenar sus pensamientos—. Los niños autistas están encerrados en sus propios mundos inaccesibles, por lo que normalmente el aprendizaje en la escuela y otras terapias se basan en la rutina. Pero yo quiero enseñarles experiencias que consigan abrir nuevas puertas para ellos. He sido testigo de esa posibilidad. Quiero decir, Alan estaba aterrado con los caballos al principio, pero su hermano siguió intentándolo y después de un tiempo, Alan llegó a un punto en el que les daba palmadas en el lomo o les acariciaba el hocico, y más tarde incluso les daba de comer. Después empezó a montar a caballo; recuerdo su cara la primera vez que se montó en uno; fue... increíble, ¿me entiendes? Estaba sonriente, tan feliz como lo habría estado cualquier otro chico. Y eso es lo que quiero que experimenten esos niños. Simplemente... felicidad, aunque sólo sea por un breve intervalo de tiempo. En ese momento fue cuando supe exactamente lo que quería hacer en la vida. Quizá me decante por abrir un picadero para niños autistas, donde podamos trabajar realmente con ellos. Y quizá puedan sentir la misma felicidad que sintió Alan.

Apretó el tenedor que sostenía en la mano como si estuviera incómoda, y luego apartó el plato a un lado.

—Suena fantástico.

—Ya veremos —comentó mientras erguía la espalda—, de momento, sólo es un sueño.

—Supongo que también te gustan los caballos, ¿no?

—A todas las chicas nos gustan los caballos. ¿No lo sabías? Pues sí, es verdad, me gustan los caballos. Tengo uno de raza árabe que se llama *Midas*, y a veces me fastidia mucho pensar que estoy aquí cuando podría estar cabalgando con él.

—Ah, al final siempre aflora la verdad.

—Es normal. Pero de todos modos pienso quedarme. Cuando regrese a casa, montaré todo el día, cada día. ¿Y tú? ¿Te gusta montar a caballo?

—Sólo lo he hecho una vez.

—¿Y te gustó?

—Al día siguiente tenía agujetas en las piernas. Casi no podía caminar.

Savannah soltó una risita burlona, y me di cuenta de que me sentía cómodo hablando con ella. Resultaba fácil y natural, a diferencia de lo que me ocurría con mucha gente. Por encima de mi cabeza podía ver el cinturón de Orión; justo en el horizonte sobre el agua, Venus había aparecido y brillaba con su potente luz blanca. Los chicos y las chicas continuaban apareciendo y desapareciendo, escaleras arriba y abajo, flirteando con un coraje inducido por los efectos del alcohol. Suspiré.

57

—Será mejor que me marche para estar un rato con mi padre. Probablemente se estará preguntando dónde me he metido. Bueno, eso si todavía está despierto.

—¿Quieres llamarlo? Puedes usar el teléfono.

—No, creo que será mejor que me vaya. Es un largo paseo a pie.

—¿No tienes coche?

—No. Esta mañana hice autostop.

—¿Quieres que Tim te lleve a casa? Estoy segura de que no le importará en absoluto.

—No, no te preocupes.

—No seas ridículo. Has dicho que vives lejos, ¿no? Le pediré que te lleve. Espera un momento.

Savannah salió disparada antes de que pudiera detenerla, y un minuto más tarde Tim salía de la casa detrás de ella.

—A Tim no le importa llevarte —anunció, con una sonrisita triunfal.

Me di la vuelta y miré a Tim a los ojos.

—¿Estás seguro?

—Segurísimo —confirmó—. Tengo el coche aparcado ahí delante. Puedes poner la tabla en la parte trasera—. Señaló hacia la tabla—. ¿Necesitas ayuda?

—No —dije, levantándome del suelo—. Ya lo haré yo. —Me dirigí a la silla y me puse la camisa, después cogí la tabla—. Muchas gracias por todo.

—De nada —contestó Tim. Se palpó los bolsillos y añadió—: Enseguida vuelvo, me he dejado las llaves dentro de casa. Es el todoterreno de color verde aparcado en la hierba. Nos vemos dentro de unos minutos en la puerta, ¿vale?

Cuando se hubo marchado, volví a girarme hacia Savannah.

—Me alegro de haberte conocido.

Ella me miró a los ojos.

—Y yo también. Nunca había estado con un soldado antes. Me he sentido más fuerte, como… protegida. No creo que Randy intente conquistarme esta noche. Probablemente tus tatuajes lo hayan amedrentado un poco.

Así que sí que se había fijado en mis tatuajes.

—Quizá volvamos a vernos por aquí.

—Ya sabes dónde encontrarme.

No estaba seguro de si ella iba a sugerir que pasara otro día a visitarla. En muchos aspectos, Savannah continuaba siendo un absoluto misterio para mí, lo cual era normal, dado que apenas la conocía.

—Aunque estoy un poco decepcionada de que te hayas olvidado de algo —añadió entonces, con un tono como si lo que acababa de decir no fuera relevante.

—¿De qué me he olvidado?

—¿No me habías dicho antes que me enseñarías a hacer surf?

Si Tim se dio cuenta del efecto que me provocaba Savannah o si sabía que volvería a verla al día siguiente, no lo demostró. En lugar de eso se centró en conducir, asegurándose de no equivocarse de dirección. Era la clase de conductor que detenía el coche incluso cuando el semáforo estaba en ámbar y aún era posible pasar.

—Espero que lo hayas pasado bien —me dijo—. Sé que siempre es un poco raro, cuando vas a un sitio y no conoces a nadie.

—Sí, lo he pasado muy bien.

—Parece que Savannah y tú habéis congeniado. Es una chica muy especial, ¿no crees? Me parece que le gustas.

—Hemos tenido una charla muy amena —contesté.

—Me alegro. Estaba un poco preocupado con el hecho de que ella viniera aquí. El año pasado sus padres estaban con nosotros, así que es la primera vez que está sola. Sé que ya es mayorcita, pero estos estudiantes no son la clase de gente con la que suele salir, y lo último que desearía sería verla toda la noche lidiando con pelmazos.

—Estoy seguro de que sabrá cómo tratarlos.

—Probablemente tengas razón. Pero tengo el presentimiento de que algunos de esos chicos son bastante persistentes.

—Por supuesto que lo son; son chicos.

Tim soltó una carcajada.

—Supongo que tienes razón. —Hizo un gesto con la cabeza hacia la ventana—. ¿Por dónde he de seguir ahora?

Lo guié a través de una serie de cruces, y al cabo de un rato le pedí que aminorase la marcha. Se detuvo delante de mi casa, y divisé la luz encendida, brillante y amarilla, en el estudio de mi padre.

—Gracias por traerme —dije al tiempo que abría la puerta del coche.

—Es un placer. —Se inclinó sobre el asiento—. Y oye, tal y como te he dicho antes, pásate por la casa cuando quieras. Durante la semana tenemos que trabajar, pero los fines de semana y cuando anochece normalmente descansamos.

—Lo recordaré —prometí.

Una vez dentro de casa, fui directamente al estudio de mi padre y abrí la puerta. Él estaba ojeando el *Greysheet* y dio un respingo. Me di cuenta de que no me había oído entrar.

—Lo siento —me disculpé, tomando asiento en el único peldaño que separaba el estudio del resto de la casa—. No pretendía asustarte.

—No pasa nada. —Fue todo lo que dijo. Dudó en dejar a un lado el folleto informativo, pero finalmente lo apartó.

—Hoy las olas eran fantásticas —comenté—. Casi había olvidado la increíble sensación de estar dentro del agua.

Él sonrió pero no dijo nada. Intenté acomodarme en el peldaño.

—¿Qué tal ha ido el trabajo hoy? —le pregunté.

—Como siempre —respondió.

Entonces se sumergió nuevamente en sus propios pensamientos, y lo único que se me ocurrió fue pensar que su respuesta era aplicable a nuestras conversaciones.

Capítulo 3

—*El* surf es un deporte solitario, uno en el que los largos intervalos de aburrimiento se solapan con los de actividad frenética, y que te enseña a fluir con la naturaleza, en lugar de luchar contra ella... Se trata de encontrar el equilibrio justo. Al menos eso es lo que cuentan en las revistas de surf, y he de admitir que estoy bastante de acuerdo. No existe nada tan emocionante como colarse bajo una enorme ola en forma de tubo y vivir entre una pared de agua mientras la ola enfila hacia la costa. Pero yo no soy como la mayoría de esos chavales con la piel curtida y el pelo lleno de trenzas que se pasan todo el santo día, cada día, haciendo surf porque creen que es el no va más, la experiencia más sublime de esta existencia. No lo es. Yo lo hago porque el mundo es un lugar terriblemente ruidoso, y cuando estás ahí solo, en medio del mar, deja de serlo. Incluso eres capaz de escuchar tu propia respiración.

Bueno, al menos eso es lo que le estaba contando a Savannah mientras nos dirigíamos al océano el domingo por la mañana a primera hora. Por lo menos es lo que pensaba que estaba diciendo. Me pasé casi todo el tiempo divagando, intentando que no se notara lo que era tan obvio: que realmente me gustaba su aspecto con el bikini.

—Como montar a caballo —concluyó Savannah.

—¿Cómo?

—Lo que estás diciendo. Por eso me gusta montar a caballo, también.

Me había presentado unos minutos antes de lo esperado. Las mejores olas aparecían normalmente a primera hora de la mañana, y hacía un día de esos totalmente despejados, con un cielo rabiosamente azul, que prometía mucho calor, lo cual significaba que la playa estaría abarrotada de gente otra vez. Encontré a Savannah sentada en los peldaños del porche de la parte trasera de la casa, envuelta en una toalla, y con las cenizas todavía humeantes de la fogata a sus espaldas. A pesar de que la fiesta había continuado indudablemente bastantes horas más cuando me marché, no quedaba ni una sola lata vacía ni ningún otro desperdicio por el suelo. Mi impresión acerca del grupo mejoró considerablemente.

A pesar de la hora, el aire ya era cálido. Pasamos unos minutos en la arena cerca de la orilla, repasando lo más básico acerca del surf, y le expliqué cómo encaramarse a la tabla. Cuando Savannah creyó que estaba lista, me ofrecí a llevar la tabla hasta el agua, caminando a su lado.

Había pocos surfistas, los mismos que había visto el día anterior. Estaba intentando decidir cuál era el mejor lugar para ubicar a Savannah, para que dispusiera de suficiente espacio, cuando me di cuenta de que casi la había perdido de vista.

—¡Espera! ¡Espera! —gritó a mis espaldas—. ¡Un momento!

Me di la vuelta. Savannah estaba de puntillas mientras las primeras olas la embestían contra el vientre, y la parte superior de su cuerpo se cubría de piel de gallina al instante. Parecía como si estuviera realizando un enorme esfuerzo por levitar y no tocar el agua.

—Deja que me acostumbre primero… —Resopló sonoramente y cruzó los brazos por encima del pecho—. ¡Vaya! ¡Realmente está fría! ¡Madre de Dios!

«¿Madre de Dios?» No era exactamente la expresión que mis compañeros utilizarían en el cuartel.

—Ya te acostumbrarás —la animé, sin dejar de sonreír.

—No me gusta nada el frío. Odio pasar frío.

—Pues vives en unas montañas donde suele haber nieve.

—Ya, pero existen unas prendas denominadas abrigos y

guantes y gorros que utilizamos para no pasar frío. Y a primera hora de la mañana no nos lanzamos a aguas heladas.

—Muy ocurrente —dije.

Ella continuaba dando saltitos sin parar.

—Sí, ya, tremendamente divertido, pero es que… ¡Virgen santa!

«¿Virgen santa?» No pude evitar sonreír abiertamente. Sus bufidos fueron calmándose, aunque seguía con piel de gallina. Dio un paso más hacia delante.

—La impresión es menor si te sumerges de golpe, en lugar de torturarte paso a paso —sugerí.

—Mira, tú hazlo a tu manera, que yo lo haré a la mía —replicó, sin mostrarse fascinada por mi sabiduría—. No puedo creer que quisieras empezar tan pronto. Yo pensaba que ibas a proponer que viniéramos por la tarde, cuando el agua no estuviera congelada.

—Está casi a ocho grados.

—Ya, claro —refunfuñó; parecía que se estaba aclimatando. Separó los brazos, soltó otra serie de jadeos seguidos y se sumergió medio centímetro más. Se quedó quieta unos instantes, y se pasó un poco de agua por los brazos—. Bueeeeeno, poco a poco, ¿ves? Ya está, lo estoy consiguiendo.

—Oh, no te precipites por mí, tranquila. Tómate tu tiempo.

—Es lo que pienso hacer, gracias —repuso, ignorando mi tono burlón—. Bueeeeeno, ya está ¿ves? —dijo otra vez, más para sí misma que para mí. Dio otro pasito hacia delante, luego otro. Mientras avanzaba, su cara era una máscara de concentración, y me gustó su porte. Tan serio, tan intenso. Tan ridículo.

—Deja de reírte de mí —me regañó, fijándose en mi expresión.

—Pero si no me río.

—Ya. Puedo verlo en tu cara. Te estás riendo por dentro.

—Vale, dejaré de reírme.

Al cabo de un rato, Savannah consiguió colocarse a mi lado, y cuando el agua me llegó a la altura de los hombros, ella se encaramó a la tabla. Mantuve la tabla inmóvil en el mismo sitio, intentando nuevamente no fijarme en su cuerpo, lo cual no resultaba fácil, teniendo en cuenta que estaba justo delante de mí. Me esforcé por controlar el oleaje que golpeaba la tabla.

—¿Y ahora qué?

—¿Recuerdas lo que has de hacer? ¿Remar fuerte con las manos, agarrar la tabla por ambos lados cerca de la parte delantera, y luego ponerte de pie?

—Sí.

—Al principio cuesta un poco. No te frustres si te caes, pero si eso sucede, déjate arrastrar por las olas. Normalmente hace falta intentarlo varias veces antes de conseguirlo.

—Vale —contestó ella, y me fijé en una pequeña ola que se nos acercaba.

—Prepárate… —le ordené, y empecé a contar el tiempo que tenía—. Vamos, empieza a remar…

La ola se nos echó encima, empujé la tabla, y Savannah se preparó. No sé qué es lo que esperaba, salvo que no era verla incorporarse, sin perder el equilibrio, y cabalgar todo el trayecto hasta la orilla hasta que la ola finalmente se deshizo en espuma. En las aguas poco profundas, Savannah saltó de la tabla cuando ésta aminoró la marcha y se giró con aire triunfal hacia mí.

—¿Qué tal? —gritó.

A pesar de la distancia entre nosotros, no podía apartar la vista de su cuerpo.

«Me parece que me estoy metiendo en un problema», me dije.

—Hace años que practico diversos deportes —admitió—. Siempre he tenido un buen sentido del equilibrio. Supongo que debería habértelo comentado cuando me dijiste que no me frustrara si me caía.

Pasamos más de una hora en el agua. Savannah se ponía de pie en la tabla cada vez y cabalgaba sobre las olas hasta la orilla con una pasmosa facilidad; a pesar de que aún no podía coordinar los movimientos de la tabla, no me cabía la menor duda de que, si se lo proponía, en poco tiempo dominaría la técnica.

Después regresamos a la casa de la playa. Esperé fuera mientras ella subía las escaleras. Eran pocas las personas que ya se habían despertado a esa hora tan temprana —en el porche había tres chicas contemplando el océano—, la mayoría todavía debía de estar recuperándose de la resaca de la noche previa. Savannah apareció un par de minutos más tarde ataviada con unos pantalones cortos y una camiseta, y con dos humeantes tazas de café. Se sentó a mi lado en los peldaños, y nos pusimos a contemplar el océano.

—No dije que te caerías —aclaré—. Sólo dije que si te caías, te dejaras llevar por las olas.

—Ya —espetó ella, con una expresión maliciosa. Señaló hacia mi taza—. ¿Está demasiado fuerte?

—No, está bien.

—Tengo que empezar el día con una taza de café. Es mi único vicio.

—Todo el mundo tiene uno.

Savannah me miró a los ojos.

—¿Y cuál es el tuyo?

—No tengo ninguno —respondí, y ella me sorprendió dándome un juguetón codazo en el brazo.

—¿Sabías que anoche fue la primera noche de luna llena?

Yo ya lo sabía, pero pensé que era mejor no admitirlo.

—¿De veras?

—Siento fascinación por la luna llena. Desde que era niña. Me gustaba creer que suponía un buen augurio. Creía que siempre anunciaba algo bueno, como que, por ejemplo, si había cometido un error, tendría la oportunidad de enmendarlo y empezar de nuevo.

No dijo nada más al respecto. En lugar de eso, se llevó la taza a los labios, y yo me deleité con la visión del vapor recubriéndole la cara.

—¿Tienes planes para hoy? —le pregunté.

—Sí, una reunión pendiente, pero aparte de eso no tengo nada más. Bueno, excepto ir a misa. Pero eso es algo personal, y no del grupo, y... bueno, de quien quiera apuntarse. Y hablando de ir a misa... ¿Qué hora es?

Eché un vistazo al reloj.

—Pasan unos minutos de las nueve.

—¿Ya? Entonces no me queda mucho tiempo. La misa es a las diez.

Asentí con la cabeza, y fui consciente de que nuestro tiempo juntos tocaba a su fin.

—¿Quieres venir conmigo? —La oí preguntar.

—¿A misa?

—Sí, a misa. ¿Es que acaso no vas a misa?

No estaba seguro de qué contestar. Era obvio que para ella era una cuestión importante, y a pesar de que tuve la impresión de que mi respuesta la decepcionaría, no quería mentirle.

—No, hace años que no piso una iglesia. Quiero decir, de pequeño sí que iba, a misa, pero... dejé de ir. No sé por qué —concluí.

Savannah estiró las piernas, esperando a que yo añadiera algo más. Cuando no lo hice, enarcó una ceja.

—¿Y?

—¿Y qué?

—¿Quieres venir conmigo o no?

—No voy vestido apropiadamente, y no me da tiempo de ir a casa, ducharme y regresar. Si no, sí que iría.

Ella me examinó de arriba abajo.

—Vale. —Me dio unas palmaditas en la rodilla. Era la segunda vez que me tocaba—. Ahora mismo te consigo ropa adecuada.

—¡Qué buen aspecto tienes! —me animó Tim—. El cuello quizá te quede un poco holgado, pero no creo que nadie se dé cuenta.

En el espejo, vi a un extraño embutido en unos pantalones de pinzas de color caqui, una camisa impecablemente planchada y una corbata. No podía recordar la última vez que me había puesto corbata. No estaba seguro de si estaba contento o no con el plan. Mientras tanto, Tim se mostraba encantado con todo el tinglado.

—¿Cómo ha conseguido convencerte? —me preguntó.

—No tengo ni idea.

Él se echó a reír; inclinándose hacia delante para anudarse los cordones de los zapatos, me hizo un guiño.

—Ya te dije que le gustas.

En el ejército hay capellanes, y la mayoría de ellos son unos tipos estupendos. En la base tuve la oportunidad de conocer a un par; uno de ellos —Ted Jenkins— era la clase de persona que te infunde confianza desde el primer momento en que la ves. No bebía alcohol, y no digo que fuera uno de los nuestros, pero siempre era bien recibido cuando aparecía por el cuartel. Tenía esposa y dos hijos, y hacía quince años que estaba en el Ejército. Tenía experiencia en el trato de problemas con la vida militar y familiar en general, y si alguna vez te sentabas a hablar con él, realmente tenías la impresión de que te escuchaba. No le podías contar determinadas cosas —después de todo, era un oficial— y acabó ensañándose severamente con un par de chicos de mi sección que admitieron sin tapujos sus escapadas del cuartel, pero la cuestión era que ese capellán ofrecía esa clase de presencia sosegada y serena que hacía que te sintieras proclive a contárselo todo sin pensar en las consecuencias. En pocas palabras, lo definiría como un tipo estupendo como hombre, pero un tipo de armas tomar como capellán. Hablaba de Dios con tanta naturalidad como si estuviera hablando de un amigo, y no en ese irritable tono de sermón que normalmente me saca de quicio. Tampoco insistía para que asistiéramos a misa los domingos. Dejaba que fuéramos nosotros los que decidiéramos, y en función de qué pasaba en el cuartel o de si la situación era peligrosa para los soldados, se dedicaba a hablar con una o dos personas o con cientos. Antes de que destinaran a mi regimiento a la zona de los Balcanes, probablemente bautizó a cincuenta personas.

A mí me habían bautizado de pequeño, así que no tuve que pasar por eso una segunda vez, pero tal y como le había dicho a

67

Savannah, hacía mucho tiempo que no iba a misa. Dejé de ir con mi padre hace muchos años, y no sabía qué esperar. Tampoco puedo decir con la mano en el corazón que tuviera ganas de ir, pero al final, la experiencia no fue tan horrorosa. El pastor no tenía una voz estridente, la música era correcta y la ceremonia no se me hizo eterna como sucedía cuando de pequeño iba a misa. Tampoco es que prestara demasiada atención al sermón, pero aun así me alegré de haber ido. Pensé que de ese modo tendría un tema de conversación con mi padre; además, la oportunidad me ofrecía poder pasar más tiempo con Savannah.

Savannah acabó por sentarse entre Tim y yo, y yo me dediqué a observarla de soslayo mientras ella cantaba. Tenía una voz suave y un tono bajo, pero no desafinaba, y me gustó cómo sonaba. Tim permaneció todo el rato centrado en las escrituras, y cuando la misa acabó y nos proponíamos abandonar la iglesia, se detuvo a hablar con el pastor mientras Savannah y yo lo esperábamos a la sombra de un magnífico cornejo que había justo delante de la entrada. Tim parecía muy animado, charlando con el pastor.

—¿Viejos amigos? —pregunté, señalando a Tim con la cabeza. A pesar de la sombra que nos ofrecía el árbol frondoso, tenía calor y podía notar la desagradable sensación de las gotitas de sudor que empezaban a aparecer.

—No. Creo que fue su padre quien le habló de ese pastor. Tim tuvo que usar el MapQuest anoche para encontrar este lugar. —Se abanicó con gracia; con su vestido de domingo, me recordaba a la típica bella sureña—. Me alegro de que hayas venido.

—Yo también.

—¿Tienes hambre?

—Un poco.

—Podríamos regresar a la casa de la playa y comer algo allí, si te apetece. Y de paso le devuelves la ropa a Tim. Seguro que tienes calor y que estás incómodo.

—Es cierto, aunque esta ropa no provoca tanto calor como un casco, unas botas y un chaleco antibalas, te lo aseguro.

Savannah alzó la cara y me miró.

—Me gusta oírte hablar de chalecos antibalas. No muchos chicos en mi clase hablan como tú. Lo encuentro sumamente interesante.

—¿Te burlas de mí?

—Qué va. Hablo en serio. —Se apoyó con elegancia contra el tronco del árbol—. Me parece que Tim se está despidiendo.

Seguí su mirada, pero no vi nada diferente en el comportamiento de Tim.

—¿Cómo lo sabes?

—¿Ves cómo ha entrelazado las manos? Eso significa que se está preparando para despedirse. Dentro de unos instantes alzará la mano; después sonreirá y asentirá con la cabeza, y luego se separará de su interlocutor.

Observé cómo Tim ejecutaba exactamente todos los movimientos que ella acababa de mencionar y se nos acercaba. La miré y ella sonrió y se encogió de hombros.

—Cuando uno vive en una ciudad tan pequeña, como yo, no hay muchas cosas que hacer salvo observar a la gente. Si te fijas bien, al cabo de poco eres capaz de distinguir movimientos repetitivos y aprendes a interpretarlos.

En mi humilde opinión, Savannah se había dedicado más de la cuenta a observar a Tim, pero no pensaba admitirlo delante de ella.

—¡Eh! —Tim alzó la mano—. ¿Estáis listos para que regresemos a la casa de la playa?

—Sí, te estábamos esperando —señaló ella.

—Lo siento —se disculpó Tim—, pero nos hemos enfrascado en una conversación la mar de interesante y…

—Lo que pasa es que tú siempre te animas a hablar con todo el mundo.

—Lo sé; estoy intentando aprender a contenerme.

Ella se echó a reír, y aunque la chanza familiar me había dejado momentáneamente relegado de la conversación, todo quedó olvidado cuando Savannah pasó su brazo alrededor del mío mientras nos encaminábamos hacia el automóvil.

69

Y

Todo el mundo se había levantado ya cuando regresamos a la casa de la playa, y la mayoría iba con el bañador y había iniciado su sesión de bronceado diaria. Algunos estaban haciendo el remolón en el porche del piso superior; la mayoría se había apiñado en la playa. La música sonaba a todo volumen desde un estéreo que había dentro de la casa, las neveras portátiles estaban de nuevo llenas de cerveza y listas para cumplir con su misión, y un considerable número de estudiantes ya estaba consumiendo cervezas: la vieja cura infalible contra la resaca. No hice ningún comentario al respecto; de hecho pensé que a mí también me apetecía una cerveza, aunque dado que acababa de ir a misa, supuse que era mejor abstenerme.

Me cambié de ropa, y doblé la de Tim de la forma que había aprendido en el Ejército, luego regresé a la cocina. Tim acababa de preparar unos bocadillos.

—Adelante, sírvete tú mismo —me dijo, señalando el plato—. Tenemos comida para un regimiento, te lo puedo garantizar; fui yo quien se pasó tres horas ayer en el supermercado. —Alzó las manos y se las secó con un trapo de cocina—. Bueno, y ahora me toca a mí cambiarme de ropa. Savannah bajará dentro de un minuto.

Tim se marchó de la cocina y me quedé solo; me dediqué a echar un vistazo en derredor. La casa estaba decorada al estilo de las típicas casas de la costa, con un aire marino: muchos muebles de mimbre de vivos colores, lámparas hechas con conchas marinas, estatuillas de faros encima de las repisas, y cuadros de la costa pintados con colores pastel.

Los padres de Lucy tenían una casa parecida. No aquí, sino en la bellísima zona de Bald Head Island. Jamás la alquilaron a nadie, ya que preferían pasar allí los veranos. Pero puesto que su padre tenía que ir a trabajar a Winston-Salem, que está a cuatro horas de Bald Head Island, él y su esposa se marchaban un par de días a la semana y dejaban a la pobre Lucy sola en la casa. Por eso le hacía compañía. Si sus padres se hubieran enterado de lo que sucedía en los días que se ausentaban, probablemente no nos habrían dejado solos.

—¡Eh! —saludó Savannah. Nuevamente lucía el bikini,

pero esta vez se había puesto unos pantalones cortos encima—.
Ya veo que vuelves a ser tú.

—¿A qué te refieres?

—Pues que ya no tienes los ojos desorbitados porque el
cuello de la camisa te aprieta tanto que no te deja respirar.

Sonreí.

—Tim ha preparado unos bocadillos.

—Qué bien. Me muero de hambre —dijo, avanzando por la
cocina—. ¿Has cogido uno?

—Todavía no.

—Pues al ataque. No me gusta comer sola.

Permanecimos de pie en la cocina mientras almorzábamos.
Las chicas tumbadas en el porche no se habían dado cuenta de
nuestra presencia, y podía oír a una de ellas, que estaba contando lo que había hecho con uno de los chicos la noche previa;
sus comentarios no parecían provenir de una joven que estuviera allí con la intención de realizar una obra benéfica. Savannah arrugó la nariz como si quisiera decir: «No hace falta aportar tantos detalles», luego se dio la vuelta hacia la nevera.

—Tengo sed. ¿Te apetece beber algo?

—Agua, por favor.

Ella se inclinó para coger un par de botellas. Intenté no mirar descaradamente su trasero pero no lo logré. De todos modos, he de admitir que disfruté con la visión. Me pregunté si
ella sabía que la estaba mirando y supuse que sí, ya que cuando
irguió la espalda y se dio la vuelta, sonreía burlonamente. Depositó las botellas sobre la encimera.

—¿Después de comer querrás que volvamos a hacer surf?

¿Cómo me iba a resistir?

Pasamos la tarde en el agua. Disfruté como un enano de la
visión y de la sensación de proximidad de Savannah, tumbada
sobre la tabla, pero aún me deleité más contemplándola mientras hacía surf. Para acabar de redondear la ocasión, ella me pidió que hiciera surf mientras ella se secaba bajo el sol en la
playa porque así podría fijarse en mi estilo, por lo que gocé de

la posibilidad de contemplarla impunemente mientras disfrutaba de las olas.

A media tarde ambos estábamos tumbados sobre las toallas, muy cerca el uno del otro, y bastante distantes del resto del grupo de estudiantes. Algunos nos dirigían de vez en cuando una mirada curiosa, pero en general a nadie parecía importarle mi presencia, excepto a Randy y a Susan. Ésta lanzó a Savannah una mirada de reproche; Randy, mientras tanto, parecía satisfecho de poder pasar el rato con Brad y Susan, como un perrito desamparado que tuviera la necesidad de lamerse las heridas. Tim no estaba a la vista.

Savannah se había tumbado sobre el vientre y me ofrecía una visión tentadora. Yo estaba tumbado de espaldas a su lado, intentando echar una siestecita bajo el perezoso calor, pero era demasiado consciente de su presencia como para relajarme por completo.

—Háblame de tus tatuajes —murmuró ella.

Giré la cabeza sobre la arena para mirarla.

—¿Qué quieres saber?

—No sé... ¿Por qué te los hiciste? ¿Qué significan?

Me apoyé sobre un codo. Señalé hacia mi brazo izquierdo, en el que tenía un águila y una bandera.

—De acuerdo. Ésta es la insignia de infantería, y esto... —señalé hacia las palabras y las letras— es nuestra identificación: compañía, batallón y regimiento. Todos los que forman parte de mi batallón llevan el mismo tatuaje. Nos lo hicimos justo después de terminar la instrucción elemental en Fort Benning, en Georgia, en la ceremonia de clausura.

—¿Por qué pone «Chispazo» debajo?

—Es mi apodo. Me lo pusieron mientras realizábamos la instrucción elemental, y fue una cortesía de mi querido sargento, que era muy bruto hablando. Como no estaba montando el rifle con la celeridad que era de esperar, me gritó que iba a «aplicarme las pinzas de cargar la batería del coche en cierta parte de mi cuerpo para ver cómo hacía un chispazo y espabilaba de una vez». Ya no pude librarme del apodo.

—Qué tipo más afable —se burló ella.

—Ni que lo digas. Solíamos llamarlo «Lucifer» a sus espaldas.

Savannah sonrió.

—¿Qué significa la alambrada encima del apodo?

—Nada —respondí, sacudiendo la cabeza—. Ése ya me lo había hecho antes de alistarme.

—¿Y el otro brazo?

Un carácter chino. No quería entrar en detalles acerca de ese tatuaje, así que sacudí la cabeza.

—Es de la época de mi «estoy perdido y todo me importa un bledo». No significa nada.

—¿No es un carácter chino?

—Sí.

—¿Y qué quiere decir? Ha de tener un significado, algo como valentía, honor...

—Es un signo profano.

—Ah —dijo ella, que pestañeó varias veces seguidas.

—Tal y como te he dicho, no significa nada para mí ahora.

—Excepto que será mejor que no lo exhibas abiertamente, si alguna vez vas a China.

Solté una carcajada.

—Exacto —convine.

Savannah se quedó callada un momento.

—Eras rebelde, ¿eh?

Asentí con la cabeza.

—De eso hace mucho tiempo. Bueno, en realidad no hace tanto tiempo, aunque me lo parece.

—¿A eso te referías cuando dijiste que alistarte era lo que necesitabas en ese momento?

—Ha sido una experiencia muy positiva para mí.

Volvió a quedarse callada, como si reflexionara.

—Dime, ¿en esa época habrías saltado al agua para recuperar mi bolso?

—No, probablemente me habría desternillado ante el incidente.

Ella sopesó mi respuesta, como si quisiera decidir si me creía o no. Al final lanzó un largo suspiro.

73

—Entonces me alegro de que te alistaras. Realmente necesitaba ese bolso.

—Perfecto.

—¿Qué más?

—¿Qué más quieres saber?

—¿Qué más puedes contarme acerca de ti?

—No lo sé. ¿Qué es lo que quieres saber?

—Cuéntame algo que nadie más sepa.

Cavilé un rato.

—Puedo decirte cuántas monedas Indian de diez dólares se acuñaron en 1907.

—¿Cuántas?

—Cuarenta y dos. No se acuñaron para ponerlas en circulación. Algunos trabajadores de la Casa de la Moneda las acuñaron para ellos y para sus amigos.

—¿Te gustan las monedas?

—No estoy seguro. Es una historia muy larga.

—Tenemos tiempo.

Dudé mientras Savannah alargaba el brazo hacia su bolso.

—Espera un momento —dijo, mientras rebuscaba en su interior. Sacó la crema solar de la marca Copperstone—. Antes de contármelo, ¿te importaría aplicarme un poco de crema en la espalda? Tengo la sensación de que me estoy quemando.

—Si me das permiso, encantado.

—Forma parte del pacto. —Me hizo un guiño.

Apliqué la loción por su espalda y sus hombros; probablemente me entretuve en la labor más de lo que era de esperar, pero me convencí a mí mismo de que se estaba poniendo roja y de que si se quemaba al día siguiente lo pasaría fatal, cuando tuviera que trabajar.

Después me pasé los siguientes minutos relatándole la afición de mi abuelo y de mi padre, hablándole de las ferias de monedas y del viejo Eliasberg. Me limité a contestar específicamente su pregunta, por la simple razón de que no estaba demasiado seguro de cuál era la respuesta. Cuando concluí, ella se dio la vuelta para mirarme.

—¿Y tu padre aún colecciona monedas?

—Toda su vida, bueno, al menos eso es lo que creo. Ya no hablamos de monedas.

—¿Por qué no?

También le conté esa historia. No me preguntéis el porqué. Sabía que debería de haber puesto todo mi empeño en mostrarle la mejor faceta de mí mismo para impresionarla, pero con Savannah eso no era posible. Por una razón que no acertaba a comprender, ella conseguía que tuviera ganas de contarle la verdad, aunque fuera prácticamente una desconocida. Cuando terminé, su cara expresaba una evidente curiosidad.

—Sí, lo sé, era un gilipollas —me atreví a añadir, aún sabiendo que existían otras palabras más precisas para describirme en esa época, palabras con las que no habría acabado de definir mi proceder tan ofensivo.

—Eso parece —contestó ella—, pero eso no era lo que estaba pensando. Estaba intentando imaginarte en esa época, porque ahora no te pareces en absoluto a la persona que describes.

¿Qué podía decir que no sonara pretencioso, aún cuando lo que ella acababa de decir fuera una gran verdad? Indeciso, opté por la técnica de mi padre y no dije nada.

—¿Cómo es tu padre?

Esbocé un breve retrato de él. Mientras me escuchaba, Savannah jugueteaba con la arena, filtrando montoncitos de arena a través de los dedos, como si estuviera muy concentrada en la elección de mis palabras para la descripción. Al final admití que mi padre y yo casi no nos conocíamos, y eso me sorprendió.

—Es cierto —concluyó ella, usando un tono neutro, como si no pretendiera juzgarme, sino sólo expresar su convicción—. Has estado lejos de él durante un par de años, e incluso tú admites que has cambiado. ¿Y pretendes que él te conozca?

Me senté sobre la toalla. La playa estaba abarrotada de gente; era esa hora del día cuando todos los que habían pensado en ir a la playa estaban allí, congregados, y nadie parecía dispuesto a marcharse. Randy y Brad jugaban con un disco volador en la orilla, corriendo y gritando. Cerca de ellos se había congregado un grupito con afán de unirse a la diversión.

—Lo sé —dije—, pero no es únicamente eso. Siempre hemos sido un par de extraños; es tan difícil hablar con él...

Tan pronto como se lo comenté, me di cuenta de que ella era la primera persona a la que me había atrevido a admitir esa verdad. Qué raro. Pero en esos instantes, prácticamente todo lo que le estaba contando me parecía extraño.

—Casi toda la gente de nuestra edad cuenta lo mismo acerca de sus padres.

«Quizá», pensé. Pero en mi caso era diferente. No se trataba de una diferencia generacional, sino de que a mi padre le resultaba imposible conversar largo y tendido sobre cualquier tema, a menos que no fuera de monedas. Sin embargo, no dije nada más, y Savannah acarició la arena que tenía delante de ella. Cuando habló, lo hizo con voz suave:

—Me encantaría conocerlo.

Me di la vuelta y la miré, desconcertado.

—¿Cómo has dicho?

—Que me gustaría conocerlo. Parece una persona muy interesante. Siempre me he sentido atraída por la gente que muestra esa..., esa pasión por la vida.

—Es una pasión por las monedas; no por la vida —la corregí.

—Es lo mismo. La pasión es pasión. Es el entusiasmo entre los espacios tediosos, y no importa hacia dónde vaya enfocada. —Hundió los pies en la arena—. Bueno, al menos la mayoría de las veces; no me estoy refiriendo a vicios.

—Como el tuyo con la cafeína.

Ella sonrió, dejando entrever la pequeña separación que había entre sus dos dientes frontales.

—Exactamente. Pueden ser monedas o un deporte o política o caballos o música o fe... La gente más triste que he conocido en mi vida es la que no siente una pasión profunda por algo. La pasión y la satisfacción van cogidas de la mano, y sin ellas, la felicidad sólo es temporal, porque no existe nada que la haga perdurar. Me encantaría escuchar a tu padre hablar sobre monedas, porque entonces es cuando ves realmente a la persona en su mejor momento, y he descubierto que la felicidad del prójimo es, normalmente, contagiosa.

Me quedé sorprendido ante tales palabras. A pesar de la opinión de Tim de que Savannah era una chica ingenua, parecía mucho más madura que la mayoría de la gente a nuestra edad. Pero, claro, con lo atractiva que estaba con su bikini, podría haber recitado todo el listín telefónico y me habría quedado impresionado de igual manera.

Savannah se sentó a mi lado, y su mirada siguió la mía. El espectáculo con el disco volador se estaba poniendo realmente interesante; Brad había lanzado el disco, y un par de chicos corrieron para atraparlo. Los dos saltaron simultáneamente, chocaron de cabeza y cayeron al agua, salpicando a todos los que estaban cerca. El del bañador rojo se levantó sin el disco, lanzando una sarta de improperios y sosteniéndose la cabeza con las manos; su bañador estaba cubierto de arena. Los otros reían a mandíbula batiente, y yo me sorprendí a mí mismo sonriendo mientras contemplaba la escena, divertido.

—¿Lo has visto?

—Espera, ahora vuelvo. —Savannah no sonreía.

Se dirigió hacia el muchacho del bañador rojo con paso presto. Él vio que se acercaba y se quedó paralizado, y la misma reacción tuvo el otro muchacho, que estaba a su lado. Me di cuenta de que Savannah ejercía el mismo efecto hipnótico en todos los chicos, no sólo en mí. Podía verla hablando y sonriendo, mirando al muchacho con ojos francos, quien asentía con la cabeza sin parpadear, con cara de adolescente avergonzado. Ella regresó a mi lado y se volvió a sentar. No le hice ninguna pregunta, porque sabía que el asunto no era de mi incumbencia, aunque era plenamente consciente de que mi curiosidad era patente.

—Normalmente no habría intervenido, pero le he pedido que intente tener más cuidado con su vocabulario para no ofender a las familias que hay en la playa —explicó—. Hay muchos niños pequeños por aquí. Me ha dicho que lo intentará.

Debería de habérmelo figurado.

—¿Le has sugerido que use «Madre de Dios» o «Virgen santa» la próxima vez?

Savannah me dedicó una risita maliciosa.

—Te han gustado esas expresiones, ¿eh?

—Estaba pensando en transmitirlas a mi batallón, para que las añadan a nuestro factor intimidador cuando estemos derribando puertas y lanzando RPG.

Ella esbozó otra sonrisa burlona.

—Definitivamente tendría un efecto más pavoroso que soltar tacos, aunque no sepa qué es un RPG.

—Es una granada propulsada. —Aunque no quisiera, Savannah me gustaba más cada minuto que pasaba—. ¿Tienes algún plan para esta noche?

—No, salvo por la reunión. ¿Por qué? ¿Acaso piensas invitarme a conocer a tu padre?

—No, bueno, al menos esta noche no. Más adelante. Esta noche quería enseñarte Wilmington.

—¿Me estás pidiendo que salga contigo?

—Sí —admití—. Te acompañaré de vuelta cuando me lo pidas. Ya sé que mañana tienes que trabajar, pero hay un sitio fantástico que quiero enseñarte.

—¿Qué clase de sitio?

—Un restaurante de la ciudad cuya especialidad es el pescado. Te aseguro que la experiencia merece la pena.

Savannah entrelazó los brazos alrededor de las rodillas.

—No suelo salir con desconocidos —declaró al final—, y sólo hace un día que nos conocemos. ¿Crees que puedo confiar en ti?

—Yo no lo haría.

Ella rio.

—Bueno, en ese caso, supongo que puedo hacer una excepción.

—¿De veras?

—De veras —asintió—. Me pirran los chicos honestos con el pelo prácticamente rapado al cero. ¿A qué hora quedamos?

Capítulo 4

Llegué a casa alrededor de las cinco, y a pesar de que no notaba quemazón en mi piel tan morena y curtida, propia de los países mediterráneos, después de haber estado prácticamente todo el día expuesto al tórrido sol, la sensación de dolor se hizo patente cuando me duché. El agua me escocía mientras me enjuagaba el pecho y los hombros, y la cara me ardía como cuando uno tiene décimas de fiebre. Por primera vez desde que había llegado de permiso me afeité, y después me vestí con unos pantalones cortos limpios y una de las escasas camisas que tenía con el cuello de botones, de color azul celeste. Lucy me la había comprado y me había asegurado que el tono me favorecía. Enrollé un poco las mangas y dejé que me cayera suelta sobre los pantalones, entonces rebusqué en el armario hasta que encontré un par de sandalias.

A través del resquicio de la puerta podía ver a mi padre encorvado sobre su escritorio, y me sorprendí al pensar que era la segunda noche consecutiva que tenía otros planes para cenar. Ese fin de semana no había pasado demasiado rato con él. Él no se quejaría, lo sabía, pero, sin embargo, sentí unas punzadas de culpa en el estómago. Después de que dejáramos de hablar de monedas, los desayunos y las cenas se habían convertido en las únicas cosas que compartíamos, y ahora lo estaba privando incluso de eso. Quizá yo no había cambiado tanto como pensaba que había hecho. Me alojaba en su casa, me alimentaba de su comida y estaba a punto de pedirle que me prestara el coche. En otras palabras, estaba haciendo lo que me daba la gana con mi vida y usándolo a él en el proceso. Me pregunté qué diría Savannah al respecto, aunque creo que ya sabía la respuesta. Savannah sonaba a veces como la pequeña voz que se había instalado en mi cabeza sin preocuparse nunca por pagar el alquiler, y justo en esos instantes me susurraba que si me sentía culpable quizás era porque estaba haciendo algo indebido. Me prometí que pasaría más tiempo con él. Era una salida fácil, lo sabía, pero no se me ocurría otra cosa.

Cuando abrí la puerta, mi padre pareció sorprendido al verme.

—Eh, papá —lo saludé, y me senté en el lugar acostumbrado.

—Hola, John. —Tan pronto como me hubo saludado, desvió la vista hacia su escritorio y se pasó la mano por el escaso pelo que le quedaba. Cuando no añadí nada más, se dio cuenta de que debía hacer alguna pregunta—. ¿Qué tal el día? —inquirió al final.

Cambié de posición en la silla.

—Fantástico. He pasado prácticamente todo el día con Savannah, la chica de la que te hablé anoche.

—Ah. —De nuevo apartó la vista, negándose a mirarme a los ojos—. No me contaste nada de ella.

—¿No lo hice?

—No, pero no pasa nada. Llegaste muy tarde. —Por primera vez pareció percatarse de que me había esmerado en mi vestimenta, o por lo menos más que nunca lo había hecho, pero no se atrevió a interrogarme.

Me alisé la camisa, antes de decidirme a hablar.

—Sí, lo sé, quiero impresionarla, ¿sabes? La he invitado a cenar en un restaurante esta noche. ¿Puedes prestarme tu coche?

—Oh… Claro —respondió él.

—Quiero decir, ¿no lo necesitas esta noche? Podría llamar a algún amigo o…

—No —terció él. Hundió la mano en el bolsillo en busca de las llaves. De diez padres, seguramente nueve de ellos las habrían lanzado con despecho sobre la mesa; el mío sin embargo las sostuvo entre los dedos.

—¿Estás bien? —pregunté.

—Sólo un poco cansado —contestó.

Me puse de pie y cogí las llaves.

—¿Papá?

Él alzó la vista de nuevo.

—Siento mucho no haber cenado contigo estas dos últimas noches.

—No pasa nada, lo comprendo.

El sol iniciaba su lento descenso, y mientras ponía el motor del coche en marcha, en el cielo se desplegaba un cúmulo de colores pastel que contrastaban ostensiblemente con los cielos de los atardeceres a los que me había acostumbrado en Alemania. El tráfico era horroroso, como de costumbre cada domingo por la noche, y necesité casi treinta minutos —tragando el humo de los tubos de escape de mil automóviles— para regresar a la playa y aparcar al lado de la casa.

Entré sin llamar. Dos chicos sentados en el sofá que estaban viendo un partido de béisbol en la tele me oyeron entrar.

—¡Eh! —me saludaron, sin parecer demasiado interesados en mi persona ni sorprendidos.

—¿Habéis visto a Savannah?

—¿Quién? —preguntó uno de ellos, obviamente sin prestarme ni la más mínima atención.

—Nada, no os preocupéis. Ya la encontraré. —Atravesé el comedor hasta llegar al porche trasero, vi al mismo chico de la noche anterior detrás de la barbacoa junto con otros estudiantes, pero ni rastro de Savannah. Tampoco la vi en la playa. Estaba a punto de marcharme cuando noté unas palmaditas en el hombro.

—¿Buscas a alguien? —me preguntó ella.

Me di la vuelta.

—Sí, a una chica que suele perder cosas en los muelles, pero que es muy hábil sobre la tabla de surf.

Ella puso las manos sobre sus caderas, y yo sonreí. Iba ataviada con unos pantalones cortos y un top muy veraniego con la espalda descubierta, se había puesto un poco de colorete en las mejillas, y me fijé en que también se había dado máscara en las pestañas y se había pintado los labios. A pesar de que me encantaba su belleza natural —soy un chico de playa—, Savannah estaba aún más bella de como la recordaba. Cuando se inclinó hacia mí, noté el aroma de su fragancia cítrica.

—¿Eso es todo lo que soy? ¿Una simple chica? —inquirió con porte dramático. Su tono era burlón y serio a la vez, y por un instante, fantaseé con la idea de estrecharla entre mis brazos allí mismo y en ese mismo instante.

—Ah, eres tú —repuse, fingiendo indiferencia.

Los dos chicos en el sofá nos miraron un instante, luego volvieron a fijar su atención en la pantalla.

—¿Estás lista? —le pregunté.

—Me falta el monedero. —Lo cogió de la encimera de la cocina y nos dirigimos a la puerta—. Por curiosidad, ¿adónde vamos?

Cuando le dije el nombre, Savannah enarcó una ceja.

—¿Piensas llevarme a cenar a un tugurio de mala muerte?

—Mira, sólo soy un pobre soldadito mal pagado; es todo lo que puedo costearme.

Me propinó un codazo cariñoso.

—¿Lo ves? Por eso no suelo salir a cenar con desconocidos.

El Shrimp Shack se halla en el casco antiguo de Wilmington, muy cerca del río Cape Fear. En uno de los extremos del casco antiguo uno puede encontrar los típicos enclaves turísticos: tiendas de suvenires, un par de locales especializados en antigüedades, unos pocos restaurantes de cierto renombre, bares y varias inmobiliarias. En el otro extremo, sin embargo, Wilmington exhibe su carácter de ciudad portuaria: enormes almacenes, de los que más de uno está abandonado, y otros pocos edificios de oficinas pasados de moda y sólo medio ocupados. Dudo que los turistas que aterrizan por allí en verano se aventuren a dar siquiera una vuelta por este otro extremo.

Ésa fue precisamente la dirección que tomé. Poco a poco, a medida que el área se tornaba más desolada, las multitudes se fueron disipando hasta que no quedó nadie por la calle.

—¿Dónde está ese restaurante? —preguntó Savannah.

—Un poco más lejos. Al final de esta cuesta.

—Queda fuera de la zona de ocio, ¿no?

—Es una institución local. Al dueño no le importa que vengan o no turistas. Nunca le ha importado.

Un minuto más tarde, aminoré la marcha del auto y entré en una pequeña zona de aparcamiento situada al lado de uno de los almacenes. Delante del Shrimp Shack había una docena de coches aparcados, como de costumbre, y el lugar no había cambiado en absoluto. Desde que lo conocía siempre había tenido el mismo aspecto de edificio desvencijado, con un amplio porche atestado de trastos, la pintura ajada, y el techo combado hasta tal punto que parecía que fuera a hundirse de un momento a otro, a pesar de que había sobrevivido a vientos huracanados desde 1940. La fachada estaba decorada con redes, tapacubos, matrículas de coche, una vieja ancla, remos, y unas cuantas cadenas oxidadas. Un remo de madera roto descansaba de pie al lado de la puerta.

El cielo iniciaba su indolente degradado hacia el color negro cuando nos dirigimos hacia la entrada. Me pregunté si debería asirle la mano, pero al final no lo hice. A pesar de que, inducido por las hormonas, había tenido cierto éxito con algunas mujeres, tenía poca experiencia cuando se trataba de chicas que me importaban. Aunque sólo había pasado un día desde que nos conocíamos, no me cabía la menor duda de que estaba con una chica excepcional.

Nos encaramamos al porche atestado de trastos, y Savannah apuntó con el dedo hacia el remo de madera roto.

—Quizá por eso el dueño abrió un restaurante. Porque se le hundió la barca.

—Podría ser. O quizás alguien dejó ese remo apoyado ahí y nunca se preocupó de retirarlo. ¿Estás lista?

—¡Tan lista como una pueda estarlo! —exclamó entusiasmada, y acto seguido abrí la puerta.

83

No sé qué era lo que Savannah esperaba, pero sus facciones iban tiñéndose de satisfacción cuando entramos en el local. A un lado había una larga barra de bar, con unos bancos de madera rústicos y con ventanas al fondo que ofrecían unas espectaculares vistas del río. Un par de camareras con larguísimas melenas —al igual que la decoración, ellas tampoco habían cambiado en absoluto— se movían entre las mesas, llevando bandejas de comida. El aire contenía un olor enrarecido a fritura y a humo de cigarrillo, que en cierta manera parecía encajar con el local. La mayoría de las mesas estaban ocupadas, pero me dirigí hacia una cerca de la máquina de música. En esos momentos se podía escuchar una canción de música *country*, pero no acerté a distinguir quién era el cantante. Me considero más experto en rock clásico.

Nos abrimos paso entre las mesas. La mayoría de los clientes tenían aspecto de ser personas que trabajaban duro para ganarse el pan: albañiles, jardineros, camioneros y gente por el estilo. Hacía mucho tiempo que no veía tantas gorras de béisbol juntas con el logo NASCAR de las tradicionales carreras automovilísticas, o mejor dicho, creo que nunca había visto tantas juntas. Varios chicos de mi batallón eran unos grandes entusiastas de ese deporte, pero yo nunca había sentido interés por ver a una panda de tipos conduciendo en círculos todo el día ni tampoco entendía por qué no ponían los artículos referentes a esas carreras en la sección del motor en la prensa en lugar de en la sección deportiva. Nos sentamos el uno frente al otro, y observé cómo Savannah se acomodaba.

—Me gusta esta clase de sitios —dijo—. ¿Era el local donde solías venir, cuando vivías aquí?

—No, éste era el local para las ocasiones especiales. Normalmente iba a un bar llamado Leroy, que está cerca de la playa de Wrightsville.

Cogió un menú plastificado que estaba apresado entre un servilletero de metal y unas botellas de kétchup y de salsa picante Texas Pete.

—Bueno, veamos por qué es famoso este lugar. —Abrió el menú.

—Por los langostinos.

—¡No me digas!

—En serio. Langostinos cocinados de cualquier forma que puedas imaginar. ¿Recuerdas la escena en *Forrest Gump* donde Bubba le contaba a Forrest todas las formas de preparar langostinos? A la parrilla, salteados, a la barbacoa, al estilo Cajun, con limón, al estilo criollo, cóctel de langostinos... Pues estás en el lugar idóneo.

—¿Y tú, cómo los prefieres?

—Me gustan helados, con una salsa de cóctel de acompañamiento. O fritos.

Savannah cerró el menú.

—Tú eliges —dijo, pasándome el menú—. Confío en tu gusto.

Coloqué el menú de nuevo en su sitio, apresado con el servilletero.

—¿Y?

—Helados. En un cubo. Es una experiencia inolvidable.

Ella se inclinó hacia mí.

—¿Cuántas mujeres has traído aquí? Para la experiencia inolvidable, me refiero.

—¿Incluyéndote a ti? Hummm... Déjame pensar... —Di unos golpecitos en la mesa con los dedos—. Una.

—Es un honor.

—Éste era un lugar más idóneo para mí y para mis amigos cuando queríamos picar algo en lugar de tomar un trago. Después de haber pasado todo el día haciendo surf, no existía ningún lugar en el mundo donde ofrecieran mejor comida.

—Como pronto descubriré.

La camarera se acercó a nuestra mesa y le pedí langostinos. Cuando preguntó qué queríamos beber, alcé las manos en señal de invitación para que Savannah eligiera.

—Té dulce, por favor —pidió.

—Para mí también.

Cuando la camarera se hubo marchado, iniciamos una conversación placentera, que no interrumpimos ni tan sólo cuando nos sirvieron las bebidas. Hablamos de nuevo sobre la

85

vida en el ejército; no sé por qué, Savannah parecía fascinada con ese tema. También me preguntó cómo había sido mi infancia y mi juventud allí. Le conté más de lo que pensaba hacer sobre los años de instituto y probablemente me excedí sobre mis tres años antes de alistarme en el Ejército.

Ella me escuchaba con atención, haciéndome preguntas de vez en cuando, y me di cuenta de que hacía mucho tiempo que no salía a cenar con una chica, unos cuantos años…, quizá más. Al menos no desde Lucy. No había sentido la necesidad de salir con nadie, pero en ese momento, sentado delante de Savannah, tuve que reflexionar sobre mi decisión. Me gustaba estar a solas con ella, y quería pasar más tiempo así. No sólo esa noche, sino también el día siguiente y el próximo. Todo —desde su forma relajada de reír hasta su inteligencia y su evidente interés por el prójimo— se me antojaba como una bocanada de aire fresco y deseable. Pero pasar el rato con ella también hacía que me diera cuenta de lo solo que había estado. No me lo había admitido ni siquiera a mí mismo, pero tras apenas dos días con Savannah, sabía que era cierto.

—¿Qué tal si ponemos un poco más de música? —sugirió ella, interrumpiendo mis pensamientos.

Me levanté del asiento, rebusqué en mis bolsillos un par de monedas y las inserté en la máquina. Savannah apoyó ambas manos en el cristal y se inclinó hacia delante mientras leía los títulos de las canciones, entonces eligió varias. Cuando regresamos a la mesa, ya sonaba la primera.

—Sabes, acabo de darme cuenta de que yo he sido el único que ha hablado durante toda la noche —anuncié.

—Será porque eres muy parlanchín —argumentó ella.

—Desenvolví la servilleta enrollada alrededor de los cubiertos.

—Pues ahora te toca a ti. Lo sabes todo sobre mí, en cambio yo no sé nada de ti.

—Claro que sabes cosas sobre mí; sabes cuántos años tengo, qué estudio en la universidad, y también sabes que no bebo alcohol. Sabes que soy de Lenoir, que vivo en un rancho, que me gustan los caballos y que me paso los veranos construyendo casas para Habitat for Humanity. Sabes un montón de cosas.

De repente me di cuenta de que era cierto. Incluyendo algunas cosas que ella no había mencionado.

—Quiero saber más de ti —insistí.

Savannah se inclinó hacia delante.

—Pregúntame lo que quieras.

—Háblame de tus padres —le pedí.

—Muy bien —repuso ella, al tiempo que asía una servilleta y se ponía a frotar su vaso para quitarle el vaho—. Mi madre y mi padre llevan veinticinco años casados, y son tan felices y siguen tan enamorados como el primer día. Se conocieron en la Universidad Appalachian State, y mamá trabajó en un banco un par de años hasta que yo nací. Desde entonces se ha dedicado a las labores domésticas y a ser la clase de madre que está siempre allí para cualquier persona que la necesite, también, siempre involucrada en todas las actividades escolares posibles, conductora voluntaria, entrenadora de nuestro equipo de fútbol, presidenta de la Asociación de Padres y Profesores, ya sabes, esa clase de actividades. Ahora que ya no vivo con ellos, se pasa el día haciendo de voluntaria en la biblioteca, en otras escuelas, en la iglesia… No para. Papá es profesor de historia en un colegio y ha sido el entrenador del equipo de voleibol femenino desde que yo era pequeña. El año pasado consiguieron llegar a las finales del estado, pero perdieron. También es decano en nuestra iglesia, y dirige la asociación juvenil y el coro. ¿Quieres que te enseñe una foto?

—Sí.

Abrió el monedero y sacó una foto doblada. La desdobló y me la pasó por encima de la mesa; nuestros dedos se rozaron.

—Está un poco deteriorada por los bordes a causa del baño forzado que sufrió anoche, en el muelle, pero por lo menos te podrás hacer una idea.

Le di la vuelta a la foto. Savannah se parecía más a su padre que a su madre, o por lo menos había heredado los rasgos más oscuros de él.

—Parece una pareja entrañable.

—Los quiero mucho —apostilló, guardándose el monedero—. Son los mejores padres del mundo.

—¿Por qué vivís en un rancho si tu padre es profesor?

—Oh, no es un rancho en activo. Funcionaba como una granja cuando era de mi abuelo, pero él tuvo que ir vendiendo trozos de tierra para pagar los impuestos que gravaban el terreno. Cuando mi padre lo heredó, sólo quedaban diez acres con una casa, los establos y un corral. Es más una casa con un gran jardín que un rancho, aunque siempre lo llamamos así. Supongo que el apelativo le aporta una imagen errónea, ¿no?

—Antes me has dicho que practicabas varios deportes. ¿También jugabas al voleibol con tu padre?

—No —respondió ella—. Creo que es un entrenador estupendo, pero siempre me ha inculcado que haga lo que más me guste. Y el voleibol no es precisamente lo que más me atrae. Lo probé, y no estaba mal, pero no me apasiona.

—Te apasionan los caballos.

—Sí, desde niña. Mi madre me regaló una figurita de un caballo cuando era muy pequeña, y eso fue el inicio de mi gran pasión. Cuando tenía ocho años me regalaron mi primer caballo, por Navidad, y aún hoy sigue siendo el mejor regalo de Navidad que jamás he recibido. Se llamaba *Slocum*. Era una yegua realmente dócil, y era perfecta para mí. El trato consistía en que yo tenía que ocuparme de ella, darle de comer, cepillarla y mantener el establo limpio. Entre ella, la escuela, los deportes y encargarme del resto de los animales, no me quedaba mucho tiempo para hacer nada más.

—¿El resto de los animales?

—Cuando era pequeña mi casa sí que parecía realmente una granja. Con perros, gatos, incluso una vez tuvimos una llama. Me ponía muy tozuda cuando encontraba un animal perdido. Mis padres al final ya no intentaban hacerme entrar en razón. Normalmente teníamos cinco o seis animales a la vez en casa, todos adoptados. A veces se presentaba el dueño de algún animal extraviado con la esperanza de encontrarlo allí, y se marchaba con alguna de nuestras recientes adquisiciones si no hallaba el suyo. Mi casa era como una protectora de animales.

—Tus padres tenían mucha paciencia.

—Así es, pero ellos tampoco se podían contener cuando veían un animal perdido. Aunque mi madre lo niegue, ella era peor que yo.

La escruté con interés.

—Supongo que eras una buena estudiante.

—Sí, la mejor de la clase.

—No sé por qué, pero no me sorprende.

—¿Ah, no?

No contesté.

—¿Alguna vez has tenido un novio serio?

—Oh, ahora vamos directos al grano, ¿eh?

—Sólo tengo curiosidad.

—¿Y qué dirías, que lo he tenido o no?

—Creo queeeee... —Arrastré la última vocal—. No tengo ni idea.

Ella se puso a reír.

—Entonces... dejemos la pregunta en el aire, por el momento. Un poco de misterio siempre va bien. Además, estoy segura de que lo descubrirás por ti mismo.

La camarera llegó con un recipiente lleno de langostinos y un par de cajitas de plástico que contenían salsa de cóctel, lo depositó todo sobre la mesa y volvió a llenar nuestros vasos de té con la eficiencia de alguien que lleva mucho tiempo desempeñando el mismo oficio. Dio media vuelta sin preguntarnos si queríamos alguna cosa más.

—Este lugar es legendario por su hospitalidad.

—Oh, la pobre está muy ocupada —contrarrestó Savannah, al tiempo que se apoderaba de un langostino—. Y además, creo que sabe que me estás avasallando con preguntas y ha preferido dejarme a solas con mi inquisidor.

Peló el langostino y lo hundió en la salsa antes de tomar un bocado. Yo cogí el recipiente y puse un par de langostinos en mi plato.

—¿Qué más quieres saber?

—No lo sé. Todo. ¿Qué es lo mejor para ti de estudiar en la universidad?

Se quedó pensativa mientras se llenaba el plato con algunos langostinos.

—Los buenos profesores —dijo al final—. En la universidad a veces puedes elegir a tus profesores, siempre y cuando seas flexible con tus horarios. Eso es lo que me gusta. Antes de empezar, fue el consejo que me dio mi padre. Me dijo que eligiera mis clases teniendo en cuenta al profesor, siempre que eso fuera posible, en vez de la materia. Quiero decir, él sabía que hay que aprobar determinadas asignaturas para obtener la licenciatura, pero su consejo era que los buenos profesores no tienen precio. Te inspiran, te entretienen y acabas aprendiendo más de lo que esperabas.

—Porque sienten pasión por la materia que imparten —concluí.

Ella pestañeó varias veces seguidas.

—Exactamente. Y mi padre tenía razón. He asistido a clases de materias que nunca pensaba que podrían interesarme, asignaturas completamente ajenas a mi licenciatura, ¿y sabes una cosa? Todavía recuerdo esas clases como si estuviera en ellas ahora.

—Me dejas impresionado. Pensaba que dirías algo así como que lo mejor de la universidad es ir a los partidos de baloncesto. En la Universidad de Chapel Hill es como una religión.

—También me gusta el baloncesto. Del mismo modo que disfruto cuando estoy con mis amigos y también viviendo separada de mi padre y mi madre y cosas por el estilo. He aprendido mucho desde que me fui de Lenoir. Quiero decir, allí me lo pasaba muy bien, y mis padres son estupendos, pero estaba... muy protegida. Desde que estoy en la universidad he tenido varias experiencias de esas que te abren los ojos.

—¿Cómo qué?

—Oh, muchas cosas. Como superar la presión de beber alcohol o tener que montármelo con algún chico cada vez que salgo. En mi primer año allí, odiaba la universidad. Me sentía como un bicho raro que no acababa de encajar, y la verdad es que no encajaba en absoluto. Les supliqué a mis padres que me cambiaran de universidad o que me dejaran estar en casa, pero se negaron. Creo que sabían que dentro de unos años me habría arrepentido de mi decisión, y probablemente tenían razón. Hasta mi segundo año, cuando conocí a algunas chicas que se sentían igual que yo respecto a esa clase de presiones, no empecé a sentirme mejor. Me metí en un par de grupos de alumnos de formación cristiana, y me pasaba los sábados por la mañana en un barracón en Raleigh sirviendo a los pobres.

Entonces dejé de sentir esa desagradable presión a asistir a fiestas o salir con algún chico. Ahora, si finalmente decido ir a una fiesta, no me ahogo con el peso de la presión. Únicamente acepto el hecho de que no tengo que hacer lo mismo que hace el resto; hago lo que más me conviene y punto.

«Lo cual explica por qué ella se quedó conmigo anoche», pensé. Y por qué estaba ahora conmigo.

A Savannah se le iluminó el rostro.

—Es un poco como lo que te pasa a ti, supongo. En los dos últimos años he madurado. Así que, además de que ambos somos unos expertos surfistas, también tenemos eso en común.

Me eché a reír.

—Ya, salvo que a mí me costó mucho más que a ti.

Ella se inclinó hacia delante.

—Mi padre siempre me decía que cuando uno se esfuerza por conseguir algo, sólo tiene que mirar a su alrededor para darse cuenta de que todas las personas se esfuerzan por conseguir algo, y para ellos, resulta tan difícil como nos lo parece a nosotros.

—Tengo la impresión de que tu padre es un hombre muy sabio.

—Tanto papá como mamá. Ambos destacaron entre los cinco primeros puestos en su promoción. Así fue como se conocieron, estudiando en la biblioteca. Los estudios eran realmente importantes para ellos, y siempre han querido inculcarme el mismo valor. Quiero decir, que ya sabía leer antes de ir a preescolar, pero nunca me inculcaron la lectura como si fuera uno más de los deberes. Y que yo recuerde, siempre me han hablado como si fuera una adulta, desde que era muy pequeña.

91

Por un momento reflexioné sobre lo diferente que habría sido mi vida si hubiera tenido unos padres como los de Savannah, pero aparté ese desapacible pensamiento de mi mente. Sabía que mi padre había hecho todo lo que había podido, y no tenía ninguna queja con el resultado final. Quejas acerca de la forma hasta llegar a ser el chico en que me había convertido, quizá, pero no del resultado final. Porque no importaba lo que hubiera sucedido, al final había acabado comiendo langostinos en un restaurante cutre en el casco antiguo de la ciudad con una chica que sabía que jamás podría olvidar.

Después de la cena, regresamos a la casa de la playa, que estaba sorprendentemente silenciosa. La música seguía sonando, pero prácticamente todo el mundo estaba tumbado en actitud relajada alrededor del fuego, como anticipándose al hecho de que a la mañana siguiente tendrían que levantarse temprano. Tim se hallaba sentado entre ellos, inmerso en una conversación que parecía la mar de interesante. Sin que yo lo esperara, Savannah me cogió de la mano y me obligó a detenerme antes de que llegáramos hasta el grupo.

—¿Vamos a dar un paseo? —sugirió—. Prefiero estirar un poco las piernas después de la cena, antes de sentarme.

Por encima de nuestras cabezas, unas pocas nubes finas se extendían entre las estrellas, y la luna, todavía en su fase de luna llena, rielaba sobre el horizonte. Una ligera brisa me acariciaba la mejilla y podía escuchar el movimiento incesante de las olas cuando embestían la orilla. La marea había subido, y caminamos por la arena más dura, más compacta, cerca del agua. Savannah apoyó la mano en mi hombro para no perder el equilibrio mientras se quitaba una sandalia, y luego la otra. Cuando terminó, yo hice lo mismo, y dimos unos cuantos pasos en silencio.

—Es tan bonito este lugar. Quiero decir, me gusta la montaña, pero esto es maravilloso de otra manera. Transmite tanta… paz…

Pensé que las mismas palabras podían aplicarse a describirla a ella, y no supe qué decir.

—No puedo creer que sólo haga un día que nos conocemos —agregó—. Tengo la impresión de que hace mucho tiempo.

Sentía su mano cálida y cómoda en la mía.

—Estaba pensando lo mismo.

Ella esbozó una sonrisa soñadora, mientras contemplaba las estrellas.

—Me pregunto qué pensará Tim de todo esto —murmuró. Luego me miró—. Cree que soy bastante ingenua.

—¿Y lo eres?

—A veces —admitió, y yo me eché a reír.

Ella continuó.

—Quiero decir, cuando veo a dos personas paseando de este modo, como nosotros ahora, pienso: «Qué bonito». No es que piense que acto seguido se lo montarán detrás de una duna. Pero el hecho es que a veces lo hacen. Simplemente es que no es algo que me espere de entrada, y siempre me quedo sorprendida cuando luego oigo cómo lo cuentan. No puedo remediarlo. Igual que anoche, después de que te marcharas. Oí unos comentarios sobre dos personas que se lo habían montado aquí, en la playa; no podía creerlo.

—Pues yo me habría quedado más sorprendido si no hubieran acabado liados.

—Eso es lo que no me gusta de la universidad, por cierto. Es como un montón de gente que no sabe apreciar la importancia de la vida, por lo que se permiten la licencia de experimentar con..., con cualquier cosa. Le dan una interpretación tan frívola al sexo y a ingerir alcohol..., incluso a tomar drogas. Sé que quizá te parezca que tengo una mentalidad anticuada, pero es que no lo comprendo. Quizá por eso no quería sentarme junto al fuego con el resto. Para serte sincera, me siento decepcionada con ese par de los que oí los comentarios, y no quiero sentarme junto a ellos y tener que fingir que su comportamiento no me ha afectado. Sé que no debería de juzgar a nadie, y estoy segura de que son dos personas fenomenales, puesto que están aquí para ayudar, pero, no obstante, ¿por qué lo hicieron? ¿No debería uno reservar esa clase de actitudes tan íntimas para compartirlas con la persona que ama? ¿Para que así tenga algún sentido?

93

Sabía que ella no buscaba respuestas, ni yo le ofrecí ninguna.

—¿Quién te habló de esa pareja? —pregunté.

—Tim. Creo que él también se sentía decepcionado, pero ¿qué puede hacer? ¿Echarlos del grupo?

Habíamos caminado un largo trecho hasta la playa, y dimos la vuelta. En la distancia, podía ver el círculo de las siluetas iluminadas por la fogata. El aire olía a sal, y unos cangrejos se ocultaron en sus hoyos en la arena cuando nos acercamos.

—Lo siento —se disculpó—. Me parece que me estoy pasando de la raya.

—¿En qué?

—En mostrarme tan…, tan intolerante. No debería juzgarlos; no soy yo la que ha de hacerlo.

—Pero todo el mundo lo hace, forma parte de la naturaleza humana —alegué.

—Lo sé. Pero…, bueno, tampoco soy perfecta. Al final, el único juicio que importa es el de Dios, y he aprendido lo suficiente como para saber que nadie puede presumir de saber lo que Dios quiere.

Sonreí.

—¿Qué? —preguntó.

—Con tu forma de hablar, me recuerdas a nuestro capellán. Él argumenta lo mismo.

Regresamos con paso lento por la playa, y cuando nos acercamos a la casa, nos alejamos de la orilla hasta pisar la arena más suave. Nuestros pies resbalaban con cada paso, y podía notar que Savannah se agarraba con más fuerza a mi mano. Me pregunté si me soltaría cuando estuviéramos más próximos a la fogata, y me entristecí cuando lo hizo.

—¡Eh! ¡Ya estáis de vuelta! —nos saludó Tim, con un tono cordial.

Randy también estaba allí; lucía su típica expresión de malas pulgas. Con franqueza, su resentimiento empezaba a cansarme. Brad estaba de pie detrás de Susan, quien se apoyaba en su pecho. Ésta parecía indecisa sobre si fingir alegría al vernos

—porque de ese modo Savannah le contaría todos los detalles—, o mostrarse enojada para beneficio de Randy. Los otros, obviamente indiferentes, reanudaron sus conversaciones. Tim se levantó y vino hacia nosotros.

—¿Qué tal la cena?

—Fantástica —contestó Savannah—. He tenido el privilegio de probar la cultura local. Hemos ido al Shrimp Shack.

—El nombre parece divertido —comentó Tim.

Lo escruté con disimulo para ver si detectaba alguna muestra de celos, pero no hallé ninguna. Tim hizo una señal por encima del hombro y continuó:

—¿Os apetece uniros al grupo? Se nos están acabando las energías; supongo que nos estamos preparando para mañana.

—La verdad es que yo también tengo un poco de sueño. Iba a acompañar a John hasta su coche; después me iré a dormir. ¿A qué hora tenemos que levantarnos?

—A las seis. Desayunaremos y estaremos en el lugar donde hemos de erigir la casa a las siete y media. No te olvides de ponerte crema solar. Estaremos expuestos al sol todo el día.

—Lo recordaré. Deberías decírselo a todos los demás.

—Ya lo he hecho. Y lo volveré a recordar mañana. Pero ya verás, algunos chicos no me harán caso hasta que se quemen.

—Nos vemos mañana por la mañana —le dijo ella.

—Muy bien. —Tim me dedicó entonces su atención—. Me alegro de que hayas venido hoy.

—Yo también —dije.

—Y oye, si te aburres durante las dos próximas semanas, siempre nos vendrá bien una mano extra.

Me eché a reír.

—Sabía que no te podrías contener.

—Lo siento, pero soy así —se disculpó al tiempo que me tendía la mano—. Pero sea como sea, espero verte de nuevo.

Nos dimos la mano. Tim regresó a su sitio, y Savannah hizo un gesto con la cabeza hacia la casa. Enfilamos hacia la duna, nos detuvimos unos instantes para calzarnos las sandalias, luego seguimos la tarima de madera a través de la vegetación que crecía en la playa, y rodeamos la casa. Un minuto más

95

tarde, estábamos en el coche. En la oscuridad reinante, no acertaba a interpretar su expresión.

—Lo he pasado muy bien esta noche —afirmó—. Y durante el día.

Tragué saliva.

—¿Cuándo podré volver a verte?

Era una pregunta muy simple, hasta un punto esperada, pero me sorprendió escuchar el deseo que se desprendía de mi tono. Ni tan sólo la había besado todavía.

—Supongo que eso dependerá de ti. Ya sabes dónde encontrarme.

—¿Qué tal mañana por la noche? —propuse sin pensarlo dos veces—. Conozco otro sitio en el que toca una banda en directo; es muy divertido.

Ella se colocó un mechón de pelo detrás de la oreja.

—¿Qué tal si lo dejamos para pasado mañana? ¿Te parece bien? Es que el primer día de trabajo es siempre... intenso y agotador. Además, hemos organizado una gran cena para todo el grupo mañana, y la verdad es que debería asistir.

—Sí, claro, no hay ningún inconveniente —contesté, pensando que sí que era un inconveniente.

Savannah debió de darse cuenta del tono de decepción en mi voz.

—Tal y como Tim ha dicho, serás más que bienvenido si decides pasar a echarnos una mano.

—No, gracias. Nos veremos el martes por la noche.

Continuamos de pie allí, uno de esos momentos incómodos a los que probablemente jamás me acostumbraré, pero ella se dio la vuelta antes de que pudiera intentar besarla. Normalmente, lo habría probado para ver qué pasaba; quizá no era muy expresivo con mis sentimientos, pero podía ser impulsivo y actuar con celeridad. Con Savannah, sin embargo, me sentía insólitamente paralizado. Ella tampoco parecía tener prisa.

Un coche pasó por la carretera y rompió el hechizo. Ella dio un paso hacia la casa, luego se detuvo y apoyó su mano en mi brazo. En un gesto inocente, me besó en la mejilla. Fue más bien un beso fraternal, pero noté la extrema suavidad de sus labios y me impregné tanto de su aroma que cuando se apartó todavía podía notarlo.

—De verdad, lo he pasado muy bien —murmuró—. No creo que me vaya a olvidar de este día en mucho, mucho tiempo.

Noté que su mano se apartaba de mi brazo, y luego ella subió las escaleras de la casa y desapareció.

En casa, un poco más tarde, esa misma noche, descubrí que no podía conciliar el sueño porque mi mente rememoraba sin parar todo lo que había sucedido ese día. Finalmente me senté en la cama, deseando haber sabido expresarle a Savannah lo mucho que ese día había significado para mí. Al otro lado de la ventana, vi una estrella fugaz atravesar el cielo en una brillante estela de luz blanca. Quería creer que era un buen augurio, pero no estaba seguro. No podía apartar de la mente su tierno beso en mi mejilla, y por enésima vez me pregunté cómo era posible que me estuviera enamorando de una muchacha a la que tan sólo hacía un día que conocía.

Capítulo 5

—*B*uenos días, papá —lo saludé cuando entré en la cocina. Parpadeé ante la luminosidad de la luz matutina y vi a mi padre en pie delante del horno. El olor a panceta frita llenaba el aire.

—Oh, hola, John.

Me dejé caer pesadamente en la silla, intentando zafarme del estado de somnolencia que se había apoderado de mí.

—Sí, lo sé, me he levantado temprano, pero es que quería hablar contigo antes de que te marcharas a trabajar.

—Oh, muy bien. Deja que añada un poco más de panceta.

Parecía casi entusiasmado, a pesar de esa interrupción en su rutina. Era en los momentos como ése cuando yo tenía la certeza de que se alegraba de tenerme en casa.

—¿Queda café? —pregunté.

—En la cafetera —respondió.

Me serví una taza y avancé con paso torpe hasta la mesa. El periódico reposaba intacto, tal y como había llegado. Mi padre siempre lo leía mientras desayunaba, y sabía que era mejor no tocarlo. Él siempre se había mostrado muy puntilloso con esa manía de ser el primero en leerlo, y siempre lo leía siguiendo el mismo orden.

Esperaba que me preguntara cómo me había ido la cita con Savannah, pero en lugar de eso permaneció callado, concentrado en la preparación del desayuno. Desvié la vista hacia el reloj, y pensé que en pocos minutos Savannah saldría de la casa de la playa para iniciar su jornada laboral, y me pregunté si ella pensaba en mí tanto como yo pensaba en ella. Con las prisas de lo que probablemente sería una mañana caótica para todo el grupo, dudaba que ella tuviera tiempo para pensar en mí. Tal pensamiento me provocó una desagradable sensación de opresión en el pecho.

—¿Qué hiciste anoche? —pregunté al final, intentando apartar de mi mente a Savannah. Mi padre continuó cocinando como si no me hubiera oído—. ¿Papá?

—¿Sí?

—¿Qué tal te fue anoche?

—¿A qué te refieres?

—A tu noche. ¿Pasó algo interesante?

—No, nada. —Me sonrió antes de dar la vuelta a un par de lonchas en la sartén. Podía escuchar cómo se intensificaba el chisporroteo del aceite.

—Pues yo me lo pasé muy bien —me atreví a confesar—. Savannah es realmente especial. De hecho, ayer por la mañana fuimos juntos a misa.

Esperaba que el comentario despertara su interés y que me acribillara a preguntas, y he de admitir que deseaba que lo hiciera. Imaginé que seríamos capaces de mantener una verdadera conversación, del mismo modo que otros padres hacían con sus hijos, que él incluso se reiría y quizá soltaría un par de bromas ocurrentes. En lugar de eso, encendió otro fogón, colocó una pequeña sartén encima, echó un poco de aceite y se puso a batir un huevo.

—¿Te importaría poner unas rebanadas de pan en la tostadora? —me pidió.

Suspiré.

—No —respondí, siendo plenamente consciente de que él había dado por concluida la conversación—. No me importa.

El resto del día lo pasé haciendo surf, o más bien, intentándolo. El océano se había calmado por la noche, y las pequeñas olas no eran para echar cohetes. Para empeorar más las cosas, se rompían antes de alcanzar la orilla, así que aunque encontré

99

algunas dignas de ser cabalgadas, la experiencia no duraba lo suficiente como para ofrecerme la satisfacción esperada. En el pasado, habría ido a Oak Island o incluso habría conducido hasta Atlantic Beach, con la esperanza de encontrar una ola que me llevara hasta Shackleford Banks. Ese día, sin embargo, no estaba de humor.

En lugar de eso, hice surf en el mismo sitio donde lo había hecho los dos días previos. La casa en la playa quedaba un poco más abajo, y tenía aspecto de estar deshabitada. La puerta trasera estaba cerrada, las toallas habían desaparecido, y nadie pasaba por delante de la ventana o deambulaba por el porche. Me pregunté a qué hora regresarían todos. Probablemente alrededor de las cuatro o de las cinco de la tarde, y ya había tomado la decisión de que por entonces ya me habría ido. No existía ninguna razón para permanecer allí en primer lugar, y lo último que deseaba era que Savannah pensara que era el típico pesado de turno.

Me marché hacia las tres, y me dejé caer por el bar Leroy. El local estaba más oscuro y más descuidado de como lo recordaba, y odié ese ambiente tan pronto como atravesé la puerta. Siempre lo había considerado el bar ideal para alcohólicos profesionales, y tenía la prueba ante mis ojos: unos tipos solitarios se hallaban sentados en la barra, jugando con la copa llena del mejor whisky de Tennessee con dedos temblorosos, esperando hallar refugio de los problemas de la vida. Leroy estaba allí, y al entrar me reconoció. Cuando tomé asiento en la barra, colocó automáticamente un vaso bajo del dispensador de cerveza y empezó a llenarlo.

—Cuánto tiempo sin verte —comentó—. ¿Te mantienes alejado de los líos?

—Eso intento —refunfuñé. Eché un vistazo a mi alrededor mientras él colocaba el vaso delante de mí—. Me gustan las reformas que has hecho en el local —apunté, señalando por encima del hombro.

—Me alegro. Van por vosotros, los clientes. ¿Quieres comer algo?

—No, con la cerveza me basta, gracias.

Leroy se puso a limpiar la barra, luego se echó el trapo al

hombro y se alejó para servir a otro tipo. Un momento más tarde, noté una mano sobre el hombro.

—¡Johny! ¿Se puede saber qué haces aquí?

Me di la vuelta y vi a uno de los numerosos amigos que ahora tanto aborrecía. Así eran las cosas. Detestaba todo lo referente a ese bar, incluidos mis amigos, y me di cuenta de que siempre había sido así. No tenía ni idea de por qué había decidido dejarme caer por allí, ni tan sólo de cómo era posible que hubiera frecuentado tanto ese antro en otra época, a no ser por el hecho de que vivía en esa ciudad y no tenía otro sitio adónde ir.

—Eh, Toby —lo saludé.

Alto y enjuto, Toby tomó asiento a mi lado, y cuando se giró para mirarme a la cara, me fijé en su mirada vidriosa. Olía tan mal como si llevara varios días sin asearse, y su camisa estaba llena de lamparones.

—Vaya, vaya, ¿sigues jugando a ser Rambo? —me preguntó, con voz pastosa—. Tío, tienes buen aspecto; sí, señor, muy buen aspecto. Se nota que levantas pesas a menudo, ¿a que sí?

—Sí —respondí con un monosílabo, sin ganas de entrar en detalles—. ¿Y tú? ¿Qué tal te va?

—Oh, matando las horas, como de costumbre. Al menos en las dos últimas semanas. Estaba trabajando en Quick Stip hasta hace un par de semanas, pero el dueño era un desgraciado.

—¿Sigues viviendo en casa de tus viejos?

—Claro —contestó, con un tono orgulloso. Agarró la botella y tomó un buen sorbo, entonces se fijó en mis brazos—. Vaya, vaya, sí que tienes buen aspecto, ¿verdad que levantas pesas a menudo? —Volvió a preguntar.

—Cuando puedo —dije, sabiendo que él ya no recordaba lo que acababa de preguntarme.

—Estás hecho un toro.

No se me ocurría qué decir. Toby tomó otro sorbo.

—Oye, esta noche hay una fiesta en casa de Mandy. Te acuerdas de Mandy, ¿no?

Sí, me acordaba de ella. Una chica con la que había salido; de hecho, nuestra relación no duró ni una semana. Toby seguía dándole al palique.

101

—Sus padres están en Nueva York o en algún sitio parecido, seguro que será una juerga inolvidable. Hemos organizado una fiesta previa para ponernos a tono. ¿Te apetece unirte al grupo?

Señaló por encima del hombro hacia cuatro tipos que ocupaban la mesa de la esquina, atestada con vasos de cerveza vacíos. Reconocí a dos de ellos, pero a los otros no los conocía.

—No puedo —me excusé—. He quedado con mi padre para cenar, pero gracias de todos modos.

—¡Pasa de él! ¡Vamos, tío! ¡Será una fiesta inolvidable! Kim también vendrá.

Otra mujer de mi pasado, otra evocación que me provocaba arcadas. Apenas podía soportar a la persona que había sido.

—No puedo —rechacé la invitación de nuevo, sacudiendo enérgicamente la cabeza. Me levanté, dejando prácticamente el vaso de cerveza lleno—. Se lo he prometido. Y me hospedo en su casa, así que es lo mínimo que puedo hacer. Ya sabes cómo funcionan esas cosas.

102

La explicación pareció convencerlo; Toby asintió.

—Entonces, ¿qué tal si nos vemos el fin de semana? Seremos una buena pandilla; hemos pensado en ir a hacer surf a Ocracoke.

—A lo mejor —repuse, sabiendo que ni loco iría con ellos.

—¿Tu padre sigue viviendo en la misma casa?

—Sí.

Me marché, con la certeza de que Toby jamás pasaría a buscarme por casa de mi padre, y de que yo jamás volvería a pisar el bar Leroy.

De camino a casa, compré dos bistecs para cenar, una bolsa de ensalada, una salsa para condimentarla y un par de patatas. Sin el coche, no resultaba fácil llevar la compra junto con la tabla de surf hasta casa, pero no me importó el paseo. Lo había hecho durante muchos años, y mi calzado era ahora sin lugar a dudas mucho mejor que las botas que solía llevar de niño.

Una vez en casa, saqué la barbacoa que estaba guardada en

el garaje, junto con una bolsa de briquetas de carbón vegetal y un fluido para encender carbón. La barbacoa estaba llena de polvo, como si hiciera años que no se usara. La coloqué en el porche trasero y la vacié de las cenizas del carbón antes de limpiar la parrilla y ponerla a secar al sol. Entré en la cocina y añadí sal, pimienta y ajo en polvo a los bistecs, envolví las patatas con papel de aluminio y las puse en el horno, luego vertí la ensalada en un cuenco. Cuando la parrilla se hubo secado, encendí las briquetas de carbón vegetal y preparé la mesa en el porche trasero.

Papá entró justo en el momento en que colocaba los bistecs sobre la parrilla.

—Eh, papá —lo saludé por encima del hombro—. Esta noche me apetecía preparar la cena.

—Oh —dijo él. Por lo visto, necesitó unos segundos para asimilar que no iba a cocinar para mí—. Muy bien —añadió al final.

—¿Cómo te gusta el bistec?

—Medio hecho —dijo. Continuó de pie cerca de la puerta corredera de vidrio.

—Parece que no has usado la barbacoa desde que me marché —comenté—. Deberías hacerlo. No hay nada mejor que un bistec a la parrilla. La boca se me hacía agua de camino a casa.

—Subiré a cambiarme de ropa.

—La carne estará lista dentro de unos diez minutos.

Cuando se marchó, regresé a la cocina, saqué las patatas y el cuenco con la ensalada —junto con la salsa para la ensalada, la mantequilla y una salsa para la carne— y lo dispuse todo sobre la mesa. Oí que se abría la puerta del patio: mi padre apareció con dos vasos de leche, con toda la pinta de un turista de crucero. Se había puesto unos pantalones cortos, calcetines negros, unas deportivas blancas y una camisa floreada hawaiana. Sus piernas estaban escandalosamente blancas, como si no se hubiera puesto pantalones cortos en años —si es que alguna vez se los había puesto—. En ese momento pensé que no estaba seguro de haberlo visto nunca con pantalones cortos. Me esforcé por no mostrar mi sorpresa ante su aspecto peculiar.

—¡Justo a tiempo! —exclamé, colocándome cerca de la parrilla. Llené los dos platos con los bistecs y deposité uno delante de él.

—Gracias.

—No importa.

Añadió un poco de ensalada a su plato y vertió la salsa por encima, después desenvolvió su patata, la untó con mantequilla, luego echó un poco de la salsa para la carne en el plato hasta formar un pequeño charco. Todo normal, incluso esperado, salvo por el hecho de que había ejecutado todos esos movimientos en silencio.

—¿Qué tal el día? —le pregunté, como de costumbre.

—Como siempre —respondió, como de costumbre. Sonrió nuevamente, pero no añadió ningún comentario.

Mi padre, el inadaptado social. Me pregunté otra vez por qué le costaba tanto entablar una conversación, e intenté imaginármelo de joven. ¿Cómo había podido encontrar a alguien que quisiera casarse con él? Sabía que esa última pregunta era mezquina, pero no me la había planteado con mala intención, sino que sentía una curiosidad genuina. Comimos en silencio durante un rato, con el ruido de los cubiertos al chocar como único sonido de compañía.

—Savannah ha dicho que le gustaría conocerte —me atreví a comentar al final, intentando de nuevo reavivar la conversación.

Él cortó un trozo de bistec.

—¿Esa señorita que es tu amiga?

Sólo mi padre era capaz de hablar de ella en esos términos.

—Sí, creo que te gustará.

Asintió sin sonreír.

—Estudia en la Universidad de Carolina del Norte —le expliqué.

Mi padre sabía que ahora le tocaba a él intervenir, y pude notar su visible alivio cuando consiguió farfullar otra pregunta.

—¿Cómo la conociste?

Le conté la historia del bolso, intentando aportar el máximo número de detalles, procurando relatarlo con un tono humorístico, pero él se negaba a reír.

—Fue una buena actuación por tu parte —comentó.

Otro frenazo en la conversación. Corté un trozo de bistec.

—¿Papá? ¿Te importa si te hago una pregunta?

—Por supuesto que no.

—¿Cómo os conocisteis, mamá y tú?

Era la primera vez que le preguntaba acerca de ella en muchos años. Porque ella jamás había formado parte de mi vida, porque yo no tenía ningún recuerdo de ella, prácticamente nunca sentía la necesidad de hacerlo. Incluso ahora, realmente no me importaba; sólo quería que él me hablara. Mi padre se tomó su tiempo, untando su patata con más mantequilla, y supe que no quería contestar.

—Nos conocimos en una cena —aclaró al final—. Ella era camarera.

Esperé. Por lo visto, eso era todo lo que pensaba decir.

—¿Era guapa?

—Sí.

—¿Cómo era?

Aplastó la patata con el tenedor y añadió un poco de sal con un medido cuidado.

—Se parecía a ti —concluyó.

—¿Qué quieres decir?

—Hummm... —Dudó unos instantes—. Podía ser... terca como una mula.

No estaba seguro de qué pensar, ni tan sólo de qué había querido decir con eso. Antes de que pudiera insistir en la cuestión, él se levantó de la mesa y asió el vaso.

—¿Quieres más leche? —preguntó, y supe que la conversación acerca de mi madre había concluido.

105

Capítulo 6

*E*l tiempo es relativo. Sé que no soy el primero en darse cuenta, ni mucho menos la persona más famosa que realiza tal cosa; además, mi constatación no tiene nada que ver ni con la energía ni con la masa o la velocidad de la luz ni nada similar a lo que Einstein pudiera haber postulado. Más bien tenía que ver con el lento transcurso de las horas mientras esperaba ver a Savannah.

Después de que mi padre y yo acabáramos de cenar, me puse a pensar en ella; y de nuevo en cuanto me desperté a la mañana siguiente. Me pasé el día haciendo surf, y a pesar de que las olas eran mejores que el día anterior, no conseguía concentrarme y decidí tirar la toalla al mediodía. Dudé en comprar una hamburguesa con queso en un chiringuito en la playa —donde, por cierto, preparaban las mejores hamburguesas en la ciudad—, pero aunque me apetecía, al final me decanté por irme a casa, esperando que pudiera llevar a Savannah a comer una de esas hamburguesas más tarde. Leí varias páginas de la última novela de Stephen King, me duché y me puse unos pantalones vaqueros y un polo, luego leí durante otro par de horas antes de alzar la vista hacia el reloj y darme cuenta de que sólo habían transcurrido veinte minutos. A eso me refería, con la frase de que el tiempo es relativo.

Cuando mi padre regresó a casa, vio cómo iba vestido y me ofreció las llaves del coche.

—¿Vas a ver a Savannah? —inquirió.

—Sí —contesté, levantándome del sofá. Tomé las llaves—. Es posible que regrese tarde.

Él se rascó la nuca.

—Muy bien. —Fue lo único que dijo.

—¿Desayunaremos juntos mañana? —sugerí.

—Muy bien. —Tuve la impresión de que me miraba un poco asustado.

—Entonces… hasta luego.

—Probablemente estaré durmiendo.

—No lo decía literalmente.

—Oh —dijo—. Muy bien.

Me dirigí hacia la puerta. Justo cuando la abría, le oí suspirar.

—A mí también me gustaría conocer a Savannah —dijo con un susurro tan suave como casi imperceptible.

El cielo era todavía claro y los rayos del sol se filtraban graciosamente en el agua cuando llegué a la casa de la playa. Cuando salí del coche, me di cuenta de que estaba nervioso. No podía recordar la última vez que una chica me había hecho sentir así, pero no podía quitarme de encima el pensamiento de que quizás algo había cambiado entre nosotros. No sabía por qué me sentía así; lo único que sabía era que no estaba seguro de cómo reaccionaría si mis temores no eran infundados.

No me molesté en llamar a la puerta, sino que entré decididamente. El comedor estaba vacío, pero podía oír voces provenientes de la sala, y, como de costumbre, había un grupito de gente congregado en el porche de la parte trasera. Salí al porche, pregunté por Savannah, y me dijeron que estaba en la playa.

Bajé trotando hasta la arena y me quedé paralizado cuando la vi sentada cerca de la duna, con Randy, Brad y Susan. Ella no me había visto, y la oí reír a causa de un comentario que acababa de hacer Randy. Ella y Randy parecían una pareja muy compenetrada, igual que Susan y Brad. Sabía que no era cierto, que probablemente sólo estaban hablando de la casa que estaban erigiendo o comentando las experiencias vividas en los dos últimos días, pero no me gustó. Tampoco me gustó el hecho de que Savannah estuviera sentada tan cerca de Randy como lo había estado de mí. Allí de pie, observándola, me pregunté si se acordaba de que tenía una cita conmigo, pero ella sonrió cuando me vio, como si no pasara nada.

—¡Aquí estás! —exclamó ella—. Me preguntaba si vendrías.

Randy sonrió. A pesar del comentario de Savannah, él lucía una expresión casi victoriosa. «Quien va a Sevilla, pierde su silla», parecía estar diciendo. Savannah se puso de pie y avanzó hacia mí. Llevaba una blusita blanca sin mangas y una falda vaporosa que se agitaba cuando caminaba. Podía ver el color tostado en sus hombros, que denotaba la exposición al sol durante muchas horas. Cuando estuvo delante de mí, se puso de puntillas y me dio un beso en la mejilla.

—Hola —me saludó, rodeándome la cintura con un brazo.

—Hola.

Ella se retiró un poco hacia atrás, como si estuviera evaluando mi expresión.

—Tienes aspecto de haberme echado de menos —declaró, con un tono burlón.

Para no perder la costumbre, no se me ocurrió ninguna respuesta, y ella me hizo un guiño ante mi inhabilidad de admitir que era cierto.

—Quizá yo también te haya echado de menos —añadió Savannah.

Le acaricié levemente el hombro desnudo.

—¿Estás lista?

—¡Tan lista como una pueda estarlo!

Emprendimos la marcha hacia el coche y me decidí a estrecharle la mano; su tacto me hizo sentir que todo iba bien en el mundo. Bueno, casi todo…

Erguí la espalda.

—Te he visto hablando con Randy —dije, intentando mantener un tono neutro.

Ella me apretó la mano.

—¿Ah, sí?

Lo intenté de nuevo:

—Supongo que habéis tenido la oportunidad de conoceros mejor, mientras trabajabais.

—Así es. Y estaba en lo cierto. Es un chico muy agradable. Cuando acabe aquí, se irá a Nueva York, con un contrato de prácticas de seis semanas con la compañía Morgan Stanley.

—Qué bien —refunfuñé.

Savannah se rio con coquetería.

—No me digas que estás celoso.

—No.

—Bien —concluyó ella, apretándome de nuevo la mano—. Porque no hay motivos.

Me quedé pensando en esas últimas palabras. Ella no tenía la obligación de decirlas, pero la verdad es que hicieron que me sintiera eufórico. Cuando llegamos al coche, abrí la puerta.

—Estaba pensando en llevarte al Oysters, un local con música que queda un poco más abajo en la playa. Más tarde actuará una banda, y podríamos ir a bailar.

—¿Y qué haremos mientras tanto?

—¿Tienes hambre? —pregunté, pensando en el chiringuito de las hamburguesas que había visto antes.

—Todavía no. Cuando he vuelto de trabajar me he tomado un tentempié, así que de momento puedo aguantar un rato.

—¿Qué te parece si damos un paseo por la playa?

—Hummm…, quizá más tarde.

Era obvio que Savannah tenía alguna idea.

—¿Por qué no me dices lo que quieres hacer?

Ante mi pregunta, se le iluminó la cara.

—¿Qué tal si pasamos a saludar a tu padre?

No estaba seguro de si lo había oído bien.

—¿Hablas en serio?

—Sí, sólo un ratito. Entonces podemos salir a comer algo y luego a bailar.

Cuando vacilé, puso la mano sobre mi hombro.

—Por favor.

Y

No estaba completamente convencido del plan, pero el modo en que me lo había pedido no me dejaba más alternativa que aceptar. Empezaba a acostumbrarme a su forma de ser, supongo, pero habría preferido estar a solas con ella el resto de la noche. Tampoco comprendía por qué quería ver a mi padre esa noche, a menos que no tuviera demasiadas ganas de quedarse a solas conmigo. Tal idea me deprimió un poco.

Sin embargo, Savannah estaba de un óptimo humor mientras hablábamos del trabajo que habían realizado durante ese par de días. Al día siguiente planeaban empezar a montar las ventanas. Por lo visto, Randy no se había separado de su lado durante el trabajo en esos dos días, lo cual explicaba su «amistad renovada». Así es como ella lo describió. Yo dudaba de que Randy hubiera descrito su interés del mismo modo.

Unos minutos más tarde, aparcamos delante de la casa de mi padre, y me fijé en que la luz de su estudio estaba encendida. Cuando apagué el motor, jugueteé nervioso con las llaves antes de apearme del auto.

110 —Ya te dije que mi padre es una persona muy reservada, ¿verdad?

—Sí, pero no importa. Sólo quiero conocerlo.

—¿Por qué? —Sé que mi pregunta sonaba rara, pero no pude evitarlo.

—Porque él es la única familia que tienes. Y fue él quien te crio.

Cuando mi padre se hubo recuperado del susto de verme entrar con Savannah, después de las presentaciones debidas, se pasó una mano temblorosa por el pelo y fijó la vista en el suelo.

—Siento no haberlo avisado antes de nuestra visita, pero no le eche la culpa a John. Ha sido idea mía.

—Oh —dijo—, no pasa nada.

—¿Hemos venido en un mal momento?

—No. —Alzó la vista, y la volvió a clavar en el suelo—. Es un placer conocerte.

Por un momento, los tres nos quedamos de pie en el comedor, sin decir nada. Savannah exhibía una sonrisa afable, pero me pregunté si mi padre se había dado cuenta.

—¿Os apetece tomar algo? —le ofreció él, como si de pronto hubiera recordado que tenía que jugar el papel de anfitrión.

—No, gracias. John me ha contado lo de su colección de monedas.

Él se giró hacia mí, como preguntándose si debía contestar.

—Ah —dijo finalmente.

—¿Era eso lo que hemos interrumpido de un modo tan brusco? —le preguntó ella, usando el mismo tono burlón que usaba conmigo.

Me quedé desconcertado al escuchar a mi padre reír con nerviosismo. No rompió a reír a carcajadas, pero al menos se rio. Sorprendente.

—No, no me habéis interrumpido. Sólo estaba examinando una nueva moneda que he adquirido hoy.

Mientras él hablaba, podía notar cómo se mantenía expectante ante mi reacción. Savannah no se dio cuenta o fingió no darse cuenta.

—¿De veras? —exclamó ella—. ¿Qué tipo de moneda?

Mi padre alternó el peso de su cuerpo de una pierna a la otra, y entonces, y para mi sorpresa, alzó los ojos y le preguntó:

—¿Te gustaría verla?

Pasamos cuarenta minutos en su estudio.

Durante casi todo el rato permanecí sentado, escuchando a mi padre relatar historias que me sabía de memoria. Como la mayoría de los coleccionistas profesionales, sólo guardaba unas pocas monedas en casa, y yo no tenía ni idea de dónde estaba el resto. Cada dos semanas, nuevas monedas aparecían como por arte de magia y otras tantas desaparecían. Normalmente nunca tenía más de una docena en su despacho, y nunca ninguna de gran valor, pero tuve la impresión de que le podría haber enseñado a Savannah un penique Lincoln de lo más vulgar y ella se habría mostrado entusiasmada. Le hizo innumerables preguntas, cuestiones que yo o cualquier libro especializado en monedas podría haber resuelto, pero a medida que pasaban los minutos, sus preguntas se volvieron más sutiles. En lugar de inquirir por qué una moneda era particularmente valiosa, preguntaba cuándo y dónde la encontró, y mi padre le contestaba con historias sobre fines de semana aburridos de mi juventud pasados en lugares como Atlanta y Charleston y Raleigh y Charlotte.

Mi padre se entusiasmó hablando de esos viajes. Bueno, al menos a su manera. Todavía mostraba esa tendencia a quedarse súbitamente callado durante bastante rato, pero probablemente habló más con Savannah en esos cuarenta minutos de lo que lo había hecho conmigo desde que había llegado de permiso. Desde mi punto de vista aventajado, constaté la pasión a la que ella se había referido, pero era una pasión que había visto cientos de veces antes, y no alteraba mi opinión de que él usaba las monedas como una forma de evitar la vida en lugar de abrazarla. Había decidido dejar de hablar de monedas con él porque quería conversar de otros temas; mi padre dejó de hablarme porque sabía lo que yo sentía y no era capaz de departir sobre nada más.

Y sin embargo…

Mi padre era feliz, no me quedaba ninguna duda. Lo podía ver en el brillo de sus ojos mientras señalaba una moneda, indicando la marca de la casa de la moneda donde fue acuñada, el diseño y grabado de los troqueles o cómo podía diferir el valor de una moneda por el simple hecho de tener flechas o guirnaldas. Le enseñó a Savannah monedas en acabados de máxima calidad, monedas acuñadas en West Point, una de su tipo favorito para coleccionar. Sacó una lupa para mostrarle los defectos, y cuando Savannah sostuvo la lupa, pude ver el entusiasmo en la cara de mi padre. A pesar de mis sentimientos adversos hacia la colección de monedas, no pude evitar sonreír, simplemente por el hecho de verlo tan feliz.

Pero seguía siendo mi padre, y no había milagro alguno que pudiera cambiar ese hecho. Después de enseñarle las monedas y contarle todo acerca de cómo las había reunido, sus comentarios empezaron a ser cada vez más tediosos. Empezó a repetir información, y comenzó a perder las fuerzas para continuar charlando. Al cabo de un rato, Savannah se dio cuenta de su indiscutible incomodidad, y señaló hacia las monedas que tenía sobre el escritorio.

—Gracias, señor Tyree. He aprendido mucho con sus explicaciones.

Mi padre sonrió, sin poder ocultar su cansancio, y consideré que había llegado el momento de marcharnos.

En el coche, Savannah se quedó inmersa en sus pensamientos. Me habría gustado preguntarle cuáles eran sus impresiones respecto a mi padre, pero no estaba seguro de estar preparado para escuchar la respuesta. Sé que mi padre y yo no manteníamos la mejor relación, pero ella tenía razón cuando decía que él era la única familia que me quedaba y que me había criado. Podía quejarme por su forma de ser, pero lo último que quería era escuchar cómo alguien más lo criticaba.

Sin embargo, no creía que ella pudiera alegar nada negativo, simplemente porque no era su forma de ser, y cuando giró la cara hacia mí, vi que sonreía.

—Gracias por haberme traído a conocerlo. Tiene un corazón tan..., tan noble...

Jamás había oído a nadie describir a mi padre de ese modo, pero me gustó.

—Celebro que pienses así.

—Sí, me gusta tu padre —declaró en un tono sincero—. Es tan... cortés. —Me miró a los ojos—. Pero creo que comprendo por qué tuviste tantos problemas con él cuando eras más joven. No me ha parecido la clase de padre que disfrute infringiendo la ley.

—Tienes razón —convine.

Savannah me dedicó una mueca socarrona.

—Y en cambio parece la clase de buena persona de la que es fácil abusar.

Reí sonoramente.

—Sí, supongo que abusé de su confianza.

Ella meneó la cabeza.

—Pues no deberías haberlo hecho.

—Pero si sólo era un chiquillo.

—Ya, claro, la vieja excusa de siempre. Sabes que no es una razón convincente, ¿verdad? Yo jamás me aproveché de mis padres.

—Claro, la hija perfecta. Me parece que ya lo habías mencionado.

—¿Te burlas de mí?

—No, por supuesto que no.

Ella continuó mirándome fijamente.

—Me parece que sí —decidió.

—Vale, quizás un poco.

Savannah consideró mi respuesta.

—Bueno, quizá sea lo que me merezco. Pero para que te enteres, no era perfecta.

—¿Ah, no?

—Claro que no. Recuerdo vívidamente, por ejemplo, que en el colegio, cuando tenía seis años, saqué un bien en una prueba.

Torcí el gesto teatralmente, como si estuviera horrorizado.

—¡No! ¡No me lo puedo creer!

—Es cierto.

—¿Y cómo conseguiste recuperarte de tal disgusto?

—¿A ti qué te parece? —Se encogió de hombros—. Me dije que no volvería a suceder.

No dudé ni un momento de su palabra.

—¿Todavía no tienes hambre?

—¡Uf! Pensé que jamás me lo propondrías.

—¿Qué te apetece comer?

Se agarró el pelo hasta formar una cola con ambas manos, y luego lo soltó.

—¿Qué tal una suculenta hamburguesa con queso?

Tan pronto como pronunció las palabras mágicas, me pregunté si Savannah no era demasiado perfecta para ser real.

Capítulo 7

—*H*e de admitir que me llevas a comer a sitios realmente interesantes —confesó Savannah, echando un vistazo al chiringuito por encima del hombro.

En la distancia, más allá de la duna, podíamos ver una larga fila de clientes haciendo cola delante de la barra de Joe Burger, en medio de un aparcamiento de gravilla.

—Es el mejor en la ciudad —dije, y le di un bocado a la enorme hamburguesa.

Savannah se sentó a mi lado en la arena, con la vista fija en el agua. Las hamburguesas eran fantásticas, gruesas y gustosas, y a pesar de que las patatas fritas estaban un poco grasientas, también estaban sabrosas. Mientras comía, Savannah no apartaba la mirada del mar, y en la mortecina luz del atardecer, me sorprendí con el pensamiento de que ella parecía mucho más integrada en ese lugar que yo.

Pensé de nuevo en la forma en que le había hablado a mi padre. En la forma en que hablaba con todo el mundo, incluyéndome a mí. Poseía la insólita habilidad de actuar exactamente del modo que la gente necesitaba cuando estaba con ellos, sin dejar de ser sincera consigo misma. No podía pensar en nadie más que se asemejara remotamente a ella, tanto en apariencia como en personalidad, y me pregunté de nuevo qué era lo que la había atraído de mí. Éramos tan diferentes como dos personas pudieran serlo. Ella era una chica dulce, con talento, que se había criado en la montaña con unos padres considerados, y que profesaba un deseo entrañable de querer ayudar a los más necesitados; en cambio yo era un soldado gruñón, de modales toscos, con el cuerpo cubierto de tatuajes, y un completo extraño en mi propia casa. Al rememorar cómo se había portado con mi padre, no me costó imaginar con qué afecto y cariño debían de haberla criado sus padres. Y mientras ella se hallaba sentada a mi lado, sentí un repentino deseo de parecerme más a ella.

—¿En qué estás pensando?

Su voz, segura pero gentil, me sacó de mi estado de ensimismamiento.

—Me estaba preguntando por qué estás aquí —confesé.

—Porque me gusta la playa. No tengo la oportunidad de hacer esto a menudo. Donde vivo no hay muchas olas ni barcas de pesca, que digamos.

Cuando vio mi expresión, me propinó unos golpecitos en la mano.

—Es broma. Lo siento. Estoy aquí porque quiero estar aquí.

Dejé el resto de la hamburguesa a un lado, preguntándome por qué me importaba tanto averiguar la respuesta. Para mí era un sentimiento nuevo, un sentimiento del que no estaba seguro que pudiera llegar a acostumbrarme. Me dio unas palmadas en el brazo y volvió a fijar la vista en el agua.

—Es un lugar tan especial… Lo único que haría falta ahora sería una magnífica puesta de sol sobre el agua para que todo fuera perfecto.

—Para contemplar un bello atardecer, tendríamos que ir al otro lado del país —aduje.

—¿De veras? ¿Me estás diciendo que el sol se pone en el oeste?

Noté el brillo malicioso en sus ojos.

—Al menos eso es lo que tengo entendido.

Savannah sólo se había comido la mitad de la hamburguesa, y metió las sobras dentro de la bolsa, luego añadió el resto de la mía también. Después de doblar la bolsa para que el viento no se la llevara, estiró las piernas y se giró hacia mí, con un semblante coqueto e inocente a la vez.

—¿Quieres saber lo que estaba pensando? —me preguntó. Esperé, embriagándome con su imagen.

—Estaba pensando en que me habría gustado mucho que hubieras estado conmigo estos dos últimos días. Quiero decir, me gustó eso de tener la oportunidad de conocer mejor a mis compañeros. Comimos todos juntos, y la cena de anoche fue la mar de divertida, pero tenía la impresión de que algo no acababa de cuadrar, que me faltaba algo. Y hasta que no te he visto en la playa esta tarde no he sabido lo que era: me faltabas tú.

Tragué saliva. En otra vida, en otra época, la habría besado sin pensarlo dos veces, pero aunque me moría de ganas de hacerlo, me contuve. En lugar de eso, me la quedé mirando sin pestañear. Ella aguantó mi mirada sin mostrar ni una gota de turbación.

—Cuando me preguntaste por qué estaba aquí, contesté con una broma porque pensé que la respuesta era obvia. Quiero…, quiero estar contigo. Es fácil, como debería ser. Como lo es con mis padres. Se sienten cómodos juntos, y recuerdo que de niña pensaba que un día quería tener esa clase de relación, también. —Hizo una pausa—. Me gustaría presentártelos un día.

117

Noté una intensa sequedad en la garganta.

—A mí también me gustaría conocerlos.

Deslizó la mano suavemente sobre la mía y entrelazó los dedos con los míos.

Permanecimos sentados en silencio, relajados. En la orilla, las golondrinas del mar hundían el pico en la arena en busca de comida; un puñado de gaviotas alzó el vuelo cuando una ola se estrelló contra la arena. El cielo se había vuelto más oscuro y anubarrado. Un poco más arriba en la playa, podía ver varias parejas paseando bajo un cielo salpicado de pinceladas de color azul añil.

Mientras estábamos sentados juntos, el aire se llenó con la melodía cadenciosa de las olas al estrellarse contra la orilla. Me maravillé de lo nuevo que me parecía todo. Nuevo y no obstante cómodo, como si Savannah y yo nos conociéramos de toda la vida. Sin embargo, ni siquiera éramos una pareja formal. «Ni lo llegaréis a ser nunca», me bombardeó la vocecita interior. Al cabo de menos de una semana, regresaría a Alemania y ese dulce sueño tocaría a su fin. Había pasado demasiado tiempo con mis compañeros como para no saber que se necesita compartir más que unos pocos días maravillosos para que una relación sobreviva a la implacable distancia del océano Atlántico. Había oído a chicos en mi unidad jurar y perjurar que estaban enamorados después de regresar de unos días de permiso —y quizá lo estaban—, pero esas relaciones no solían durar demasiado.

No obstante, vivir esa experiencia con Savannah me inducía a cuestionarme si era posible desafiar la norma. Quería más de ella, y no importaba lo que sucediera entre nosotros, sabía que jamás olvidaría las horas que habíamos compartido. Por más que sonara absurdo, ella se estaba convirtiendo en una parte de mí, y ya empezaba otra vez esa maldita sensación de opresión en el pecho al pensar que al día siguiente no podríamos estar juntos. Ni el día después, ni al siguiente. Quizá si tentásemos a la suerte...

118

—¡Mira! —La oí gritar. Señaló hacia el océano—. ¡En el rompeolas!

Divisé un océano de color metálico, pero nada más. A mi lado, Savannah se puso súbitamente de pie y empezó a correr hacia el agua.

—¡Vamos! ¡Date prisa! —gritó por encima del hombro.

Me incorporé y la seguí, desconcertado. Me puse a correr para acortar la distancia que nos separaba. Ella se detuvo donde rompían las olas, y pude escuchar su respiración entrecortada a causa de la carrera.

—¿Qué pasa?

—¡Mira!

Achiqué los ojos y entonces vi a qué se refería. Había tres sobre las olas, una tras otra; súbitamente desaparecieron entre la marea, pero volvieron a emerger un poco más abajo en la playa.

—Delfines —dije—. Pasan por aquí casi cada atardecer.

—Lo sé, pero es que parece que estén haciendo surf.

—Sí, es verdad. Se están divirtiendo. Ahora que todo el mundo ha salido del agua, probablemente creen que pueden jugar sin peligro.

—Quiero nadar con ellos. Siempre he deseado nadar con delfines.

—Dejarán de jugar, o simplemente se desplazarán un poco más abajo en la playa, hasta algún lugar donde no puedas alcanzarlos. En ese sentido son muy quisquillosos. Los he visto mientras hacía surf. Si sienten curiosidad, se acercan hasta unos escasos metros de ti y te miran, pero si intentas seguirlos, ponen el turbo y desaparecen.

Continuamos contemplando los delfines mientras se alejaban de nosotros, hasta que finalmente desaparecieron de la vista bajo un cielo que se había vuelto opaco.

—Será mejor que nos marchemos —sugerí.

Nos encaminamos hacia el coche, y sólo nos detuvimos para recoger la bolsa que contenía las sobras de nuestra cena.

—No sé si la banda habrá empezado a tocar, pero probablemete no tardarán.

—No importa. Seguro que mientras tanto encontraremos algo que hacer. Además, prefiero prevenirte antes de hacer el ridículo: no se me da muy bien bailar.

—No tenemos que ir, si no te apetece. Podríamos ir a otro sitio, si lo prefieres.

—¿Adónde?

—¿Te gustan los barcos?

—¿Qué clase de barcos?

—Los grandes. Te llevaré a un lugar desde donde podemos ver un buque de guerra de la Segunda Guerra Mundial, el *USS North Carolina*.

Torció el gesto, y supe que la respuesta era negativa. No era la primera vez que deseaba tener mi propia casa. Pero, claro, tampoco me hacía ilusiones de que ella aceptara venir a mi casa, si dispusiera de una. Si estuviera en su lugar, yo tampoco aceptaría. Sólo soy un ser humano y...

—¡Espera! —dijo—. ¡Ya sé dónde podemos ir! Quiero mostrarte algo.

119

Intrigado, pregunté:

—¿Dónde?

Si se tenía en cuenta que el grupo de Savannah había empezado su trabajo el día anterior, se podía decir que las obras en la casa estaban, sorprendentemente, en un estado muy avanzado. Casi ya habían acabado de erigir las cuatro paredes, y también habían montado el techo. Savannah contempló la estructura a través de la ventana del coche antes de girarse hacia mí.

—¿Te gustaría dar un paseo? ¿Quieres que te enseñe lo que estamos haciendo?

—Me encantaría.

Nos apeamos del coche y la seguí, fascinado ante los juegos de sombras que la luna proyectaba en su rostro. Cuando pisamos los escombros de la obra, oí una canción que provenía de una radio colocada en la ventana de la cocina de la casa aledaña. Savannah se detuvo a escasos pasos antes de llegar a la puerta, y extendió los brazos con evidente orgullo. Yo me acerqué por detrás y la rodeé por la cintura con un brazo; ella ladeó la cabeza y la apoyó en mi hombro con el semblante relajado.

—Aquí es donde he pasado los dos últimos días. —Casi susurró para no romper el silencio de la noche—. ¿Qué opinas?

—Es fantástico. Supongo que la familia debe de estar entusiasmada.

—Sí que lo está. Es una familia numerosa. Realmente merecen vivir aquí, puesto que la vida no los ha tratado demasiado bien. El huracán Fran destrozó su hogar, pero al igual que muchas otras familias, no tenían contratado el seguro contra inundaciones. Se trata de una madre soltera con tres niños, su marido la abandonó hace bastantes años, y si los conocieras, seguro que los adorarías. Los niños sacan muy buenas notas y cantan en el coro infantil de la iglesia. ¡Son tan educados y tan monos! Es evidente que su madre se esfuerza muchísimo para que no se descarríen del buen camino.

—Por todos los detalles que me cuentas, deduzco que los conoces.

Ella señaló hacia la casa.

—Han pasado aquí los dos últimos días. —Irguió más la espalda—. ¿Te apetecería entrar y echar un vistazo?

Acepté sin demasiadas ganas.

—Tú primero —la invité a pasar.

No era una casa muy grande —más o menos del mismo tamaño que la de mi padre—, pero la distribución de la planta estaba mejor aprovechada, y por eso daba la impresión de ser más espaciosa. Savannah me cogió de la mano y me enseñó cada una de las habitaciones, señalando determinados detalles y dejando que su imaginación se llenara con otros. Fantaseó sobre el papel de pared ideal para la cocina y el color de las baldosas en la entrada, sobre la tela de las cortinas en el comedor y acerca de cómo se podía decorar la repisa encima de la chimenea. Su voz transmitía la misma ilusión y alegría que cuando había visto los delfines. Por un instante, tuve una vívida visión de cómo debía de haber sido de niña.

Me guio de nuevo hasta la puerta principal. En la distancia se podía oír el eco de un trueno. Mientras permanecíamos en el umbral de la puerta, la atraje más hacia mí. 121

—También construiremos un porche —explicó— con espacio suficiente para que quepan un par de mecedoras, o incluso un balancín. Podrán sentarse aquí fuera las noches de verano y congregarse aquí después de misa. —Señaló con un dedo hacia una edificación—. Ese edificio que ves allí es la iglesia. Por eso esta ubicación es perfecta para ellos.

—Hablas como si los conocieras de toda la vida.

—No, la verdad es que no los conozco demasiado. He hablado con ellos un par de veces; simplemente hago suposiciones. Lo he hecho con cada casa que he ayudado a erigir. Me paseo por ellas e intento imaginar cómo será la vida de los inquilinos. Hace que el trabajo en la casa resulte más ameno.

La luna se había cobijado ahora detrás de las nubes, y el cielo se había oscurecido. En el horizonte estalló un relámpago; un momento después empezó a caer una lluvia suave, que golpeaba rítmicamente el techo. Las hojas de los robles frondosos alineados en la calle se empezaron a agitar con la brisa mientras un trueno retumbó en el interior de la vivienda.

—Si quieres que nos marchemos, será mejor que lo hagamos ahora, antes de que arrecie la tormenta.

—No tenemos que ir a ningún sitio, ¿recuerdas? Además, me encantan las tormentas espectaculares, con truenos y relámpagos.

La estreché con más fuerza, impregnándome de su aroma. Su pelo olía a una esencia dulce, como a fresas maduras.

Mientras contemplábamos el espectáculo, la lluvia se intensificó: los cielos se abrieron y descargaron toda su furia en forma de aguacero. Las lámparas de la calle aportaban la única luz a la escena, dejando la mitad de la cara de Savannah oculta en las sombras.

Un trueno retumbó justo encima de nosotros, y la lluvia adoptó la forma de una cortina de agua compacta, que caía en diagonal. Podía ver cómo el agua chocaba contra el suelo cubierto de serrín, formando unos enormes charcos entre los escombros, y me sentí aliviado de que, a pesar de la lluvia torrencial, la temperatura fuera cálida. A un lado vi unos cajones vacíos. Me separé de ella para recogerlos y luego empecé a apilarlos hasta formar algo parecido a un asiento. No parecía muy cómodo, pero al menos era mejor que estar allí de pie.

Mientras Savannah se acomodaba a mi lado, de repente supe que ir a ese sitio había sido la elección ideal. Era la primera vez que estábamos realmente solos. Aunque ahí sentados, uno al lado del otro, tuve la impresión de que llevábamos toda la vida juntos.

Capítulo 8

*L*os cajones, duros e incómodos, me hicieron cuestionar mi ingenio, pero a Savannah no parecía importarle —o al menos fingía que no le importaba—. Se reclinó hacia atrás, notó el borde del cajón que se le clavaba en la espalda, y volvió a sentarse con la espalda erguida.

—Lo siento —me disculpé—. Pensé que sería más cómodo.

—No pasa nada. Tengo las piernas y los pies doloridos y cansados, así que esto es perfecto.

«Tienes razón», pensé. Me acordé de las noches en las que hacía guardia, cuando me imaginaba sentado al lado de la chica de mis sueños y sintiendo que el mundo estaba en absoluta armonía. En ese momento fui plenamente consciente de todo lo que me había perdido durante esos años. Cuando noté el peso ligero de la cabeza de Savannah recostada sobre mi hombro, me arrepentí de haberme alistado en el Ejército. Deseé no estar destinado en un país lejano, y deseé haber elegido una senda diferente en la vida, una que me permitiera formar parte de su mundo. Ser un estudiante de Chapel Hill, pasarme parte del verano erigiendo casas, montar a caballo con ella.

—Estás muy callado. —La oí decir.

—Lo siento; estaba pensando en esta noche.

—Espero que fuera algo bueno.

—Sí, así es.

Ella cambió de posición en el asiento, como si buscara una postura más cómoda, y noté cómo su pierna rozaba la mía.

—Yo también, pero en mi caso estaba pensando en tu padre. ¿Siempre ha sido así, como esta noche? ¿Tan tímido e incapaz de mirar a su interlocutor a la cara?

—Sí, ¿por qué?

—Oh, sólo por curiosidad —respondió.

A escasos metros de nosotros, la tormenta parecía haber alcanzado su punto más álgido, y las nubes seguían descargando su implacable furia. El agua envolvía la casa como una magnífica cascada. Otro relámpago volvió a iluminar el cielo, esta vez más cercano, y un trueno retronó como un cañón. Si la casa hubiera tenido ventanas, probablemente habrían temblado con el estruendo.

Savannah se pegó instintivamente a mí, y yo la rodeé con mi brazo. Cruzó las piernas a la altura de los tobillos, y pensé que podría permanecer toda la vida en esa postura con ella.

—Eres distinto a la mayoría de los chicos que conozco —me susurró al oído con una voz grave e íntima—. Más maduro, menos… frívolo, supongo.

124 Sonreí. Me gustaba cómo me acababa de describir.

—Y no te olvides de mi corte de pelo casi al cero y de mis tatuajes.

—Ah, sí, tu corte de pelo. Y los tatuajes…, bueno, supongo que vienen incluidos en el paquete, pero nadie es perfecto.

Le di un empujoncito mimoso y fingí estar ofendido.

—Si llego a saber que no te gustan los tatuajes, no me los habría hecho.

—No me lo creo —replicó, echándose hacia atrás—. Pero lo siento…, no debería habértelo dicho. Me refería más a la aversión que siento yo a hacerme uno. En ti, diría que proyectan cierta…, cierta imagen, y supongo que te quedan bien.

—¿Y qué imagen es ésa?

Ella señaló los tatuajes, uno a uno, empezando por el del carácter chino.

—Éste revela que vives la vida según tus propias reglas y que no siempre te importa lo que piensan los demás. El de infantería indica que estás orgulloso de lo que haces. Y la alambrada…, bueno, ése deja entrever tu personalidad cuando eras más joven.

—Es un perfil psicológico bastante acertado. ¡Y yo que pensaba que sólo me los hacía porque me gustaban los diseños!

—Cuando obtenga la licenciatura en Educación Especial, quiero estudiar Psicología.

—Creo que no te hace falta.

A pesar de que el viento soplaba ahora con rabia, la lluvia finalmente empezó a perder fuerza.

—¿Te has enamorado alguna vez? —me preguntó, cambiando de tema repentinamente.

Su pregunta me sorprendió.

—Vaya, no me esperaba este cambio tan brusco en la conversación.

—Me han dicho que el hecho de ser impredecible añade una nota de misterio a una mujer.

—Estoy de acuerdo. Pero contestando a tu pregunta, no lo sé.

—¿Cómo es posible que no lo sepas?

Vacilé, intentando pensar en lo que quería expresar.

—Salí con una chica hace unos años, y en esa época sabía que estaba enamorado de ella. Por lo menos, eso era lo que me decía a mí mismo. Pero ahora, cuando miro hacia atrás, ya no estoy tan… seguro. Me gustaba, y me encantaba pasar el rato con ella, pero cuando no estábamos juntos no pensaba en ella. Salíamos juntos, pero sin ser una pareja formal; no sé si me entiendes.

Savannah consideró mi respuesta y no comentó nada. Al cabo de un rato me giré hacia ella.

—¿Y tú? ¿Has estado alguna vez enamorada?

Su rostro se ensombreció.

—No.

—Pero pensabas haberlo estado, como yo, ¿no es cierto? —Cuando ella inhaló aire con pesadez, continué—. En mi batallón he de recurrir a tácticas de psicología, también. Y mis instintos me dicen que tuviste un novio en el pasado.

Ella sonrió, aunque una nota de tristeza anegaba sus facciones.

—Sabía que lo adivinarías —confesó con aire derrotado—. Sí, tuve un novio. Durante mi primer año en la universidad. Y sí, creía que estaba enamorada de él.

125

—¿Estás segura de que no estabas enamorada?

Savannah necesitó bastante rato para contestar.

—No —murmuró—. No lo estoy.

Me la quedé mirando fijamente.

—No tienes que contármelo si no…

—No importa —me interrumpió ella, alzando la mano—. Pero resulta duro. He intentado olvidarlo, y ni tan sólo les he contado a mis padres lo que sucedió. Ni a nadie, para que lo sepas. Sé que es un cliché: la chica provinciana va a la universidad y conoce a un chico mayor muy apuesto, quien además es el presidente de su fraternidad. Es popular, rico y encantador, y la pobre novata se queda maravillada de que alguien como él se pueda fijar en alguien como ella. La trata como si fuera una chica especial, y ella sabe que las otras novatas están celosas, así que empieza a sentirse especial. Acepta ir, con él y con otras parejas, a una fiesta de alto copete en uno de esos hoteles de categoría que están en las afueras de la ciudad, aunque sus amigas la han avisado de que tenga mucho cuidado con él, porque ese chico no es tan bueno ni tan atento como parece, y que graba una muesca en el cabezal de su cama cada vez que se acuesta con una chica.

Savannah cerró los ojos, como si quisiera aunar fuerzas para continuar.

—Ella no hace caso de los sabios consejos de sus amigas, y se va con él, y aunque nunca bebe alcohol y él simplemente le ha traído un vaso con tónica, ella empieza a sentirse como si flotara en una nube, y él se ofrece a llevarla de vuelta a la habitación, en el piso superior del hotel, para que pueda tumbarse y descansar. Y la siguiente cosa que ella recuerda es que se están besando en la cama, y que al principio le gusta, pero la habitación gira vertiginosamente a su alrededor como un tiovivo, y no se le ocurre hasta más tarde que quizás alguien —quizás él— le haya echado algo en la bebida y que el único objetivo de su acompañante haya sido acabar grabando una muesca en el cabezal de su cama con su nombre.

Sus palabras empezaron a fluir con más celeridad, tropezándose entre sí.

—Y entonces él empieza a manosearle los pechos y le rasga el vestido y después las medias, pero está encima de ella y pesa tanto que no se puede zafar de él, y se siente absolutamente indefensa y quiere que él pare porque ella nunca ha hecho eso antes, pero en esos momentos está tan mareada que ni puede hablar ni gritar para pedir ayuda, y él probablemente se habría salido con la suya si no hubiera sido porque otra pareja que también se alojaba en esa habitación entró sin llamar a la puerta, y ella sale despavorida de la habitación llorando y sosteniéndose el vestido roto. Con un gran esfuerzo consigue llegar hasta el baño del vestíbulo y se encierra allí y sigue llorando, y otras chicas que han asistido a la fiesta entran y la ven con la máscara de ojos corrida y el vestido roto y en lugar de mostrarle su apoyo se ríen de ella, como diciéndole que debería de haberse imaginado lo que iba a suceder y que lo tenía merecido. Al final ella acaba llamando a un amigo, que la viene a buscar en coche, y la aleja de ese infierno, y ese amigo demuestra el suficiente tacto como para no hacerle ninguna pregunta durante todo el trayecto de regreso al campus de la universidad.

Cuando finalizó su relato, estaba absolutamente tenso de rabia. No es que sea un santo con las mujeres, pero jamás en la vida abusaría de una mujer o haría algo que ella no quisiera.

—Lo siento. —Fue todo lo que acerté a balbucir.

—No tienes que sentirlo. Tú no lo hiciste.

—Lo sé. Pero no sé qué más puedo decir. A menos… —Me quedé callado, y tras unos instantes ella se giró para mirarme. Podía ver las lágrimas que bañaban sus mejillas, y el hecho de que hubiera estado llorando en silencio me provocó una intensa punzada de dolor en el pecho.

—¿A menos qué?

—A menos que no quieras que yo…, no sé. ¿Le parta las piernas, quizá?

Soltó una risotada forzada.

—No sabes cuántas veces he deseado hacerlo.

—Lo haré. Sólo tienes que decirme su nombre, pero te prometo que te dejaré al margen de este ajuste de cuentas. Ya le daré a ese desgraciado su merecido…

127

Ella me apretó la mano.

—Sé que lo harías.

—Hablo en serio.

Me regaló una sonrisa afligida, y en esos momentos pensé que su aspecto era el de una persona adulta y madura, con pleno conocimiento del mundo, y tremendamente joven a la vez.

—Por eso no te diré su nombre. Pero créeme, te agradezco tu reacción. Es muy caballeroso por tu parte.

Me gustó la forma en que lo dijo, y permanecimos sentados juntos, cogidos de la mano. La lluvia finalmente cesó, y en su lugar el aire se inundó de nuevo con los sonidos provenientes de la radio de la casa vecina. Desconocía el título de la canción, pero me pareció que era una antigua pieza de jazz. Uno de los chicos en mi unidad era muy aficionado al jazz.

—Pero de todos modos —prosiguió ella— a eso me refería cuando te dije que lo pasé fatal en mi primer año en la universidad. Y ése fue el motivo por el que pensé en abandonar los estudios. Mis padres, bendito sea su gran corazón, pensaron que lo que me pasaba era que sentía morriña, así que me obligaron a quedarme. Pero... aunque lo pasé muy mal, aprendí algo acerca de mí misma: que después de una experiencia tan desagradable, podía sobrevivir y seguir adelante. Quiero decir, sé que podría haber sido peor, mucho peor, pero para mí, en esos momentos eso era todo lo que podía soportar. Y aprendí la lección.

Cuando terminó, recordé algo que ella había mencionado.

—¿Fue Tim quien te llevó de regreso al campus, esa noche?

Ella alzó los ojos, sorprendida.

—¿A quién más podías llamar? —apostillé, a modo de explicación.

Ella asintió.

—Sí, supongo que tienes razón. Y se portó muy bien. Hasta el día de hoy, nunca me ha preguntado nada al respecto, y yo no se lo he querido contar. Pero desde entonces se muestra bastante protector conmigo, y no puedo decir que su actitud me moleste.

En el silencio, pensé en el coraje que ella había demostrado, no sólo esa noche, sino después. Si no me lo hubiera contado, jamás habría sospechado que le hubiera podido pasar algo semejante. Me maravillaba que, a pesar de lo que había sucedido, aún tuviera energía para plantarle cara a la vida con esa gran dosis de optimismo.

—Prometo ser un perfecto caballero —declaré solemnemente.

Ella se giró hacia mí.

—¿A qué te refieres?

—A esta noche. A mañana por la noche. A todas las noches. No soy como ese miserable.

Ella trazó mi mandíbula con su dedo, y noté que se me erizaba el bello de la piel bajo su tacto.

—Lo sé —aseveró con convicción—. Si no, no estaría aquí ahora contigo.

Su voz era tan tierna que de nuevo tuve que contenerme para no besarla. No era lo que ella necesitaba, no en esos instantes, aunque resultaba difícil pensar en otra cosa.

—¿Sabes lo que Susan me dijo después de la primera noche que nos conocimos? ¿Cuándo te marchaste y yo regresé con ellos?

Esperé.

—Me dijo que le dabas miedo. Que eras la última persona en este mundo con la que desearía quedarse a solas.

Reí, divertido ante la ocurrencia.

—Me han dicho cosas peores —le aseguré.

—No, no me entiendes. Lo que te quiero decir es que recuerdo que en esos momentos pensé que ella no sabía lo que decía, porque cuando me entregaste el bolso en la playa, vi en ti honestidad y confianza, e incluso un poco de ternura, y nada de lo que uno pudiera estar asustado. Sé que parecerá extraño, pero tuve la impresión de que ya nos conocíamos.

Me di la vuelta sin responder. Bajo la tenue luz de la lámpara, en la calle vi cómo emergía la neblina del suelo como resultado del tremendo calor que había hecho durante todo el día. Los grillos habían empezado a cantar, llamándose los unos

129

a los otros. Tragué saliva con afán de suavizar la repentina sequedad que sentía en la garganta. Miré a Savannah, luego hacia el techo, después a mis pies, y finalmente de nuevo a Savannah. Ella me apretó la mano, y yo solté un suspiro nervioso, impresionado ante el hecho de que, aunque estuviera disfrutando de un permiso normal y corriente en un lugar normal y corriente, me estuviera enamorando de una chica extraordinaria llamada Savannah Lynn Curtis.

Ella vio mi expresión y la interpretó mal.

—Lo siento si te he incomodado —susurró—. A veces lo hago sin querer. Me refiero a que hablo con demasiada franqueza. Suelto todo lo que estoy pensando sin tener en cuenta cómo puede afectar a los demás.

—No, no es eso —repliqué—. Sólo es que es la primera vez que alguien me dice una cosa así.

Casi me detuve allí, consciente de que si mantenía las palabras en mi interior, el momento mágico pasaría y podría salir airoso sin expresar mis verdaderos sentimientos.

—No sabes lo mucho que estos últimos días han significado para mí —empecé a decir—. Conocerte ha sido lo mejor que me ha pasado en la vida. —Dudé, sabiendo que si me detenía en ese momento, ya nunca sería capaz de continuar—. Te quiero —susurré.

Siempre había imaginado que costaría mucho decir esas dos palabras juntas, pero no fue así. En toda mi vida no había estado tan seguro de mis sentimientos, y aunque esperaba que algún día pudiera oír en boca de Savannah las mismas palabras dedicadas a mí, lo que más me importaba era saber que era yo el que había decidido amarla, sin ataduras ni ilusiones.

En la calle, la brisa empezaba a refrescar, y podía ver cómo los charcos de agua brillaban bajo la luz de la luna. Las nubes se habían empezado a disipar, y entre ellas, alguna estrella se atrevía a titilar tímidamente, como si quisiera conmemorar lo que acababa de admitir.

—¿Alguna vez te imaginaste algo así? —me preguntó—. ¿Tú y yo, me refiero?

—No.

—Me da un poco de miedo.

Mi estómago dio un vuelco, y de pronto tuve la certeza de que ella no sentía lo mismo que yo.

—No tienes que decirme que me quieres —empecé a decir—. No lo he dicho por eso…

—Lo sé —me interrumpió—. No lo comprendes. No tengo miedo de lo que me acabas de decir. Tengo miedo porque yo quería confesarte lo mismo: te quiero, John.

Incluso ahora, todavía no estoy seguro de cómo sucedió. En un instante estábamos hablando, y al momento siguiente ella se inclinó hacia mí. Por un segundo, me pregunté si al besarla rompería el sortilegio en el que ambos habíamos caído, pero ya era demasiado tarde para detenerme. Y cuando sus labios sellaron los míos, supe que podría vivir hasta cumplir los cien años y visitar todos los países del mundo, pero que nada se podría comparar con ese preciso instante, cuando, por primera vez, besé a la chica de mis sueños y supe que mi amor por ella nunca tendría fin.

Capítulo 9

$\mathcal{N}$os quedamos allí hasta muy tarde. Después, cuando nos marchamos de la casa en obras, llevé a Savannah de nuevo a la playa, y paseamos por la arena hasta que ella empezó a bostezar. La acompañé hasta la puerta, y nos besamos de nuevo mientras unas polillas revoloteaban alrededor de la luz del porche.

A pesar de que parecía que había estado pensando mucho en Savannah el día previo, nada era comparable con la obsesión que me abordó al día siguiente, aunque el sentimiento era distinto. Me sorprendí a mí mismo sonriendo por ninguna razón aparente, algo incluso de lo que mi padre se dio cuenta cuando regresó a casa después del trabajo. No hizo ningún comentario —obviamente, no me lo esperaba de él—, pero no pareció sorprendido cuando le di unas palmaditas en la espalda después de que me anunciara que pensaba preparar lasaña para cenar. Hablé sin parar de Savannah, y después de un par de horas, él se retiró discretamente a su estudio. A pesar de que no estuvo muy elocuente durante la cena, creo que se alegró por mí y que incluso se alegró aún más de que hubiera decidido compartir con él mis sentimientos. Tuve esa certeza la noche previa, cuando regresé a casa y encontré un plato con galletas recién horneadas sobre la encimera de la cocina, junto con una nota que me anunciaba que había leche en la nevera.

Decidí invitar a Savannah a tomar un helado, luego la llevé a la zona comercial y más turística de Wilmington. Deambulamos por las calles, deteniéndonos frente a varios escaparates de tiendas, y entonces descubrí que a ella le gustaban las antigüedades. Más tarde la llevé a ver el buque de guerra, pero no nos quedamos mucho rato. Savannah tenía razón; la visita resultó tediosa. Después, la llevé de regreso a la casa de la playa, donde nos sentamos junto a la fogata con el resto de sus compañeros.

Las siguientes dos noches, Savannah vino a mi casa. Mi padre cocinó en ambas ocasiones. La primera noche no le preguntó nada a mi padre referente a las monedas, y la conversación no fluyó como era de esperar. Mi padre se limitó a escuchar, y a pesar de que ella intentó mantener un diálogo cómodo y procuró incluirlo a él, la fuerza de la costumbre nos llevó a acabar hablando ella y yo mientras mi padre centraba toda su atención en su plato. Cuando llegó la hora de marcharnos, Savannah tenía el ceño fruncido, y a pesar de que yo no quería creer que su impresión inicial acerca de mi padre pudiera haber cambiado, tenía la certeza de que así era.

Para mi sorpresa, sin embargo, me pidió si podía volver la noche siguiente, y en esa ocasión ella y mi padre estuvieron en su estudio departiendo sobre monedas. Mientras los observaba, me pregunté qué pensaba Savannah de la situación a la que yo ya llevaba tanto tiempo acostumbrado. A la vez, rezaba para que ella fuera más comprensiva de lo que yo había sido con él. Cuando nos marchamos, me di cuenta de que no tenía que preocuparme por nada; mientras la llevaba en coche a la playa, habló de mi padre en unos términos increíbles, ensalzando particularmente la labor que había hecho al criarme solo. A pesar de que yo no estaba seguro de qué pensar, solté un suspiro de alivio ante la idea de que ella parecía haber aceptado a mi padre tal como era.

Llegó el fin de semana, y a esas alturas mis apariciones por la casa de la playa se habían convertido en asiduas. La mayoría de los inquilinos de la casa ya sabían mi nombre, a pesar de que seguían mostrando escaso interés hacia mi persona, exhaustos como estaban después de un arduo día de trabajo. Prácticamente todos se apelotonaban alrededor del televisor hacia las siete o las ocho de la tarde, en lugar de beber o de flirtear en la

133

playa. Todos estaban quemados por el sol, y todos llevaban ti-ritas en los dedos de las manos para cubrir las ampollas.

El sábado por la noche, los inquilinos de la casa de la playa descubrieron que aún les quedaban unas reservas de energía y se comportaron como un grupito de jóvenes juerguistas, con ganas de descargar una caja de cerveza tras otra del maletero de una furgoneta. Los ayudé a llevarlas hasta el porche y me di cuenta de que desde la primera noche que había conocido a Savannah apenas había probado el alcohol. Al igual que el fin de semana previo, encendieron la barbacoa y comimos cerca de la fogata; después Savannah y yo nos fuimos a dar un paseo por la playa. Cogí una manta y preparé una cesta con bocadillos por si nos entraba hambre más tarde, y allí, tumbados boca arriba, disfrutamos del magnífico espectáculo de una lluvia de estrellas fugaces y nos quedamos extasiados ante las intermi-tentes estelas de luz blanca que atravesaban el cielo. Era una de esas noches perfectas, con la brisa exacta para no sentir ni frío ni calor, y charlamos y nos besamos durante horas antes de quedarnos dormidos el uno entre los brazos del otro.

Cuando el sol empezó a alzarse desde el mar el domingo por la mañana, me senté al lado de Savannah. Su cara estaba iluminada por la luz de la alborada, y su pelo se agitaba suave-mente sobre la manta. Tenía un brazo sobre el pecho y otro por encima de la cabeza, y en ese momento pensé que me encanta-ría pasar cada mañana del resto de mi vida despertándome a su lado.

Fuimos a misa de nuevo, y Tim se mostró vivaz y parlan-chín como de costumbre, a pesar de que apenas habíamos ha-blado con él durante la semana. Volvió a insistir en si no me gustaría colaborar con el grupo. Le contesté que tenía que mar-charme el viernes y que, por consiguiente, no creía que pudiera ser de gran ayuda.

—Creo que lo estás agobiando —apuntó Savannah, que le dedicó una sonrisa a Tim.

Él alzó las manos.

—Al menos no podréis culparme de no haberlo intentado.

Probablemente fue la semana más idílica de mi vida. Mis

sentimientos hacia Savannah sólo hacían que reafirmarse, pero a medida que pasaban los días, empecé a notar una tremenda sensación de ansiedad al pensar que pronto ese dulce sueño tocaría a su fin. Cuando me asaltaban esos pensamientos, intentaba alejarlos de la mente, pero el domingo por la noche apenas pude dormir. Me pasé todo el rato dando vueltas y más vueltas en la cama, pensando en Savannah, intentando imaginar cómo podría ser feliz sabiendo que ella estaba en el otro lado del océano rodeada de hombres, y que algunos de esos hombres podrían enamorarse perdidamente de ella del mismo modo que me había pasado a mí.

Cuando llegué a la casa de la playa el lunes por la tarde, no encontré a Savannah. Le pedí a una chica que mirase en su habitación, y asomé la cabeza por cada cuarto de baño. Tampoco estaba en el porche trasero.

Bajé a la playa y pregunté a sus compañeros, pero todos se encogieron de hombros con indiferencia. Dos de ellos ni tan sólo se habían dado cuenta de que no estaba, y al final una de las chicas —Sandy o Cindy, no estoy seguro— señaló en dirección a la playa y dijo que la había visto encaminarse hacia allí una hora antes.

Pasó bastante rato hasta que di con ella. Caminé por la playa en ambas direcciones, y al final enfilé hacia el muelle cercano a la casa. Subí los peldaños de madera de dos en dos mientras oía el romper de las olas bajo mis pies. Cuando divisé a Savannah, pensé que había ido hasta allí para ver a los delfines o a los surfistas. Estaba sentada con las rodillas encogidas, apoyada en un poste, y sólo cuando estuve más cerca me di cuenta de que estaba llorando.

Nunca he sabido qué hacer ante una chica que llora. Con absoluta franqueza, nunca he sabido qué hacer cuando alguien llora. Mi padre jamás lloró, o si lo hizo, nunca fue en mi presencia. Y la última vez que lloré fue de niño, cuando me caí de la cabaña que había construido en el árbol del jardín y me torcí la muñeca. En mi unidad había visto llorar a un par de

135

chicos, y mi reacción había sido propinarles unas palmaditas en la espalda y alejarme de ellos, dejando los porqués y los «qué se puede hacer» para alguien que tuviera experiencia en esas sutilezas.

Antes de que pudiera decidir qué debía hacer, Savannah me vio. Rápidamente se secó las lágrimas de sus ojos hinchados y enrojecidos, y la oí suspirar un par de veces con lentitud, como si quisiera calmarse. Mantenía su bolso, el que una vez rescaté del océano, apresado entre las piernas.

—¿Estás bien? —le pregunté.

—No —contestó, y sentí un pinchazo de angustia en el corazón.

—¿Quieres estar sola?

Ella consideró mi propuesta.

—No lo sé —dijo al fin.

Sin saber qué hacer, me quedé de pie, quieto.

Savannah suspiró.

—Ya se me pasará.

Hundí las manos en los bolsillos y asentí con la cabeza.

—¿De veras no prefieres estar sola? —volví a sugerir.

—¿Cómo quieres que te lo diga?

—Perdona.

Ella soltó una carcajada melancólica.

—Quédate. De hecho, me gustaría que te quedaras y te sentaras a mi lado.

Me senté y luego, después de un breve intervalo de indecisión, la rodeé con un brazo. Durante un rato estuvimos sentados sin decir nada. Savannah aspiraba aire despacio, y su respiración fue adoptando un ritmo más sosegado. Se secó las lágrimas que continuaban deslizándose por sus mejillas.

—Te he traído un regalo —anunció al cabo de un rato—. Espero que te guste.

—Seguro que sí —murmuré.

Ella esbozó una mueca de tristeza.

—¿Sabes lo que estaba pensando cuando venía hacia aquí? —No esperó a que respondiera—. Pensaba en nosotros, en la forma en que nos conocimos y sobre lo que hablamos la primera noche, cómo exhibiste tus tatuajes y plantaste cara a Randy. Y tu expresión estupefacta cuando salimos a hacer surf por primera vez, después de que no me cayera de la tabla...

Cuando ella se quedó sin fuerzas para seguir, la estreché cariñosamente por la cintura.

—Estoy seguro de que puedo extraer un cumplido de todo eso que me cuentas.

Ella intentó reír, aunque lo único que consiguió fue lanzar una risita nerviosa.

—Recuerdo cada detalle de esos primeros días —continuó—. Y lo mismo me pasa con el resto de la semana. Las horas que he pasado con tu padre, el día que fuimos a comer un helado, incluso cuando estuvimos plantados delante de ese horroroso buque.

—No volveré a llevarte a verlo —le prometí, pero ella alzó las manos para que me callara.

—Deja que acabe —pidió—. Además, me parece que no me estás entendiendo. Lo que te quiero decir es que he disfrutado con cada uno de esos momentos, y que era algo que no esperaba. No vine aquí por ese motivo, del mismo modo que no vine aquí para enamorarme de ti. O, de un modo diferente, de tu padre.

No dije nada. Me sentía abrumado.

Savannah se colocó un mechón de pelo detrás de la oreja.

—Creo que tu padre es una persona fantástica. Creo que ha hecho un magnífico trabajo al criarte, y sé que no eres consciente de ello y...

Cuando pareció quedarse sin palabras, meneé la cabeza, perplejo.

—¿Y por eso lloras? ¿Por lo que sientes por mi padre?

—No. ¿Es que acaso no me estás escuchando?

Hizo una pausa, como si intentara ordenar sus pensamientos caóticos.

—No quería enamorarme de nadie. No estaba preparada. Ya he pasado una vez por eso, y después todo fue un desastre. Sé que es diferente, pero tú te marcharás dentro de unos días y todo se acabará y..., y otra vez será un desastre.

137

—No tiene que acabarse —protesté.

—Pero se acabará —proclamó—. Sé que podemos cartear-nos y hablar por teléfono de vez en cuando, y que podríamos vernos cuando estés de permiso. Pero no será lo mismo. No po-dré ver tus expresiones tan divertidas. No podremos tumbar-nos en la playa juntos a mirar las estrellas. No podremos sen-tarnos uno al lado del otro y hablar y compartir secretos. Y no podré sentir tu brazo alrededor de mi cintura, como ahora.

Me di la vuelta, sintiendo una emergente sensación de frustración y pánico. Todo aquello era cierto.

—Me he dado cuenta hoy —continuó—, mientras estaba en la librería. Fui a comprarte un libro, y cuando lo encontré, empecé a imaginar cómo reaccionarías cuando te lo diera. La cuestión es que sabía que te vería al cabo de un par de horas, entonces sabría si te gustaba o no, así que todo iría bien. Por-que aunque no te gustara el libro, sabía que podríamos resol-verlo cara a cara. Eso es lo que estaba pensando, aquí sentada, que cuando estamos juntos, todo es posible. —Dudó antes de continuar—. Pero muy pronto eso ya no será posible. Desde el día en que nos conocimos sabía que estarías aquí sólo un par de semanas, pero no pensé que me resultaría tan duro decirte adiós.

—Yo no quiero que nos despidamos —repliqué, apresán-dole suavemente la barbilla entre mis dedos y obligándola a gi-rar la cara hacia mí.

Debajo de nuestros cuerpos, podía oír las olas chocando contra los pilares. Una bandada de gaviotas nos sobrevoló, y me incliné para besarla. Mis labios apenas rozaron los suyos; su aliento olía a canela y a menta, y de nuevo pensé en la posi-bilidad de no regresar a Alemania.

Con la esperanza de alejarla de esos pensamientos tan fu-nestos, la estreché cariñosamente entre mis brazos y señalé hacia su bolso.

—Bueno, ¿y qué libro me has comprado?

Savannah parecía confundida al principio, luego recordó que lo había mencionado previamente.

—Huy, sí, supongo que ha llegado el momento de dártelo.

Por el modo en que lo dijo, de repente supe que no me había comprado lo último de Carl Hiaasen. Esperé, pero cuando intenté mirarla a los ojos, ella apartó la vista.

—Antes de dártelo, tienes que prometerme que lo leerás. —Su voz se había vuelto solemne.

No estaba seguro de qué podía esperar.

—Lo prometo —contesté, arrastrando las sílabas.

Sin embargo, tenía mis dudas. Entonces ella agarró el bolso y sacó el libro. Cuando me lo entregó, leí el título. Al principio no sabía qué pensar. Era un libro —o más bien una guía de ayuda— sobre autismo y el síndrome de Asperger. Yo había oído algo acerca de los dos trastornos y pensaba que sabía lo que la mayoría de la gente sabía, lo cual no era mucho.

—Lo ha escrito una de mis profesoras —explicó—. Es la mejor profesora que he tenido en la universidad. Sus clases siempre están abarrotadas de gente, incluso muchos estudiantes que no se han matriculado en su asignatura se dejan caer de vez en cuando para hablar con ella. Es una de las expertas más destacadas en todas las formas de trastornos generalizados del desarrollo, y es una de las pocas que ha basado sus estudios en personas adultas.

—Vaya, es fascinante —dije, incapaz de ocultar mi falta de entusiasmo.

—Creo que podrás aprender algo sobre ese trastorno —insistió en la cuestión.

—Seguro; me parece que hay mucha información aquí.

—Hay algo más que eso. —Su voz se tornó más filosófica—. Quiero que lo leas por tu padre. Y por la relación que mantenéis.

Por primera vez me puse rígido.

—¿Y qué tiene que ver este libro con mi padre?

—No soy una experta, pero éste es el libro de lectura que ella nos asignó los dos semestres que la tuve como profesora, y cada noche lo estudiaba con mucho interés. Tal y como he dicho, ella ha entrevistado a más de trescientos adultos con trastornos.

Retiré el brazo.

139

—¿Y?

Sabía que podía notar la tensión en mi voz, y escrutó mi rostro con una visible aprensión.

—Sé que sólo soy una estudiante, pero he pasado muchas de mis horas de prácticas con niños que tienen el síndrome de Asperger... Los he tratado de cerca, y también he tenido la oportunidad de conocer a un buen número de adultos a los que había entrevistado mi profesora. —Se arrodilló delante de mí y estiró la mano para acariciarme el brazo—. Tu padre se parece mucho a un par de ellos.

Creo que en el fondo ya sabía a lo que se refería, pero lo que en verdad quería era que Savannah me lo dijera sin rodeos.

—¿Qué intentas decirme? —le exigí, haciendo un esfuerzo para no apartarme de ella.

Savannah tardó un poco en contestar.

—Creo que tu padre podría tener el síndrome de Asperger.

—Mi padre no es un retrasado mental...

—Yo no he dicho eso. El síndrome de Asperger es un trastorno generalizado del desarrollo.

—Me da igual lo que sea —espeté, alzando la voz—. Mi padre no tiene eso. Me ha criado, trabaja, paga sus deudas. Una vez estuvo casado.

—Puedes tener el síndrome de Asperger y vivir una vida normal...

Mientras Savannah hablaba, me acordé de algo que había dicho previamente.

—Espera —la corté, intentando recordar las palabras exactas que ella había pronunciado. Súbitamente noté una desagradable sequedad en la boca—. En más de una ocasión has ensalzado la labor que mi padre ha hecho al criarme solo.

—Sí, y precisamente a eso me refería...

Se me tensó la mandíbula al comprender lo que ella estaba diciendo en realidad, y me la quedé mirando fijamente como si fuera la primera vez que la veía.

—Así que crees que él es como el protagonista de la película *Rain Man* y que, teniendo en cuenta su problema, ha hecho un buen trabajo.

—No…, no lo entiendes. Hay grados de severidad del síndrome de Asperger, puede ir desde moderado a severo…

Apenas la oí.

—Y por eso sientes respeto por él; no es que realmente te guste.

—No, espera…

Me aparté y me puse de pie. De repente notaba la necesidad de tener más espacio para respirar; enfilé hacia la barandilla. Pensé en sus continuas peticiones para visitarlo…, no era porque quisiera pasar un rato con él, sino porque lo que en realidad quería era «estudiarlo».

Se me formó un nudo en la garganta y me giré hacia ella furibundo.

—Por eso ibas a visitarlo, ¿no es cierto?

—¿Qué…?

—No porque lo aprecies, sino porque querías averiguar si tenías razón.

—No…

—¡No mientas! —grité.

—¡No estoy mintiendo!

—Estabas allí, sentada con él, fingiendo interés en sus monedas, pero en realidad lo estabas analizando como a una rata de laboratorio.

—¡No es cierto! —replicó, al tiempo que se ponía de pie—. Yo respeto a tu padre…

—Porque crees que tiene un problema y que, sin embargo, ha conseguido superarlo —espeté, culminando la frase por ella—. Ya lo entiendo.

—No, te equivocas. Me gusta tu padre…

—Por eso hiciste tu pequeño experimento, ¿no? —Mi expresión era implacable—. Mira, quizás haya olvidado que cuando te gusta una cosa pones todo tu empeño en ello. ¿Es eso lo que me estás intentando decir?

Savannah meneó la cabeza.

—¡No! —Por primera vez, ella parecía cuestionarse lo que había hecho, y su labio inferior empezó a temblar. Cuando volvió a hablar, la voz también le temblaba—. Tienes razón. No

141

debería de haberlo hecho. Pero únicamente pretendía comprender a tu padre.

—¿Por qué? —Di un paso hacia ella. Podía notar la tensión creciente en todos los músculos de mi cuerpo—. Yo ya lo comprendo. Me he criado con él, ¿recuerdas? He vivido con él.

—Sólo intentaba ayudar —se excusó, bajando la vista—. Sólo quería que fueras capaz de mantener una relación con él.

—Pues no te he pedido tu ayuda. No quiero tu ayuda. Además, ¿por qué metes las narices en este asunto?

Ella giró la cara y se secó una lágrima con el dorso de la mano.

—Ya sé que no es asunto mío. —Su voz era casi inaudible—. Pensé que te gustaría saberlo.

—¿Saber el qué? —la exhorté—. ¿Que crees que mi padre no es normal? ¿Que yo no debería albergar la esperanza de poder mantener una relación normal con él? ¿Que tendré que hablar de monedas si quiero hablar un poco con él?

No oculté la rabia en mi voz, y con el rabillo del ojo, vi a un par de pescadores que se giraban para mirarme. Les dediqué una mirada hostil, como si les prohibiera que se acercaran a nosotros, lo que seguramente era una buena elección. Después clavé los ojos en Savannah, sin esperar una respuesta por su parte; con franqueza, no quería que respondiera. Todavía estaba intentando asimilar la puñalada de que las horas que ella había pasado con mi padre no eran más que una farsa.

—Quizá sí —susurró ella.

Parpadeé, sin estar seguro de haber oído bien.

—¿Cómo has dicho?

—Ya me has oído. —Se encogió de hombros—. Quizá sea del único tema del que podrás hablar con tu padre. Es posible que sea lo único que él pueda hacer.

Mis manos se cerraron en dos puños crispados.

—¿Me estás diciendo que toda la responsabilidad es mía?

No esperaba que ella respondiera, pero lo hizo.

—No lo sé —contestó, mirándome a los ojos. Todavía podía ver sus lágrimas, pero su voz era sorprendentemente serena—. Por eso te he comprado el libro. Para que lo leas. Tal y como te he dicho, tú lo conoces mucho mejor que yo. Y jamás he insinuado que tu padre no sea capaz de llevar una vida normal, porque es obvio que lo ha conseguido. Pero piensa un poco, sus rutinas exactas, el hecho de que no mantenga un contacto ocular con la gente cuando les habla, su falta de vida social…

Me di la vuelta enfurecido, con ganas de pegarle un puñetazo a algún objeto. A cualquier cosa.

—¿Por qué haces esto? —pregunté en voz baja.

—Porque si yo estuviera en tu lugar, querría saberlo. Y créeme, mi última intención sería herirte o insultar a tu padre. Ya te he dicho que lo he hecho porque quería que pudieras comprender a tu padre.

Su candor me hizo constatar dolorosamente que Savannah creía en lo que decía. Pero, de todos modos, me daba igual. Me di la vuelta y empecé a caminar por el muelle. Sólo quería marcharme. De allí, de ella.

—¿Adónde vas? —La oí gritar—. ¡John! ¡Espera!

No le hice caso. En lugar de eso aceleré el paso; un minuto más tarde alcancé los peldaños del muelle. Los bajé de un salto, pisé la arena y me dirigí hacia la casa de la playa. No sabía si Savannah me estaba siguiendo, y mientras me aproximaba al grupo, las caras se giraron hacia mí. Sabía que mi aspecto delataba mi enojo. Randy sostenía una cerveza en la mano, y debió de ver a Savannah que se acercaba porque se movió para cortarme el paso. Un par de compañeros de su fraternidad hicieron lo mismo.

—¿Qué pasa? —me preguntó—. ¿Qué le pasa a Savannah?

Lo ignoré y noté cómo él me agarraba por la muñeca.

—¡Oye! ¡Te estoy hablando!

No fue un movimiento inteligente. Podía oler su aliento a cerveza y sabía que el alcohol lo había envalentonado.

—Suéltame —dije.

—¿Le has hecho algo? —exigió saber.

—Suéltame —repetí—. O te partiré la muñeca.

—¡Eh! ¿Qué pasa aquí? —Oí a Tim gritar desde algún punto detrás de mí.

—¿Qué le has hecho? —repitió Randy—. ¿Por qué está llorando? ¿Le has hecho daño?

143

Podía notar un subidón de adrenalina por las venas.

—Te lo digo por última vez, suéltame —lo avisé.

—¡No os peleéis! —gritó Tim, acercándose a pasos agigantados para poner fin a la bronca—. ¡Vamos, chicos, relajaos! ¡Zanjad el tema!

Noté que alguien intentaba inmovilizarme por detrás. Lo que sucedió a continuación fue instintivo, y pasó en tan sólo unos segundos. Le propiné un codazo en el plexo solar al que me sostenía por la espalda y escuché un repentino gemido, luego agarré a Randy por la mano y se la retorcí hasta un punto doloroso. Él soltó un alarido y cayó sobre sus rodillas, y en ese instante noté que alguien se precipitaba sobre mí por la espalda para inmovilizarme. Sin darme la vuelta para mirarlo siquiera, le di un codazo en plena cara, y oí el desagradable crujido del cartílago de la nariz; me puse en guardia, listo para enfrentarme al siguiente voluntario.

—¿Qué has hecho? —gritó Savannah. Probablemente vino corriendo al ver lo que sucedía.

En la arena, Randy gimoteaba de dolor mientras se frotaba la muñeca; el chico que me había agarrado por la espalda respiraba con dificultad.

—¡Le has hecho daño! —Savannah pasó de largo, quejosa—. ¡Sólo intentaba evitar que os pelearais!

Me di la vuelta. Tim se hallaba tumbado en el suelo, con la cara ensangrentada entre las manos. La escena pareció provocar un efecto de parálisis en todos los congregados menos en Savannah, que se arrodilló a su lado.

Tim gemía, y a pesar de mis propios latidos acelerados resonando como un tambor en los oídos, sentí una punzada de dolor en el pecho. ¿Por qué había tenido que ser él? Quería preguntarle si se encontraba bien; quería disculparme y decirle que mi intención no había sido hacerle daño, que no había sido culpa mía. Yo no había empezado esa bronca. Pero ahora ya no tenía importancia; no podía esperar que me perdonaran y olvidaran el desaguisado, por más que deseara que no hubiera sucedido.

Apenas oí los lamentos de Savannah cuando retrocedí.

Miré a los demás con ojos desafiantes, para asegurarme de que me dejarían marchar; no quería hacer daño a nadie más.

—Virgen santa... Oh, no... Estás sangrando... Tenemos que ir a que te vea un médico.

Continué retrocediendo, luego me di la vuelta y subí las escaleras. Atravesé la casa a grandes zancadas y enfilé hacia el coche. Antes de que pudiera darme cuenta de lo que había hecho, ya estaba en la carretera. No paré de maldecirme durante el resto de la noche.

Capítulo 10

*N*o sabía adónde ir, así que conduje en círculos sin un destino fijo durante un rato, los sucesos de la noche se reproducían mecánicamente en mi mente. Todavía estaba furioso conmigo mismo por lo que le había hecho a Tim —admito que no sentía remordimientos por los otros dos— y enojado con Savannah por lo que había sucedido en el muelle.

Apenas podía recordar cómo había empezado ese despropósito. En un minuto estaba pensando que la quería más de lo que nunca habría posiblemente imaginado, y al siguiente minuto nos estábamos peleando. Me sentía ofendido por su subterfugio, y sin embargo no podía comprender por qué estaba tan enfadado. ¡Ni que mi padre y yo estuviéramos tan unidos! Si ni tan sólo creía conocerlo, realmente. Así que, ¿por qué me había enfadado tanto? ¿Y por qué seguía estándolo?

«¿Quizá porque existe una posibilidad de que tenga razón?», susurró mi vocecita interior.

Sin embargo, eso no importaba. ¡Y qué si mi padre sufría un trastorno mental! ¿Cómo iba a cambiar eso la realidad? ¿Y por qué ella había tenido que meter las narices en ese asunto que no era de su incumbencia?

Mientras conducía, pasé de la rabia a la aceptación y de nuevo a la rabia. Me vi reviviendo la sensación de haberle roto la nariz a Tim con un codazo, y eso sólo consiguió que empeorasen las cosas. ¿Por qué había intentado inmovilizarme? ¿Por qué no a ellos? ¡No era yo quien había empezado el espectáculo!

Y Savannah…, sí, mañana sin falta me pasaría a verla para disculparme. Sabía que ella creía sinceramente en lo que me estaba diciendo y que, a su manera, sólo intentaba ayudar. Y quizá, si ella estaba en lo cierto, era mejor que lo supiera. Eso explicaría muchas cosas…

Pero ¿después de lo que le había hecho a Tim? ¿Cómo reaccionaría ella ante los hechos consumados? Él era su mejor amigo, y aunque le jurase que había sido un accidente, ¿me perdonaría? ¿Y lo que les había hecho a los otros dos? Savannah sabía que yo era un soldado, pero ahora que había sido testigo de una pequeña demostración de lo que eso significaba, ¿seguiría sintiendo lo mismo por mí?

Cuando finalmente encontré el camino a casa, ya era más de medianoche. Dentro, todo estaba oscuro; eché un rápido vistazo al estudio de mi padre, y después me fui derecho a mi habitación. Él no estaba levantado, por supuesto; se había acostado a la misma hora de siempre, como cada noche. Un hombre de rutinas, como bien sabía y como Savannah había señalado.

Me cobijé en la cama, aún sabiendo que no conseguiría conciliar el sueño y deseando poder borrar todo lo que había sucedido y empezar de nuevo la noche. Al menos desde el momento en que ella me había dado el libro. No quería pensar más en el incidente. No quería pensar ni en mi padre ni en Savannah ni en lo que le había hecho a Tim. Pero toda la noche la pasé con la mirada clavada en el techo, incapaz de escapar de mis pensamientos.

147

Me levanté cuando oí a mi padre en la cocina. Yo llevaba la misma ropa del día anterior, pero dudé que él se diera cuenta.

—Buenos días, papá —murmuré.

—Oh, hola, John. ¿Quieres desayunar?

—Sí. ¿Queda café? —pregunté.

—En la cafetera —respondió.

Me serví una taza. Mientras mi padre cocinaba, me fijé en la portada del periódico, pensando que él leería la sección nacional primero, y luego la local. Pasaría de largo la sección de los deportes y la de sociedad. Un hombre de rutinas.

—¿Qué tal anoche? —le pregunté.

—Como siempre —respondió.

No me sorprendió que no me preguntara qué tal me había ido a mí. En lugar de eso, removió los huevos revueltos con la espátula. La panceta ya estaba chisporroteando en la sartén. Al cabo de un rato se giró hacia mí, pero yo ya sabía lo que me iba a pedir.

—¿Te importaría poner unas rebanadas de pan en la tostadora?

Mi padre se marchó a trabajar exactamente a las siete y treinta y cinco minutos.

Cuando se hubo marchado, ojeé el periódico, sin ningún interés en las noticias, pero sin saber qué hacer a continuación. No tenía ganas de ir a hacer surf, ni tan sólo de salir de casa, y me estaba preguntando si debería arrastrarme de nuevo hasta la cama para intentar dormir un rato cuando oí el ruido de un motor que se detenía en la calle. Supuse que se trataría de alguien que iba repartiendo propaganda sobre cómo limpiar efectivamente las cañerías o el tejado; me quedé perplejo al oír unos golpecitos en la puerta.

Al abrir la puerta, me quedé helado; no me lo esperaba. Tim apoyaba todo el peso de su cuerpo en un pie, y luego en el otro, nervioso.

—Eh, John —me saludó—. Sé que es temprano, pero ¿te importa si entro?

Tenía la nariz cubierta con una amplia tira de esparadrapo, y la piel alrededor de los ojos estaba hinchada y morada.

—Sí..., por supuesto, entra. —Me aparté para cederle el paso, todavía intentando procesar el hecho de que él estuviera allí.

Tim atravesó el umbral y entró en el comedor.

—Me ha costado mucho encontrar la casa —dijo—. Cuando te traje el otro día, era tarde y no puedo decir que prestara demasiada atención a la ruta. He tenido que pasar un par de veces por delante de tu casa para estar seguro.

Volvió a sonreír, y me di cuenta de que llevaba una carpeta.

—¿Te apetece tomar una taza de café? —le ofrecí, intentando sacarme de encima el susto—. Creo que en la cafetera todavía queda para otra taza.

—No, gracias. He estado despierto prácticamente toda la noche, así que será mejor que no tome café. Mi intención es tumbarme un rato cuando regrese a la casa de la playa.

Asentí.

—Oye, mira…, sobre lo que sucedió anoche… —empecé a decir—. Lo siento. No era mi intención…

Tim alzó las manos para acallarme.

—Tranquilo. Sé que no lo hiciste aposta. Y yo no debería haber intentado inmovilizarte a ti; debería haber intentado agarrar a uno de los otros chicos.

Lo escudriñé, incómodo.

—¿Duele?

—No. El problema fue que ayer era una de esas noches en que la sala de Urgencias del hospital estaba llena a rebosar. El médico tardó un buen rato en visitarme, y delegó la labor de recolocarme la nariz a otro compañero. Pero me aseguraron que quedaría como nueva. Es probable que me quede un pequeño bulto; espero que me aporte una apariencia más temeraria.

Sonreí, entonces me sentí fatal de haber sonreído.

—De verdad, lo siento mucho.

—Acepto tus disculpas. Y lo valoro, de veras. Pero éste no es el motivo por el que he venido. —Hizo una señal hacia el sofá—. ¿Te importa si nos sentamos? Todavía me siento un poco mareado.

Me senté en la punta del apoyabrazos, y me incliné hacia delante, con los codos entre las rodillas. Tim se sentó en medio del sofá, intentando encontrar la postura más cómoda. Dejó la carpeta a su lado.

—Quiero hablarte sobre Savannah, y sobre lo que sucedió anoche.

El sonido de su nombre consiguió que volviera a revivir lo que había pasado, y aparté la vista.

—Sabes que somos buenos amigos, ¿verdad? —No esperó a que respondiera—. Anoche, en el hospital, estuvimos hablando largo y tendido, y sólo he venido a pedirte que no te enfades con ella por lo que hizo. Sabe que cometió un error al diagnosticar a tu padre. Tenías razón acerca de eso.

—Entonces, ¿por qué no ha venido ella?

—En estos momentos está trabajando. Alguien ha de estar al frente mientras yo me recupero. De todos modos, ella no sabe que estoy aquí.

Meneé la cabeza.

—No entiendo por qué me enfurecí tanto.

—Porque no querías oír lo que ella te contaba —remachó, sin perder la calma—. Yo también suelo reaccionar del mismo modo cuando oigo a alguien hablar sobre mi hermano. Es autista.

Alcé la vista.

—¿Alan es tu hermano?

—Sí, ¿por qué? —inquirió—. ¿Savannah te ha hablado de él?

—Un poco —asentí, recordando que incluso más que de Alan, ella me había hablado sobre su hermano que había sido tan paciente con él, que la había inspirado para estudiar Educación Especial.

En el sofá, Tim hizo una mueca de dolor cuando se tocó el morado debajo del ojo.

—Y para que lo sepas —continuó diciendo—, estoy de acuerdo contigo. No debería haberse metido en un asunto que no es de su incumbencia, y se lo dije. ¿Recuerdas cuando te comenté que a veces puede ser bastante ingenua? A eso me refería. Quiere ayudar a la gente, pero en ocasiones no es lo más conveniente.

—No fue sólo ella —declaré—. Fui yo, también; ya te lo he dicho, no sé por qué reaccioné de una forma tan violenta.

Tim me miró fijamente.

—¿Crees que puede tener razón?

Entrelacé las manos.

—No lo sé. No lo creo, pero…

—Pero no lo sabes. Y aunque así fuera, ¡qué más da!, ¿no?

Tampoco esperó a oír mi respuesta en esa ocasión.

—A mí me pasó lo mismo. Recuerdo lo que mis padres y yo pasamos con Alan. Durante mucho tiempo no sabíamos qué le pasaba, si es que realmente le pasaba algo. ¿Y sabes a qué conclusión he llegado después de todo este tiempo? Que no importa. Todavía lo quiero y cuido de él, y siempre lo haré. Pero… el hecho de averiguar lo que le pasaba me ayudó a facilitar las cosas entre nosotros. Cuando lo supe…, supongo que dejé de esperar que él se comportase de cierto modo. Y sin expectativas, descubrí que era más fácil aceptarlo tal y como era.

Procesé la información.

—¿Y si no tiene el síndrome de Asperger? —pregunté.

—Quizá no lo tenga.

—¿Y si creo que lo tiene?

Tim suspiró.

—No es tan simple, especialmente en los casos más moderados. No es que puedas hacerle un análisis de sangre para confirmarlo. Habrá días que pensarás que es posible, y eso es lo único a lo que llegarás. Pero nunca podrás estar del todo seguro. Y por lo que Savannah me contó acerca de tu padre, con toda sinceridad, no creo que esta revelación vaya a cambiar mucho las cosas. De todos modos, ¿por qué deberían cambiar? Tu padre trabaja, te ha criado… ¿Qué más puedes esperar de un padre?

Consideré su comentario mientras un cúmulo de imágenes de mi padre pasaba por mi mente.

—Savannah te regaló un libro —dijo Tim.

—No sé dónde está —admití.

—Lo tengo yo. Te lo dejaste en la casa de la playa. —Me entregó la carpeta. No sé por qué, en esos momentos el libro me pareció que pesaba más que la noche previa.

—Gracias.

Se levantó, y supe que nuestra conversación estaba tocando a su fin. Se encaminó hacia la puerta, pero se dio la vuelta, con la mano apoyada en el tirador.

—Sabes que no tienes que leerlo —apostilló.

—Lo sé.

Abrió la puerta y luego se detuvo. Sabía que quería añadir algo más, pero, para mi sorpresa, no se dio la vuelta.

—¿Te importaría si te pido un favor?

—Adelante.

—No le rompas el corazón a Savannah, ¿de acuerdo? Sé que está enamorada de ti, y sólo quiero verla feliz.

En ese instante supe que no me había equivocado en cuanto a lo que él sentía por ella. Mientras se dirigía al coche, lo observé a través de la ventana, con la certeza de que él también estaba enamorado de Savannah.

Dejé el libro en el sofá y salí a dar una vuelta; cuando regresé a la casa, evité leerlo. No puedo decir por qué lo hice, a no ser por que me diera miedo lo que podía descubrir.

Tras un par de horas, sin embargo, me zafé de esos sentimientos sombríos y me pasé el resto de la tarde absorbiendo su contenido y reviviendo momentos pasados con mi padre.

Tim tenía razón. No existía una clara diagnosis, no había normas certeras y no había forma de que lo llegara a averiguar. Algunas personas con el síndrome de Asperger tenían un coeficiente intelectual bajo, mientras que a otras, incluso con un autismo más severo —como el personaje de Dustin Hoffman en la película *Rain Man*—, se podían tener por genios en determinados temas. Algunos podían funcionar sin ninguna dificultad en su entorno social: nadie se daba cuenta de su problema; otros tenían que ser ingresados en alguna clínica especializada en esa clase de trastornos. Leí biografías de personas con el síndrome de Asperger que eran prodigios en música o en matemáticas, me enteré de que eran sujetos que destacaban entre la población en general tanto por su personalidad tan extraña como por su faceta de prodigios. Pero lo más importante es que aprendí que cuando mi padre era joven había muy pocos médicos que comprendieran las características o síntomas, por lo que sus padres no debieron de saberlo nunca. En lugar de eso, a los niños con el síndrome de Asperger normalmente se los apartaba y se los consideraba retrasados o extremamente tímidos, y si finalmente decidían ingresarlos en algún centro para personas con discapacidades mentales, los padres se quedaban más aliviados al pensar que gracias a su decisión quizás algún día su hijo sería capaz de superar su problema. La diferencia entre el síndrome de Asperger y el autismo podía a veces resumirse del siguiente modo: una persona con autismo vive inmerso en su propio mundo, mientras que una persona con el síndrome de Asperger vive en nuestro mundo de la forma que elija.

Según esta definición, se podría afirmar que la mayoría de la gente tiene el síndrome de Asperger.

Pero había algunos indicios que Savannah había mencionado respecto a mi padre: sus rutinas inalterables, su incapacidad de relacionarse con otras personas, su falta de interés por cualquier tema que no fuera las monedas, su deseo de estar solo... Todo parecía apuntar a manías que cualquiera podría tener, pero con mi padre era distinto. Mientras que otros las escogían libremente, mi padre —como algunas personas con el síndrome de Asperger— parecía haberse visto obligado a llevar una vida con esas elecciones ya predeterminadas. Al menos, el libro intentaba explicar el comportamiento de mi padre, y venía a decir que no se podía esperar que el sujeto cambiara, sino todo lo contrario: que jamás cambiaría. A pesar de toda la incertidumbre implícita, descubrí que esa declaración era reconfortante. Y me di cuenta de que podía explicar dos cuestiones que siempre me habían obsesionado acerca de mi madre: ¿qué había visto ella en él? ¿Y por qué se había marchado?

Sabía que jamás lo averiguaría, y tampoco tenía intención de hurgar en la herida. Pero con un poco de imaginación pude ver a un hombre silencioso que un día entabló conversación sobre su extraña colección de monedas con una pobre camarera joven en un restaurante, una mujer que se pasaba las noches tumbada en la cama, soñando con un futuro mejor. Quizás ella flirteó, o quizá no, pero él se sintió atraído por ella y continuó apareciendo por el restaurante. Tras varios encuentros, ella quizá detectó su bondad y su paciencia, las mismas

153

cualidades que después lo ayudaron a criarme. Es posible que ella interpretara su naturaleza silenciosa de una forma positiva, también, y que supiera que él no tenía tendencia a estallar en ataques de cólera ni a mostrarse violento. Incluso sin amor, eso podría haber bastado, así que accedió a casarse con él, pensando que podrían vender la colección de monedas y vivir cómodamente, incluso ser felices. Ella se quedó embarazada, y más tarde, cuando constató que de ninguna forma él se desharía de su colección, se dio cuenta de que estaba atrapada con un marido que no mostraba ningún interés en nada de lo que ella hacía. Tal vez su sentimiento de soledad la hizo reaccionar, o quizá sólo se trató de una reacción egoísta, pero, en cualquier caso, ella se reprimió, y después de que naciera el bebé, aprovechó la primera oportunidad para marcharse.

«O quizá no», pensé.

Dudaba de que algún día llegara a saber la verdad, aunque lo cierto era que no me importaba. En cambio, sí que me importaba mi padre, y si él se había afligido con algún sentimiento de culpa por lo sucedido, de pronto comprendí que hubiera optado por establecer un conjunto de normas para vivir, normas que lo ayudaran a encajar en el mundo. Quizá no eran del todo comunes, pero, no obstante, encontró una forma de ayudarme a ser el hombre en que me había convertido. Y para mí, eso era más que suficiente.

Él era mi padre, y lo había hecho lo mejor que había podido. Ahora lo sabía. Y cuando al final cerré el libro y lo dejé a un lado, clavé la vista en la ventana, pensando en lo orgulloso que me sentía de él mientras intentaba engullir el nudo que se me había formado en la garganta.

Cuando regresó del trabajo, mi padre se cambió de ropa y fue a la cocina para poner a hervir los espaguetis. Lo estudié mientras realizaba toda una serie de movimientos mecánicos, sabiendo que estaba haciendo exactamente lo mismo que había dicho Savannah, y por lo que me había enfadado con ella. Es extraño cómo el conocimiento cambia la percepción.

Me fijé en la precisión de sus movimientos, en la forma en que abrió cuidadosamente la caja de espaguetis antes de depositarla sobre la encimera, y en el modo en que usaba la espátula, con unos movimientos en ángulo recto, mientras doraba la carne. Sabía que añadiría sal y pimienta, y un momento más tarde eso fue precisamente lo que hizo. Sabía que abriría una lata de salsa de tomate justo después, y de nuevo acerté. Como de costumbre, no me preguntó nada acerca de cómo me había ido el día, sino que prefirió trabajar en silencio. Un día antes lo habría atribuido al hecho de que éramos unos completos desconocidos; ahora comprendía que existía una posibilidad de que siempre actuara del mismo modo. Sin embargo, por primera vez en mi vida, no me molestó.

Durante la cena no le pregunté por su jornada, porque conocía la respuesta. En lugar de eso, le hablé de Savannah y de las cosas que habíamos hecho juntos. Después, le ayudé a lavar los platos, y continué nuestra conversación a un solo bando. Cuando hubimos acabado, cogió otra vez el trapo de cocina. Limpió la encimera por segunda vez, luego dio la vuelta al salero y al pimentero hasta que estuvieron exactamente en la misma posición que estaban cuando él había llegado a casa. Tenía la impresión de que él quería añadir algo a la conversación, pero que no sabía cómo, aunque supongo que yo estaba intentando hacer que se sintiera más cómodo. No importaba. Sabía que estaba a punto de retirarse a su estudio.

—Oye, papá, ¿por qué no me enseñas algunas de las monedas que has adquirido últimamente? Quiero que me lo cuentes todo acerca de ellas.

Me miró desconcertado, como si no hubiera oído bien, luego clavó la vista en el suelo. Se tocó su escaso pelo, y me fijé en la creciente calvicie en la parte superior de su cabeza. Cuando volvió a mirarme, parecía estar asustado.

—Muy bien —accedió finalmente.

Entramos en su estudio y, cuando noté que posaba su mano amable en mi espalda, me sorprendí a mí mismo pensando que hacía muchos años que no me sentía tan cerca de él.

Capítulo 11

*A*l siguiente atardecer, mientras estaba de pie en el muelle admirando el espectáculo plateado que la luz de la luna proyectaba sobre el océano, me pregunté si Savannah vendría. La noche previa, después de pasar horas examinando monedas con mi padre y disfrutando con el entusiasmo en su voz mientras las describía, me monté en el coche y me fui a la playa. Llevaba la nota que le había escrito a Savannah, en la que le pedía que se reuniera conmigo allí. Había dejado la nota en un sobre que había colocado en el coche de Tim. Sabía que él se lo pasaría sin abrir, por más ganas que tuviera de hacerlo. En el poco tiempo que hacía que lo conocía, había llegado a creer que Tim, como mi padre, era una persona mucho más buena de lo que yo nunca llegaría a ser.

Fue lo único que se me ocurrió. A causa del altercado, sabía que ya no era bien recibido en la casa de la playa; tampoco me apetecía ver a Randy ni a Susan ni a nadie más de ese grupo, y eso hacía que contactar con Savannah resultara imposible. Ella no tenía móvil, y yo tampoco sabía el número de teléfono de la casa de la playa, por lo que dejarle una nota era mi única opción.

Me había equivocado. Había reaccionado muy mal, y lo sabía. No sólo con ella, sino también con los otros en la playa. Debería de haberme marchado de allí sin armar jaleo. Randy y sus amigotes, aunque levantaban pesas y se consideraban a sí mismos unos destacados atletas, no tenían ninguna posibilidad contra alguien entrenado para dejar a personas fuera de combate de un modo rápido y eficiente. Si eso hubiera sucedido en Alemania, probablemente me habría pasado varias noches entre rejas por lo que había hecho. Al Gobierno no le gustaban aquellos que usaban, en situaciones que el Gobierno no aprobaba, las habilidades que el Gobierno enseñaba.

Así que le dejé la nota, luego estuve mirando el reloj todo el día siguiente, preguntándome si vendría a mi encuentro. Cuando la hora que había sugerido llegó y pasó, empecé a mirar compulsivamente por encima del hombro, y solté un suspiro de alivio cuando vi una figura aparecer a lo lejos. Por su forma de moverse, sabía que tenía que ser Savannah. Me apoyé en la barandilla para esperarla.

Ella aminoró el paso cuando me vio, hasta que se detuvo delante de mí. Ningún abrazo, ningún beso... Me dolió su repentina formalidad.

—Recibí tu nota —dijo.

—Me alegro de que hayas venido.

—He tenido que salir sigilosamente para que nadie sepa que estás aquí. Te has granjeado la enemistad de todos; prefiero que no sepas los comentarios de algunos estudiantes sobre lo que piensan hacerte si vuelves a aparecer por la casa de la playa.

—Lo siento —solté sin más preámbulos—. Sé que tu única intención era ayudar, pero no supe encajarlo bien.

—¿Y?

—Y siento mucho lo que le hice a Tim. Es un tipo fenomenal, y yo debería de haber tenido más cuidado.

Savannah continuaba mirándome sin pestañear.

—¿Y?

Moví los pies nervioso, plenamente consciente de que no iba a ser totalmente sincero con lo que iba a decir a continuación, pero también plenamente consciente de que eso era lo que ella quería oír. Suspiré.

—Y también lo siento por Randy y por el otro chico.

No parecía bastarle, ya que siguió mirándome fijamente.

—¿Y?

157

No sabía qué más decir. Le di vueltas a lo sucedido, antes de mirarla a los ojos.

—Y…, bueno, después no estuvo bien eso de escurrir el bulto.

—¿Y qué más?

—Y… —A pesar de que lo intenté, no se me ocurría nada más—. No lo sé —confesé—. Pero sea lo que sea lo que te molesta, también te pido disculpas.

Su expresión denotaba curiosidad.

—¿Y ya está?

Consideré lo que le acababa de decir.

—No sé qué más puedo añadir —admití.

Pasó medio segundo antes de que me diera cuenta de la leve sonrisa que se había dibujado en sus labios. Savannah se me acercó.

—¿Ya está? —repitió, con una voz más suave.

No dije nada. Ella se me acercó más y, aunque no me lo esperaba, me rodeó por el cuello con sus brazos.

—No tienes que disculparte —susurró—. No tienes ningún motivo. Probablemente yo también hubiera reaccionado del mismo modo.

—Entonces, ¿cuál es el motivo de tu interrogatorio?

—Me ha confirmado que tenía razón respecto a ti desde el primer momento. Sabía que tenías buen corazón.

—¿De qué estás hablando?

—Te lo acabo de decir —contestó—. Más tarde, me refiero a esa noche, Tim me convenció de que no tenía ningún derecho a decirte lo que te había dicho. Tenías razón. No estoy capacitada para formular una evaluación profesional, así que fue una actitud absolutamente arrogante pensar que podía hacerlo. En cuanto a lo que pasó en la playa, fui testigo de todo. No fue culpa tuya. Ni tan sólo lo que pasó con Tim fue culpa tuya, pero de todos modos me ha gustado oír tus disculpas. Por lo menos para saber que eres capaz de pedir perdón.

Se apoyó en mi pecho y, cuando entorné los ojos, supe que no quería nada más en el mundo que estrecharla entre mis brazos para siempre.

Y

Más tarde, después de que pasáramos buena parte de la noche hablando y besándonos en la playa, deslicé un dedo a lo largo de su mandíbula y susurré:

—Gracias.

—¿Por qué?

—Por el libro. Creo que comprendo a mi padre un poco mejor ahora. Anoche lo pasamos muy bien, los dos juntos.

—Me alegro.

—Y gracias por ser como eres.

Ella me respondió con una sonrisita, y yo la besé en la frente.

—Si no hubiera sido por tu forma de ser —añadí—, no me habría atrevido a explicarte lo de mi padre. No sabes lo mucho que eso significa para mí.

A pesar de que se suponía que Savannah tenía que trabajar   159
en la obra al día siguiente, Tim fue comprensivo cuando ella le explicó que iba a ser nuestra última oportunidad de estar juntos hasta que yo regresara de Alemania. Cuando la recogí, Tim bajó los peldaños del porche, se acercó al coche y se inclinó hasta que sus ojos quedaron a la altura de la ventanilla. Los morados habían adoptado un tono casi negro. Me alargó la mano a través de la ventanilla.

—Ha sido un placer conocerte, John.

—Para mí también —contesté con toda franqueza.

—Cuídate, ¿vale?

—Lo intentaré —respondí, y nos dimos la mano, sorprendido ante la sensación de que había nacido un vínculo afectivo entre nosotros.

Savannah y yo pasamos la mañana en el Fort Fisher Aquarium, extasiados ante las extrañas criaturas que allí se exhibían. Vimos peces aguja con su larga y fina nariz, y caballitos de mar enanos; en el tanque más grande había tiburones nodriza y peces rojos *Sciaenops ocellatus*. Nos reímos cuando to-

camos los cangrejos ermitaños, y Savannah me compró un llavero en la tienda de suvenires. El llavero tenía un pingüino, y,
por alguna extraña razón, Savannah lo encontró la mar de divertido.

Después la llevé a un chiringuito en la playa, entrelazamos
las manos por encima de la mesa y contemplamos cómo los
barcos de vela se mecían plácidamente. Perdidos el uno en el
otro, casi no nos dimos cuenta de la presencia del camarero,
que pasó por nuestra mesa tres veces antes de que ni tan sólo
hubiéramos abierto el menú.

Me maravillaba ante la forma tan fácil en que Savannah
expresaba sus emociones y la ternura en su expresión cuando
le hablé de mi padre. Cuando acabé me besó, y probé la dulzura
de su aliento. Le estreché la mano con fuerza.

—Un día me casaré contigo, ¿sabes?

—¿Es una promesa?

—Si quieres que lo sea...

—Entonces tendrás que prometerme que regresarás a buscarme cuando te licencies en el Ejército. No puedo casarme
contigo si no podemos estar juntos.

—Trato hecho.

Más tarde, paseamos relajadamente por la finca Oswald
Plantation, una espectacular casona que presume de tener algunos de los jardines más bellos del estado. Caminamos por los
senderos de gravilla, señalando los ramilletes de flores silves-
tres que florecían en una incontable diversidad de colores bajo
el perezoso calor del sur.

—¿A qué hora sale tu vuelo mañana? —me preguntó. El
sol empezaba su gradual descenso en el cielo despejado de nubes.

—Temprano —dije—. Probablemente estaré en el aeropuerto antes de que te hayas despertado.

Ella asintió.

—Y pasarás esta noche con tu padre, ¿no?

—Es lo que planeaba hacer. Me parece que no he pasado
mucho tiempo con él, pero estoy seguro de que comprenderá...

Savannah meneó la cabeza.

—No, no cambies de planes. Quiero que le dediques tiempo a tu padre. Es lo que esperaba que hicieras. Por eso estoy contigo hoy.

Recorrimos un bello sendero con los bordes rematados con piedras.

—Y… ¿qué quieres hacer? —pregunté—. Respecto a nosotros, me refiero.

—No será fácil —suspiró.

—Lo sé, pero no quiero que esto se acabe. —Me detuve, sabiendo que las palabras no bastarían. Por eso la estreché por la espalda entre mis brazos y la atraje hacia mí. Le besé el cuello y la oreja, saboreando su piel aterciopelada—. Te llamaré tantas veces como pueda, y te escribiré siempre que tenga ocasión, y obtendré otro permiso el año que viene. Estés donde estés, iré a verte.

Ella se recostó en mi pecho y alzó la cara, en un intento de mirarme a los ojos.

—¿Lo harás?

La abracé con fuerza.

—Sí, no me gusta tener que separarme de ti, y no hay cosa que desee más en el mundo que me destinen a algún lugar más cercano, pero esto es todo lo que te puedo prometer por ahora. Cuando esté en Alemania, solicitaré el traslado, te lo aseguro, pero no sé si me lo concederán. Con estas cosas, nunca se sabe.

—Lo sé —murmuró. Su expresión solemne me puso nervioso.

—¿Me escribirás? —le pregunté.

—No sé… —bromeó, y mi nerviosismo se esfumó—. Claro que sí —contestó, sonriendo—. ¿Cómo se te ocurre hacerme tal pregunta? Te escribiré todos los días. Y para que lo sepas, escribo unas cartas fantásticas.

—No lo dudo.

—Hablo en serio. En mi familia, eso es lo que hacemos cada vez que vamos de vacaciones. Escribimos cartas a las personas que queremos para expresarles cuánto las apreciamos y las ganas que tenemos de volver a verlas pronto.

161

Volví a besarla en el cuello.

—¿Y yo, qué significo para ti? ¿De verdad tienes tantas ganas de volver a verme?

Savannah se apoyó de nuevo en mi pecho.

—Tendrás que leer mis cartas.

Me eché a reír, aunque por dentro me sentía destrozado.

—Te echaré mucho de menos —le confesé.

—Yo también.

—Pues no pareces muy triste.

—Eso es porque ayer me pasé un buen rato llorando, ¿recuerdas? Además, no es que no vayamos a vernos nunca más. Es la conclusión a la que llegué ayer. Sí, será duro, pero los días pasan rápido... Nos volveremos a ver. Lo sé. Estoy segura. Igual de segura que del amor que sientes por mí y de lo mucho que te quiero. Sé que nuestra historia no se ha acabado y que conseguiremos que siga adelante. Muchas parejas lo consiguen. Es cierto, muchas otras no, pero ellas no tienen lo que nosotros tenemos.

162

Quería creerla. Lo quería más que cualquier otra cosa, pero me pregunté si realmente sería tan sencillo.

Cuando el sol desapareció en la línea del horizonte, nos dirigimos al coche, y la llevé de vuelta a la casa de la playa. Me detuve un poco más abajo de la calle para que nadie en la casa pudiera vernos, y cuando salimos del coche, la rodeé con mis brazos. Nos besamos y la estreché con fuerza, plenamente consciente de que el siguiente año iba a ser el más largo de mi vida. Deseé fervientemente no haberme alistado en el Ejército, ser un hombre libre. Pero no lo era.

—Será mejor que me vaya.

Ella asintió y empezó a llorar. Noté un nudo en la garganta.

—Te escribiré —le prometí.

—De acuerdo. —Se secó las lágrimas con el reverso de la mano y buscó algo en su bolso. Sacó un bolígrafo y un trozo de papel y escribió algo atropelladamente—. Es mi dirección, la casa de mis padres, y mi número de teléfono. Y aquí tienes mi dirección de correo electrónico.

Asentí.

—Recuerda que el año que viene me tocará cambiarme de dormitorio en el campus, pero te daré mi nueva dirección tan pronto como la sepa. Aunque siempre podrás comunicarte conmigo a través de mis padres. Ellos me mandarán cualquier carta que me envíes.

—Lo sé. Aún tienes mi dirección, ¿no? Aunque esté en otro lugar a causa de una misión, me guardarán tus cartas en la base. Y también podemos comunicarnos por correo electrónico. En el Ejército se esmeran mucho con todo lo referente a la tecnología informática, aunque estemos en medio de la nada.

Se abrazó a sí misma como si fuera una niña desamparada.

—Me da miedo. Quiero decir, que me da miedo que seas soldado.

—No me pasará nada —la reconforté.

Abrí la puerta del coche, luego busqué en mi cartera. Guardé la nota con su dirección, y acto seguido extendí de nuevo los brazos. Ella vino hacia mí y la estreché con ternura durante un buen rato, intentando inmortalizar la sensación de su cuerpo pegado al mío.

Esta vez, fue ella la que se apartó. Buscó de nuevo dentro de su bolso y sacó un sobre.

—Escribí esta carta para ti anoche, para que tengas algo que leer en el avión. No la leas hasta que haya despegado el avión, ¿me lo prometes?

Asentí y la besé por última vez, luego me senté detrás del volante. Encendí el motor, y cuando empecé a dar marcha atrás, ella gritó:

—¡Saluda a tu padre de mi parte! Dile que procuraré pasar a verlo un rato durante las próximas dos semanas, ¿vale?

Retrocedió un paso. Todavía podía verla por el retrovisor. Pensé en detenerme. Mi padre lo comprendería. Él sabía lo mucho que Savannah significaba para mí y estaría contento de que pasáramos juntos nuestra última noche.

Sin embargo, continué conduciendo, observando a través del retrovisor cómo su imagen se iba haciendo más y más pequeña, sintiendo cómo el sueño se desvanecía lentamente.

163

Y

La cena con mi padre discurrió más silenciosa que de costumbre. Yo no tenía energía para entablar una conversación, e incluso mi padre se dio cuenta de mi estado. Me senté frente a la mesa mientras él preparaba la comida, pero en lugar de centrar su atención en lo que hacía, como de costumbre, me miraba continuamente de soslayo con un silencioso pesar en los ojos. Me quedé sorprendido cuando se dio la vuelta y se me acercó.

Cuando estuvo cerca, apoyó la mano en mi espalda. No dijo nada, pero no tenía que hacerlo. Sabía que comprendía que yo estaba sufriendo, y se quedó de pie sin moverse, como si intentara absorber mi dolor con la esperanza de arrancármelo y cargar él con todo su peso.

164

Por la mañana, papá me llevó al aeropuerto y se quedó a mi lado en la puerta de embarque mientras yo esperaba a que anunciaran mi vuelo. Cuando llegó la hora, me levanté. Mi padre alzó la mano para decirme adiós, pero no me pude contener y lo abracé. Su cuerpo se puso rígido, pero no me importó.

—Te quiero, papá.

—Yo también te quiero, John.

—A ver si encuentras algunas monedas interesantes para tu colección —añadí, mientras me apartaba—. Quiero que me lo cuentes todo en tus cartas.

Él clavó la vista en el suelo.

—Me gusta Savannah —dijo—. Es una buena chica.

Su comentario no tenía nada que ver con lo que yo le acababa de decir, pero en cierto modo era exactamente lo que quería escuchar.

En el avión, me senté con la carta que Savannah me había escrito, sosteniéndola en mi regazo. A pesar de que quería abrirla inmediatamente, esperé a que nos eleváramos por los aires. Desde la ventana podía ver la línea de la costa, y busqué primero el muelle, luego la casa. Me pregunté si ella aún estaría durmiendo, pero quería pensar que estaba fuera en la playa, con la cabeza alzada y siguiendo el avión con la vista.

Cuando estuve listo, abrí el sobre. En él encontré una foto suya, y de repente me lamenté por no haberle entregado una mía. Contemplé su fisonomía durante un largo rato, luego la dejé a mi lado. Aspiré aire con fuerza y empecé a leer.

Querido John:

Hay tantas cosas que deseo decirte que no estoy segura de por dónde empezar. ¿Debería comenzar por decirte que te quiero? ¿O que los días que he pasado contigo han sido los más felices de mi vida? ¿O que en el poco tiempo que hace que te conozco he llegado a creer que estábamos destinados a encontrarnos? Podría decir todas esas cosas y todas serían verdad, pero mientras las vuelvo a leer, lo único que pienso es que me encantaría poder estar a tu lado ahora, acariciándote la mano y disfrutando con la imagen de tu sonrisa elusiva.

En el futuro, sé que reviviré nuestros días juntos un millón de veces. Escucharé tu risa, veré tu cara y sentiré tus brazos alrededor de mi cintura. Echaré de menos todo eso, más de lo que puedas llegarte a imaginar. Eres un caballero de los que ya casi no quedan, John, y valoro muchísimo esa cualidad en ti. En todas las ocasiones que hemos estado juntos, nunca has insistido para que me acostara contigo, y, de verdad, no puedo expresarte lo mucho que eso significa para mí. Hace que todo lo que hemos compartido sea incluso más especial, y así es como quiero recordar siempre los días que he pasado contigo. Como una luz blanca y pura que al contemplarla nos quita el aliento.

Pensaré en ti todos los días. En parte tengo miedo de que llegue un momento en que tú no sientas lo mismo, de que te olvides de lo que hemos pasado juntos, así que te propongo un juego: estés donde estés, y sin importar lo que pase en tu vida, la primera noche de luna llena de cada mes —igual que la que brillaba en el firmamento el primer día que nos conocimos— quiero que la busques en el cielo nocturno. Quiero que pienses en mí y en la semana que hemos compartido, porque esté donde esté, y sin importar lo que pase en mi vida, eso será exactamente lo que yo estaré haciendo. Si no podemos estar juntos, al menos pode-

165

mos compartir ese momento, y quizás entre los dos consigamos hacer que este sentimiento perdure para siempre.

Te quiero, John Tyree, y espero que cumplas la promesa que un día me hiciste. Si regresas, me casaré contigo. Si rompes tu promesa, me romperás el corazón.

Tuya,

Savannah

Al otro lado de la ventanilla y a través de mis lágrimas, podía ver una capa de nubes extendiéndose bajo el avión. No tenía ni idea de dónde estábamos. Lo único que sabía era que quería dar media vuelta y regresar a casa para estar donde quería estar.

SEGUNDA PARTE

Capítulo 12

$\mathcal{U}$nas horas más tarde, en esa primera noche solitaria de vuelta en Alemania, volví a leer la carta, reviviendo cada instante que habíamos pasado juntos. Era fácil; esos recuerdos habían empezado a perseguirme y a veces parecían más reales que mi vida como soldado. Podía notar la mano de Savannah sobre la mía y verla mientras ella se sacudía el agua del océano de su pelo. Me reía en voz alta cuando rememoraba mi sorpresa cuando ella cabalgó por primera vez sobre una ola hasta la orilla. Esa semana con Savannah me había cambiado, y los hombres de mi batallón también notaron la diferencia. A lo largo de las siguientes dos semanas, mi amigo Tony se burló de mí sin darme tregua, aliviado de que al final le diera la razón sobre la importancia de gozar de compañía femenina. Lo tenía bien merecido, por haberle hablado de Savannah. Tony, sin embargo, quería saber más de lo que yo deseaba compartir. Un día, mientras yo estaba leyendo, se sentó en la silla frente a mí y sonrió socarronamente.

—Háblame de nuevo de tu descocado romance veraniego —me pidió.

Hice un esfuerzo por mantener los ojos clavados en la página e intentar ignorarlo.

—Savannah, ¿eh? Sa-van-nah. ¡Joder, cómo me gusta ese nombre! Suena tan…, tan delicado, pero seguro que era una tigresa en celo, ¿eh?

—Cállate, Tony.

—No me hagas esto. ¿Acaso no era yo el que insistía todo el tiempo para que salieras con una chica? Por fin me has dado la razón, y ahora es el momento de que me muestres tu agradecimiento. Quiero todos los detalles.

—No es de tu incumbencia.

—Pero bebisteis tequila, ¿no? Te dije que es un método infalible.

No contesté. Tony alzó los brazos en señal de desesperación.

—Vamos, hombre, por lo menos cuéntame qué pasó.

—No quiero hablar de eso.

—¿Porque estás enamorado? Sí, claro, eso es lo que dices, pero empiezo a creer que te lo estás inventando todo.

—Así es. Me lo he inventado todo. No es más que una patraña. ¿Estás contento?

Él sacudió la cabeza y se levantó de la silla.

—Pobre cachorrito enamorado...

No dije nada, pero cuando se alejó, pensé que tenía razón. Bebía los vientos por Savannah. Habría hecho cualquier cosa con tal de estar con ella, y ya había solicitado que me trasladaran a Estados Unidos. Mi intransigente oficial superior pareció tomarse la consideración en serio. Cuando me preguntó el motivo, le hablé de mi padre, no de Savannah. Me escuchó durante un buen rato, luego se recostó en el sillón detrás de su mesa y dijo:

—No es que haya muchas posibilidades, a menos que la salud de tu padre empeore.

Cuando abandoné su despacho, sabía que no me movería de allí por lo menos en los siguientes dieciséis meses. No me molesté en ocultar mi decepción, y a la siguiente noche de luna llena, salí del cuartel y deambulé por el campo donde solíamos jugar al fútbol. Me tumbé boca arriba y me puse a contemplar la luna, invocando todos los recuerdos y maldiciendo el hecho de estar tan lejos de ella.

Desde el principio, las llamadas y las cartas entre nosotros fueron frecuentes. También nos enviábamos mensajes por correo electrónico, aunque pronto descubrí que a Savannah le gustaba más escribir cartas, y que ella quería que yo hiciera lo mismo. «Ya sé que el sistema no es tan inmediato como por e-mail, pero por eso precisamente me gusta», me escribió. «Me gusta la sorpresa de encontrar una carta en el buzón y el nerviosismo que me invade cuando estoy a punto de abrir el sobre. Me gusta el hecho de poder elegir el momento de leerla, y que me pueda sentar bajo un árbol y sentir cómo la brisa me acaricia la cara cuando leo tus palabras en el papel. Me gusta imaginar qué aspecto tenías mientras la escribías: qué ropa llevabas, dónde estabas, la forma en que sostenías el bolígrafo. Sé que es un cliché y que probablemente esté pasado de moda, pero continúo imaginándote sentado en una tienda de campaña, detrás de una mesita plegable, con una lámpara de aceite encendida a tu lado mientras el viento sopla ferozmente en el exterior. Es mucho más romántico que leer algo en la misma máquina que utilizas para bajarte música o hacer una búsqueda de una página web.»

Sonreí ante la idea. Se equivocaba por completo sobre la tienda de campaña, la mesita plegable y la lámpara de aceite, pero tenía que admitir que confería una pincelada más pintoresca que la dura realidad del barracón de madera, iluminado con un fluorescente, y con una de las mesas insulsas que el Ejército compraba en enormes partidas.

Los días pasaban y las semanas volaban, pero mi amor por Savannah parecía fortalecerse cada vez más. A veces me escabullía de mis compañeros para estar solo. Entonces sacaba la foto de Savannah y la contemplaba con amor, estudiando sus rasgos detenidamente. Era extraño, pero por más que la quería y que siempre evocaba los días que habíamos pasado juntos, consideraba que, a medida que el verano daba paso al otoño, y luego cambiaba otra vez a invierno, estaba más y más agradecido de tener esa fotografía. Me había convencido a mí mismo de que podría recordarla con una exactitud indiscutible, aunque cuando me permitía ser sincero conmigo mismo, admitía que empezaba a olvidarme de determinados matices. O a lo mejor quizás era que nunca me había fijado en ellos. En la foto, por ejemplo, me di cuenta de que Savannah tenía un pequeño lunar debajo del ojo izquierdo, algo que me había pasado completamente desapercibido antes. O que, en una inspección minuciosa, su boca se torcía más de un lado que del otro cuando sonreía. Se trataba de pequeñas imperfecciones que la hacían perfecta ante mis ojos, pero odiaba el hecho de tener que recurrir a una foto para descubrirlas.

Aunque me costó, continué con mi vida. Por mucho que pensara en Savannah, por mucho que la echara de menos, tenía un trabajo que llevar a cabo. A principios de septiembre —debido a un cúmulo de circunstancias que incluso el ejército tuvo problemas para explicar—, mi batallón fue destinado a Kosovo por segunda vez en otra misión de paz bajo las órdenes de la 1.ª División Armada, mientras que prácticamente el resto de los batallones de infantería fueron enviados de vuelta a Alemania. Todo estaba relativamente en calma y no tuve que disparar ni una sola vez, pero eso no significaba que me pasara los días recogiendo florecillas y suspirando por Savannah. Limpiaba el fusil, estaba alerta ante el ataque de cualquier lunático, y cuando te ves obligado a permanecer alerta tantas horas seguidas, por la noche estás exhausto. Con toda sinceridad puedo decir que podía pasar dos o tres días sin preguntarme qué estaba haciendo Savannah o sin pensar en ella. ¿Implicaba eso que mi amor había mermado? Me planteé esa pregunta docenas de veces durante ese viaje, pero siempre decidía que no, por la simple razón de que su imagen me asaltaba cuando menos lo esperaba, subyugándome con la misma fuerza dolorosa que el día que nos separamos. Cualquier cosa podía activar ese sentimiento: un compañero que hablara de su esposa, ver a una pareja cogida de la mano, o incluso la forma en que algunas muchachas sonreían cuando nos veían pasar por las calles.

Las cartas de Savannah llegaban cada diez días más o menos, y cuando regresé a Alemania constituían una pila considerable. Ninguna era como la carta que había leído en el avión; la mayoría tenían un tono despreocupado y eran ocurrentes, y ella se reservaba la verdad de sus sentimientos para el último párrafo. Mientras tanto, me enteraba de los pormenores de su vida diaria: por ejemplo, que habían acabado la primera casa con un poco de retraso, lo cual los había obligado a afanarse más en la segunda casa. En dicha ocasión, tuvieron que trabajar más horas seguidas, a pesar de que todos los voluntarios se habían vuelto más eficientes en sus tareas. Me enteré de que, después de construir la primera casa, organizaron una gran fiesta para todo el vecindario y que no dejaron de recibir halagos durante toda la tarde, y que todos los voluntarios se fueron a celebrarlo luego al Shrimp Shack, y Tim dijo que era el restaurante más «chulo» que jamás había pisado. También me contó que había conseguido matricularse en todas las asignaturas que había solicitado, y además con los profesores que quería, y que estaba emocionada por el hecho de que iba a poder estudiar Psicología del adolescente con un tal doctor Barnes, que acababa de publicar un magnífico artículo en una revista de psicología y esoterismo. No necesitaba creer que Savannah pensaba en mí cada vez que clavaba un clavo o ayudaba a colocar una ventana en su sitio, o que en medio de una conversación con Tim, ella deseaba que fuera yo quien estuviera a su lado. Me gustaba pensar que lo que compartíamos era algo más profundo que eso, y a medida que pasaba el tiempo, esa fe consiguió que se afianzara el amor que sentía por ella.

173

Por supuesto que quería saber que ella todavía me amaba, y en ese aspecto Savannah jamás me defraudó. Supongo que por eso guardaba cada carta que me enviaba. Al final de cada una de ellas, siempre había unas frases, a veces incluso un párrafo entero, donde escribía algo que me dejaba sin aliento, palabras que me hacían recordar, y de repente me encontraba releyendo fragmentos e intentando imaginar su voz mientras las leía. Como éste, de la segunda carta que recibí:

> Cuando pienso en ti y en lo que compartimos, sé que sería fácil para otros definir nuestro tiempo juntos como el simple efecto de un «flechazo» de verano que, con el paso del tiempo, acabará por ser intrascendente. Por eso no se lo cuento a nadie. No lo entenderían, y no siento la necesidad de explicarlo, simplemente porque mi corazón me dice que fue una vivencia absolutamente real. Cuando pienso en ti, no puedo evitar sonreír, consciente de que tú me has ayudado a ser más

completa. Te quiero, no sólo ahora, sino para siempre, y sueño con el día en que de nuevo me estrecharás entre tus brazos.

O éste, de la carta que recibí después de que le enviara una foto mía:

Y finalmente, quiero darte las gracias por la foto. La llevo en el monedero. Tienes un aspecto saludable y feliz, pero he de confesarte que lloré cuando la vi. No porque me provocara tristeza —a pesar de que lo hizo, porque sé que no puedo verte—, sino porque me hizo feliz. Me afianzó en la idea de que eres lo mejor que me ha pasado en la vida.

Y éste, de una carta que me escribió mientras estaba en Kosovo:

Tengo que decirte que tu última carta me ha dejado muy asustada. Por supuesto que quiero saber cómo te va, necesito saberlo, pero de repente me doy cuenta de que estoy conteniendo la respiración, asustada cuando me cuentas tus experiencias diarias. Aquí estoy yo, preparándome para ir a casa para celebrar el Día de Acción de Gracias y preocupada por mis exámenes, y tú estás en algún lugar peligroso, rodeado de gente hostil que quiere hacerte daño. Cómo desearía que esa gente te conociera como te conozco yo, porque entonces estarías a salvo. Del mismo modo que yo me siento más fuerte y a salvo cuando estoy entre tus brazos.

Ese año, la Navidad fue sumamente deprimente, aunque siempre es deprimente cuando uno está lejos de casa. No era la primera Navidad que pasaba solo desde que me alisté. Había pasado unas cuantas en Alemania, y un par de chicos en nuestro cuartel siempre se dedicaban a montar una especie de árbol —una lona de color verde enrollada alrededor de un palo, decorada con lucecitas que se encendían y se apagaban—. Más de la mitad de mis compañeros se habían ido a casa, pero yo fui uno de los desafortunados a los que les tocó quedarse por si a nuestros amigos los rusos se les metía en la cabeza que todavía eran nuestros enemigos mortales, y la mayoría de los que se quedaron se lanzaron en tropel a la ciudad para celebrar la Nochebuena emborrachándose con cerveza alemana de calidad. Acababa de abrir el paquete que Savannah me había enviado —un jersey que me recordó las prendas que Tim solía usar y una caja de galletas caseras— y sabía que ella ya habría recibido el perfume que le había enviado. Pero estaba solo, y como un regalo a mí mismo, decidí llamarla por teléfono. Ella no esperaba la llamada, y durante bastantes semanas después, no pude olvidar su luminoso tono de alegría. Acabamos hablando más de una hora. Echaba de menos su voz. Había olvidado su acento sureño y cantarín, que se tornaba más evidente cuando se ponía a hablar más rápido. Me recosté en la silla, imaginando que ella estaba conmigo y escuchando su descripción acerca de la nieve que caía sobre Lenoir. En ese mismo momento, me di cuenta de que también estaba nevando allí, en la base militar en Alemania, y, aunque sólo fuera por un instante, tuve la maravillosa sensación de que estábamos juntos.

En enero del año 2001 había empezado a contar los días que faltaban para volverla a ver. Mi permiso de verano sería en junio, y en menos de un año ya no estaría en el Ejército. Me levantaba por la mañana y literalmente me decía a mí mismo que faltaban 360 días, luego 359 y 358 para licenciarme, pero que vería a Savannah en 178 días, luego en 177, 176, y seguía tachando días mentalmente. Era una realidad tangible y real, lo bastante cercana como para que me permitiera soñar con volver a instalarme en Carolina del Norte; por otro lado, por desgracia, allí donde estaba los días pasaban muy lentos, se me antojaban insufriblemente largos. ¿No sucede siempre lo mismo cuando uno anhela realmente algo? Me acordé de que de niño se me hacían eternos los días que faltaban para las vacaciones. De no haber sido por las cartas de Savannah, no me cabe la menor duda de que la espera me habría parecido mucho más larga.

Mi padre también me escribía. No con la frecuencia de Savannah, pero seguía su propia planificación mensual inalterable. Para mi sorpresa, sus cartas eran dos o tres veces más largas que la página que me solía escribir antes. Las páginas adicionales estaban exclusivamente dedicadas a las monedas.

175

En mi tiempo libre, me iba a la sala de informática y realizaba búsquedas sobre determinadas monedas, copiaba la historia y le enviaba la información en una carta. Lo juro, la primera vez que lo hice, me pareció ver lágrimas en la siguiente carta que él me envió. No, no eran lágrimas propiamente dichas —sé que sólo era fruto de mi imaginación, puesto que él ni siquiera mencionó lo que yo había hecho—, pero quería creer que él había llorado sobre los datos con la misma intensidad que aplicaba cuando analizaba el *Greysheet* a fondo.

En febrero me enviaron de maniobras con otras tropas de la OTAN: una de esas patochadas al estilo «imaginad que estamos en medio de una cruenta batalla en 1944», en la que se suponía que nos enfrentábamos a un ataque de tanques en territorio alemán. En mi opinión, aquello no tenía el menor sentido. Esa clase de guerra hace tiempo que pasó a la historia, enterrada como los galeones españoles que disparaban sus cañones de corto alcance o como la caballería de Estados Unidos que salía a combatir contra el enemigo al galope. En dichas maniobras jamás explicitan quién se supone que es el enemigo, pero todo el mundo sabe que son los rusos, lo cual aún le confiere menos sentido a toda la función, puesto que se supone que los rusos ahora son nuestros aliados. Pero aunque no lo fueran, ya no tienen tantos tanques operativos, y aunque estuvieran construyendo miles de ellos en alguna planta en Siberia con la intención de conquistar Europa, cualquier avance temerario con tanques sería seguramente neutralizado con ataques aéreos y con nuestras divisiones mecanizadas en lugar de con la infantería. Pero, claro, qué me iba a parecer a mí. Para acabar de colmar el vaso, hacía un tiempo de perros cuando empezamos las maniobras, con un frente polar procedente del ártico. El espectáculo era épico, con nieve, aguanieve, granizo y vientos de ochenta kilómetros por hora, y me hizo pensar en las tropas de Napoleón en su retirada de Moscú. Hacía tanto frío que se me helaban las cejas, me costaba horrores respirar y mis dedos se quedaban pegados al tubo del cañón metálico del rifle si lo tocaba por accidente. Y luego también dolía horrores desengancharlos, incluso me arranqué un poco de piel de la punta de los dedos en el proceso. Pero mantuve la cabeza tapada y la mano sobre el mango de madera del arma mientras avanzaba a través del barro helado y resbaladizo bajo las interminables tormentas de nieve, procurando no convertirme en una estatua de hielo mientras fingíamos luchar contra el enemigo.

Nos pasamos diez días haciendo lo mismo. La mitad de los hombres sufrieron lesiones por congelación, la otra mitad sufrió hipotermia, y cuando acabamos, mi batallón se había quedado reducido a sólo tres o cuatro hombres, y todos ellos acabaron en la enfermería cuando regresamos a la base. Incluido yo. La experiencia fue la cosa más ridícula y absurda que el Ejército me ha obligado a hacer. Y eso es significativo, puesto que había hecho un montón de estupideces en nombre del viejo Tío Sam y de *El Gran Uno Rojo*. Una vez concluida la maniobra, nuestro comandante vino a visitarnos a la sala de enfermería y felicitó a mi batallón por el trabajo bien hecho. A mí me habría gustado decirle que quizás habríamos aprovechado mejor el tiempo si hubiéramos realizado algún ejercicio de tácticas bélicas más moderno o, por lo menos, afín a las inclemencias del tiempo. Pero en lugar de eso me cuadré y grité un agradecimiento sin muchas ganas, haciendo honor a mi fama de soldado gruñón.

Después de esa experiencia traumática, pasé unos meses muy tranquilos en la base. Sí, esporádicamente asistíamos a alguna clase sobre armamento o navegación, y de vez en cuando me acercaba hasta el pueblo a tomar una cerveza con los muchachos, pero, durante la mayor parte del tiempo, me dediqué a levantar pesas, a correr cientos de kilómetros y a propinarle un buen vapuleo a Tony cuando nos subíamos al ring de boxeo.

La primavera en Alemania no resultó tan adversa como pensé que sería, después de las duras inclemencias del tiempo que tuvimos que soportar durante las maniobras. La nieve se fundió, las flores brotaron y el aire se hizo más cálido. Bueno, probablemente no demasiado cálido, pero la temperatura subió por encima de los cero grados y eso fue suficiente para que la mayoría de mis compañeros y yo nos atreviésemos a ponernos pantalones cortos y saliéramos fuera del cuartel a jugar al *soft-*

177

ball o con un disco volador. Cuando finalmente llegó el mes de junio, noté que cada vez me costaba más contener mis ansias de regresar a Carolina del Norte. Savannah ya se había licenciado y se había matriculado de ciertas clases en la escuela de verano con el propósito de prepararse para el máster que quería estudiar al año siguiente, así que planeé viajar hasta Chapel Hill. Dispondríamos de dos gloriosas semanas juntos —aunque iría a ver a mi padre en Wilmington, ella me había dicho que quería venir conmigo— y mi ánimo empezó a oscilar entre un estado alternativamente nervioso, entusiasmado y asustado.

Sí, nos habíamos carteado con regularidad y habíamos hablado por teléfono con frecuencia. Sí, había salido a contemplar la luna en la primera noche de su fase llena cada mes, y en sus cartas ella me decía que también lo hacía. Pero no la había visto en casi un año y no sabía cómo reaccionaría ella cuando estuviéramos de nuevo el uno frente al otro. ¿Se arrojaría a mis brazos cuando descendiera del avión o su reacción sería más bien contenida? ¿Quizás un apocado beso cortés en la mejilla? ¿Nos pondríamos a conversar distendidamente cuando nos viéramos o recurriríamos al típico comentario acerca del tiempo y nos sentiríamos incómodos el uno con el otro? No lo sabía, y por la noche permanecía despierto imaginando mil escenarios diversos.

Tony sabía que yo estaba atravesando una angustiosa fase de inseguridad, pero él también sabía que de nada serviría intentar sacar el tema a colación. En lugar de eso, un día, cuando ya faltaba muy poco para mi permiso, me propinó una palmada en la espalda.

—Ya queda poco —dijo—. ¿Estás listo?

—Sí.

Él sonrió socarronamente.

—No te olvides de comprar una botella de tequila de camino a casa.

Torcí el gesto, y Tony se echó a reír.

—Todo saldrá bien —me alentó—. Ella te ama, chaval. Tiene que quererte, considerando lo mucho que tú la quieres.

Capítulo 13

*E*n junio del 2001, obtuve mi permiso y me marché inmediatamente a casa: volé desde Fráncfort a Nueva York, y luego hasta Raleigh. Era un viernes por la noche, y Savannah había prometido recogerme en el aeropuerto antes de llevarme a Lenoir para presentarme a sus padres. Había guardado esa pequeña sorpresa hasta el día previo al vuelo. Que conste que no tenía nada contra el hecho de conocer a sus padres, de veras. Estaba seguro de que era una pareja genial y simpática, pero si me hubieran dado a elegir, habría preferido estar con Savannah a solas por lo menos los primeros días. Cuesta bastante recuperar el tiempo perdido cuando los padres están cerca. Aunque no hiciéramos nada íntimo —y conociendo a Savannah, estaba prácticamente seguro de que no lo haríamos, aunque mantenía los dedos cruzados—, ¿cómo me tratarían sus padres si yo salía con su hija por ahí hasta las tantas de la madrugada, por más que lo único que hiciéramos fuera tumbarnos a contemplar las estrellas? De acuerdo, ella ya no era una niña, pero los padres se ponen muy raros cuando se trata de sus propios hijos, y no quería engañarme pensando que ellos serían comprensivos con toda la situación. Para ellos, Savannah siempre sería su pequeña.

Sin embargo, Savannah me convenció cuando me planteó la idea. Yo tenía dos semanas de vacaciones, y si planeaba ver a mi padre en la segunda semana, tenía que ver a los suyos en el primer fin de semana. Además, ella parecía tan entusiasmada con todo el montaje que lo único que acerté a decirle fue que tenía muchas ganas de conocerlos. No obstante, me pregunté si podría cogerla de la mano y especulé sobre la posibilidad de convencerla para que nos retrasáramos un poco de camino a Lenoir.

Tan pronto como el avión aterrizó, me puse muy nervioso y pensé que el corazón me iba a estallar en el pecho. No sabía cómo actuar. ¿Debería correr hacia ella tan pronto como la viera o acercarme con paso tranquilo y sin perder el control? Aún no estaba seguro, pero antes de que pudiera darle más vueltas a la cuestión, ya estaba en la cola de salida, avanzando por el pasillo. Me colgué el petate al hombro cuando salí de la rampa de acceso a la terminal. Al principio no la vi, pues había demasiada gente. Cuando eché una segunda ojeada a la sala, vi que aparecía por el lado izquierdo e instantáneamente supe que todas mis preocupaciones habían sido en vano, ya que al verme ella vino disparada a mi encuentro. Apenas tuve tiempo de dejar el petate en el suelo antes de que ella se echara a mis brazos, y el beso que me dio fue uno de esos momentos mágicos completo, con su lenguaje y su geografía especial, mitos fabulosos y maravillas de épocas lejanas en las que uno no cree estar tocando el suelo. Y cuando se apartó y susurró: «Te he echado tanto de menos», sentí como si alguien se hubiera encargado de recomponer mi cuerpo después de haber pasado un año seccionado en dos.

No sé cuánto rato estuvimos abrazados, pero cuando finalmente empezamos a movernos hacia el área de recogida de equipaje, deslicé la mano para cogerle la suya, consciente de que no sólo la amaba más que la última vez que la había visto, sino más de lo que nunca amaría a nadie.

En el trayecto en coche departimos animadamente, pero sólo hicimos una corta parada en una zona de descanso de la carretera, donde aprovechamos para hacernos carantoñas como un par de tortolitos. Fue fantástico, no son necesarias más palabras; un par de horas más tarde, llegamos a su casa. Sus padres nos esperaban en el porche de una bonita casa de dos plantas de estilo victoriano. Tan pronto como me acerqué a su madre, ella me abrazó sin que yo lo esperara y después me ofreció una cerveza. Le dije que no, básicamente porque sabía que sería el único que bebería, pero aprecié el gesto. Jill, la madre de Savannah, se parecía mucho a Savannah: afable, abierta y mucho más ingeniosa de lo que me pareció inicialmente. Su padre era exactamente igual, y he de confesar que lo pasé bien durante esos días en su casa. No me incomodó que Savannah me cogiera de la mano todo el rato y que lo hiciera con la mayor naturalidad del mundo. Al atardecer, los dos salimos a dar un paseo y a contemplar la luna. Cuando regresamos a la casa, tenía la impresión de que nunca habíamos estado separados.

Ni se me ocurrió cuestionar si dormiría en el cuarto de los invitados, no esperaba otra cosa, y la habitación era mucho mejor que la mayoría de los lugares donde había estado, con mobiliario clásico y un colchón cómodo. No obstante, el aire estaba enrarecido, así que abrí la ventana esperando que el aire de la montaña aportara frescor a la estancia. Había sido un día muy largo —todavía estaba con el horario de Alemania— y me quedé dormido inmediatamente, aunque me desperté una hora más tarde cuando oí que la puerta se abría sigilosamente. Savannah, con calcetines y un pijama holgado de algodón, cerró la puerta después de entrar y avanzó de puntitas hacia la cama.

Puso un dedo en los labios para indicarme que me estuviera callado.

—Mis padres me matarían si supieran lo que estoy haciendo —susurró.

Se metió en la cama a mi lado y se cubrió con la sábana y la colcha, tapándose hasta el cuello como si estuviera de acampada en el ártico. La rodeé con mis brazos, solazándome con la sensación de su cuerpo pegado al mío.

Nos besamos y nos hicimos arrumacos prácticamente toda la noche, y al alba ella se marchó sigilosamente a su cuarto. Me quedé otra vez dormido, probablemente antes de que ella llegara a su habitación, y me desperté con la visión de los rayos del sol filtrándose por la ventana. El olor a desayuno inundó la habitación. Me puse una camiseta y unos pantalones vaqueros

181

y bajé a la cocina. Savannah estaba sentada frente a la mesa, hablando animadamente con su madre mientras su padre leía el periódico, y cuando entré sentí el peso de las tres presencias. Tomé asiento en una silla. La madre de Savannah me ofreció una taza de café antes de colocarme un plato con panceta y huevos fritos delante. Savannah, sentada justo frente a mí, ya se había duchado y vestido, y se mostraba vivaz y con un aspecto increíblemente fresco bajo la suave luz matutina.

—¿Has dormido bien? —me preguntó, con los ojos brillando de malicia.

Asentí con la cabeza.

—La verdad es que he tenido un sueño maravilloso —repuse.

—¿Ah, sí? ¿De qué se trataba? —preguntó su madre.

Savannah me propinó un puntapié por debajo de la mesa y sacudió la cabeza casi imperceptiblemente. He de admitir que disfruté viendo a Savannah un poco tensa, pero no pretendía seguir con la broma. Puse cara de concentración y respondí:

182

—Ahora no me acuerdo.

—Odio cuando eso sucede —comentó su madre—. ¿Está bueno el desayuno?

—Sí, muy bueno, gracias. —Miré a Savannah—. ¿Cuál es el plan para hoy?

Ella se inclinó hacia la mesa.

—Estaba pensando que podríamos salir a montar a caballo. ¿Te sientes recuperado del largo viaje como para cabalgar un buen rato?

Cuando vacilé unos instantes, ella se echó a reír.

—Vamos, hombre, no te pasará nada, te lo prometo.

—Ya, para ti es fácil decirlo.

Ella montó a *Midas*; para mí, sugirió un caballo de la raza Quarter Horse llamado *Pepper*, que era el que solía montar su padre. Nos pasamos prácticamente todo el día paseando por senderos, galopando a través de campos y explorando esa parte de su mundo. Ella había preparado una cesta con todo lo necesario para disfrutar de una comida campestre, y comimos en un lugar desde donde se abría una magnífica vista de Lenoir. Señaló con el dedo las escuelas en las que había estudiado y algunas casas de gente que conocía. En ese momento me di cuenta de que ella no sólo amaba ese lugar, sino que no quería vivir en ningún otro sitio.

Nos pasamos seis o siete horas sobre la silla de montar. Intenté mantener el ritmo de Savannah, a pesar de que resultaba prácticamente imposible. No acabé con las narices clavadas en el barro, aunque hubo varios momentos críticos en los que *Pepper* se alborotó un poco y tuve que recurrir a todas mis fuerzas para controlarlo. No fue hasta que Savannah y yo nos estábamos preparando para la cena cuando empecé a notar las primeras agujetas. Poco a poco, me di cuenta de que caminaba como un cuatrero. Notaba los músculos de la parte interior de las piernas totalmente agarrotados, como si Tony se hubiera ensañado con ellos durante horas.

El sábado por la noche, Savannah y yo salimos a cenar a un restaurante italiano muy acogedor. Después ella sugirió ir a bailar, pero a esas alturas yo casi ya no podía moverme. Mientras me dirigía hacia el coche cojeando, su expresión se tornó preocupada y colocó una mano en mi pecho, obligándome a detenerme.

Se inclinó hacia delante y me palpó una pierna.

—¿Duele si te aprieto aquí?

Reaccioné dando un salto y solté un alarido. No sé por qué a ella le hizo mucha gracia.

—¡Qué daño! ¿Por qué has hecho eso?

Savannah sonrió.

—Oh, sólo quería confirmarlo.

—¿Confirmar el qué? Ya te lo he dicho, estoy entumecido.

—Sólo quería ver si una poquita cosa como yo podía hacer que un soldado fuerte y grandote como tú chillara.

Me froté la pierna.

—Ya, pues no hace falta que hagas más pruebas, ¿vale?

—Vale —contestó—. Y lo siento.

—No parece que estés muy arrepentida.

—Lo estoy, aunque es divertido, ¿no te parece? Quiero decir, que yo he cabalgado el mismo rato que tú, y no tengo agujetas.

—Tú estás acostumbrada a cabalgar.

—Hacía un mes que no montaba a caballo.

—Ya, bueno.

—Vamos, admítelo. Es divertido, ¿no?

—No, en absoluto.

El domingo fuimos a misa con sus padres. A mí me dolía demasiado el cuerpo como para hacer más actividades el resto del día, así que me dejé caer en el sofá y vi un partido de béisbol con su padre. La madre de Savannah trajo unos bocadillos, y me pasé toda la tarde encogiéndome de dolor cada vez que intentaba ponerme cómodo cuando el partido se extendió en una prórroga. No costaba nada entablar conversación con su padre: hablamos del ejército y de dar clases a algunos niños a los que él entrenaba, y acerca de las esperanzas que él tenía acerca del futuro de esos chavales. Me gustó su padre. Desde mi asiento, podía oír a Savannah charlando amenamente con su madre en la cocina, y de vez en cuando, asomaba la nariz por el comedor con una cesta llena de ropa para doblar mientras su madre ponía otra colada en la lavadora. A pesar de que era técnicamente una licenciada universitaria y una chica adulta, todavía llevaba la ropa sucia a casa de su mamá.

Esa noche, regresamos en coche a Chapel Hill, y Savannah me enseñó su apartamento. Apenas estaba amueblado, aunque los pocos muebles que había eran relativamente nuevos, y disponía de una chimenea de gas y un pequeño balcón que ofrecía unas buenas vistas al campus. A pesar de que la temperatura era cálida, encendió la chimenea. Tomamos queso y galletitas saladas, que, además de una caja de cereales, era lo único que me podía ofrecer como refrigerio. A mí me pareció una velada indescriptiblemente romántica, a pesar de que me daba cuenta de que cualquier situación en la que me hallara a solas con Savannah me parecía siempre romántica. Hablamos hasta casi la

184

medianoche, pero Savannah estaba más callada que de costumbre. Al cabo de un rato, ella se metió en su cuarto. Cuando vi que no regresaba, entré para ver qué estaba haciendo. La vi sentada en la cama y me detuve en el umbral de la puerta.

Entrelazó las manos con un visible nerviosismo y lanzó un largo suspiro.

—Así que... —empezó a decir.

—Así que... —respondí cuando ella se quedó en silencio.

Soltó otro largo suspiro.

—Se está haciendo tarde. Y mañana tengo clase a primera hora.

Asentí con la cabeza.

—Será mejor que te acuestes —sugerí.

—Sí. —Asintió como si no hubiera pensado en esa posibilidad y se dio la vuelta hacia la ventana. A través de las cortinas, podía ver los rayos de luz provenientes del aparcamiento. Savannah estaba irresistible cuando se ponía nerviosa.

—Así que... —volvió a decir, como si le hablara a la pared.

Alcé las manos.

—¿Qué te parece si duermo en el sofá?

—¿No te importa?

—No —contesté. La verdad es que no era mi opción preferida, pero lo comprendía.

Todavía con la mirada fija en la ventana, Savannah no hizo ningún movimiento para levantarse.

—Es que todavía no estoy lista —comentó con un hilo de voz—. Quiero decir, pensé que lo estaba, y en parte realmente quiero hacerlo. He estado dándole vueltas las últimas semanas, y había decidido que sí, que me parecía normal, ¿sabes? Tú me quieres y yo te quiero, y esto es lo que la gente hace cuando está enamorada. Resultaba fácil decírmelo a mí misma cuando no estabas aquí, pero ahora... —No acabó la frase.

—No pasa nada. —Intenté reconfortarla.

Al final se dio la vuelta hacia mí.

—¿Estabas asustado? ¿La primera vez?

Me pregunté cuál era la mejor forma de contestar a esa pregunta.

185

—Creo que es diferente para un hombre que para una mujer.

—Sí, supongo que sí. —Alisó la manta de la cama—. ¿Estás enfadado?

—No.

—Pero estás decepcionado.

—Bueno... —admití, y ella rio.

—Lo siento —se excusó.

—No tienes ninguna razón para disculparte.

Ella se quedó unos instantes pensando.

—Entonces, ¿por qué tengo la impresión de que he de pedirte perdón?

—Bueno, quizá porque en el fondo soy un pobre soldado que está solo —alegué, y ella volvió a reír. Todavía podía oír su respiración acelerada.

—El sofá no es muy cómodo —apostilló, apurada—. Y es pequeño. No podrás estirar las piernas. Y tampoco tengo mantas de sobra. Debería de haber cogido un par en casa de mis padres, pero me olvidé.

186

—Eso sí que es un problema.

—Sí —respondió.

Esperé.

—Supongo que podrías dormir conmigo. —Se aventuró a proponer.

Esperé mientras ella continuaba con su debate interno. Finalmente se encogió de hombros.

—¿Quieres que lo probemos? Me refiero a dormir, sólo dormir, juntos.

—Como quieras.

Por primera vez, sus hombros se relajaron.

—Muy bien. Ya está decidido. Dame un minuto para que me cambie.

Se levantó de la cama, cruzó la habitación y abrió un armario. El pijama que eligió era similar al que había usado en casa de sus padres, y yo la dejé para ir otra vez al comedor, donde me puse los pantalones cortos que usaba para entrenar y una camiseta. Cuando regresé a su cuarto, ya se había escudado bajo las sábanas. Enfilé hacia el otro lado de la cama y me acomodé a su lado. Savannah aderezó la colcha antes de apagar la luz, luego se tumbó sobre su espalda, con la vista fija en el techo; yo estaba de lado, mirándola.

—Buenas noches —susurró.

—Buenas noches.

Sabía que no podría dormir. Al menos no durante un buen rato. Estaba demasiado... excitado para poder conciliar el sueño. Pero no quería girarme hacia el otro lado y darle la espalda, por si ella cambiaba de opinión.

—Oye —volvió a susurrar.

—¿Sí?

Se dio media vuelta para mirarme.

—Quiero que sepas que es la primera vez que duermo con un hombre. Toda la noche, quiero decir. Es otro paso, ¿no?

—Sí, otro paso.

Me rozó el brazo.

—Y ahora, si alguien te pregunta, podrás decir que hemos dormido juntos.

—Es cierto.

—Pero no se lo dirás a nadie, ¿no? Quiero decir, no quiero coger mala reputación, no sé si me entiendes.

Ahogué una carcajada.

—No te preocupes, mantendré nuestro pequeño secreto.

187

Los siguientes días encajaron en una pauta fácil y relajada. Savannah tenía clases por la mañana y normalmente acababa poco después de la hora de comer. En teoría, supongo que eso me proporcionaba la oportunidad de dormir un poco más —el sueño de todos mis compañeros en el ejército cuando hablan de lo que harán mientras estén de permiso—, pero tantos años levantándome antes del amanecer había acabado por trocarse en un hábito imposible de romper. Así pues, me despertaba antes que Savannah y preparaba café antes de trotar hasta el kiosco de la esquina para comprar el periódico. En alguna ocasión, compraba un par de bollos de pan o cruasanes; otras veces, sim plemente desayunábamos cereales en su apartamento, y era fácil interpretar nuestra pequeña rutina como un preludio de los primeros años de nuestra vida de casados, una bendición que no costaba ningún esfuerzo y que parecía casi demasiado buena para ser verdad.

O, al menos, yo intentaba convencerme de eso. Cuando estuvimos en casa de sus padres, Savannah se comportó exactamente como la chica que recordaba. Y lo mismo sucedió durante nuestra primera noche solos. Pero después… empecé a notar diferencias. Supongo que no era plenamente consciente de que ella tenía una vida que parecía completa y muy gratificante, incluso sin mí. El calendario que tenía pegado en la nevera mostraba una actividad casi cada día: conciertos, conferencias, media docena de fiestas de varios amigos. Me fijé en que el nombre de Tim también aparecía marcado algunos días para salir a comer con él. Savannah asistía a cuatro clases y daba otras tantas como asistente de una profesora, y los jueves por la tarde trabajaba con otra profesora en una tesis que estaba segura que acabaría por salir publicada. Su vida era exactamente tal y como me la había descrito en sus cartas, y cuando regresaba al apartamento, me contaba cómo le había ido el día en la cocina mientras se preparaba algo de comer. Le encantaba el trabajo que hacía, y el orgullo en su tono era evidente. Podía hablar animadamente mientras yo la escuchaba, y me limitaba a hacerle sólo las preguntas suficientes para no romper el ritmo de la conversación.

No había nada inusual en ello, lo admitía. Sabía lo suficiente de ella como para saber que si no hubiera tenido nada que hacer durante el día eso sí que habría sido un problema. Pero con cada nueva historia, me quedaba con una terrible sensación de pesadez, de abatimiento, una sensación que me hacía pensar que mientras nos mantuviéramos en contacto, mientras nos amáramos tanto el uno al otro, ella podría de algún modo sortear el abismo que separaba nuestros dos mundos. Desde la última vez que la había visto, ella había acabado la carrera, había lanzado el birrete al aire en la ceremonia de graduación de su promoción, había encontrado trabajo como asistente de profesor y se había buscado y amueblado su propio apartamento. Su vida había entrado en una nueva faceta, y a pesar de que supongo que podía decir lo mismo sobre mí, tenía la impresión de que pocas cosas habían cambiado en mi vida, a menos que contara el hecho de que ahora sabía cómo montar y desmontar ocho tipos de armas en lugar de seis y que había incrementado en casi quince kilos las pesas que levantaba. Y por supuesto, había contribuido a hacer que los rusos tuvieran algo en que pensar, debatiéndose entre si invadir Alemania o no con docenas de divisiones mecanizadas.

No me malinterpretéis. Seguía bebiendo los vientos por Savannah, y había ocasiones en las que todavía notaba la fuerza de sus sentimientos hacia mí. La verdad es que muchas veces. En general puedo decir que fue una semana maravillosa. Mientras ella no estaba, salía a pasear por el campus o a correr por la pista marcada de color azul celeste en el área deportiva, disfrutando de esas horas de tiempo libre que tanto necesitaba. El primer día encontré un gimnasio que me permitía seguir con mis sesiones de pesas y otros ejercicios, y puesto que estaba en el Ejército, me dijeron que no tenía que pagar la entrada. Normalmente ya había acabado en el gimnasio y me había duchado cuando Savannah regresaba al apartamento, y pasábamos el resto de la tarde juntos. El martes por la noche, salimos con un grupo de sus compañeros de clase a cenar en la zona de ocio de Chapel Hill. Fue más divertido de lo que había supuesto, especialmente teniendo en cuenta que se trataba de una panda de intelectuales que se habían matriculado en un curso de la universidad de verano y que la mayor parte de la conversación se centró en la psicología del adolescente. El miércoles por la tarde, Savannah me enseñó las aulas de la universidad y me presentó a sus profesores. Más tarde, ese mismo día, nos reunimos con un par de estudiantes que me había presentado la noche previa. Esa noche, compramos comida china y los cuatro nos sentamos a degustarla en la mesa de su apartamento. Ella lucía uno de esos tops ceñidos a rayas que acentuaba su bronceado: pensé que era la mujer más atractiva que jamás había visto.

189

El jueves me apetecía pasar más rato con ella a solas, así que decidí sorprenderla con una velada especial para esa noche. Mientras ella estaba en clase y luego centrada en la tesis, me fui al centro comercial y me gasté una pequeña fortuna en un traje nuevo y en una corbata, y otra pequeña fortuna en un par de zapatos. Me apetecía verla elegante, y reservé una mesa en un restaurante que el empleado en la tienda de zapatos me aseguró que era el mejor en la ciudad. Cinco estrellas, menú exótico, camareros vestidos de blanco, todo impecable. Es cierto, no le dije nada a Savannah —claro, se suponía que era una sorpresa—, pero tan pronto como entró por la puerta, descubrí que ya había hecho planes para pasar la noche con los mismos amigos que habíamos visto durante los dos últimos días. Parecía tan entusiasmada que no me atreví a contarle lo que había organizado.

Sin embargo, no sólo estaba decepcionado, sino también enfadado. No me parecía mal pasar una noche con sus amigos, incluso otra tarde adicional. Pero ¿casi cada día? ¿Después de estar un año separados, cuando nos quedaba tan poco tiempo para estar juntos? Me molestaba que ella no pareciera compartir el mismo deseo. En los últimos meses, había estado imaginando que pasaríamos juntos tanto tiempo como pudiéramos, en un intento de compensar el año que habíamos permanecido separados. Pero estaba llegando a la conclusión de que igual me había equivocado, lo cual significaba que…, ¿qué?, ¿qué yo no le importaba tanto a ella como ella a mí? No lo sabía, pero dado mi pésimo estado de ánimo, probablemente habría sido mejor quedarme en el apartamento y dejar que ella fuera sola. En lugar de eso, me senté en un rincón, me negué a intervenir en la conversación y me pasé todo el rato mirando con inquina a quien se atrevía a mirarme. A lo largo de los años, había adquirido práctica en la técnica de la intimidación, y esa noche se podría decir que me superé a mí mismo. Savannah podía ver que estaba enfadado, pero cada vez que me preguntaba si había algo que me molestaba, yo respondía en mi mejor porte pasivo-agresivo, negando que pasara nada.

—Sólo es que estoy un poco cansado —le contestaba.

Ella intentó animarme, lo sé. Me cogía de la mano de vez en cuando, me dedicaba una sonrisa fugaz cuando veía que la miraba, y me ofreció patatas fritas y tónica repetidas veces. Después de un rato, sin embargo, se cansó de mi actitud y tiró la toalla. No la culpo. Yo le había mostrado mi faceta reacia, y el hecho de que ella se hubiera empezado a enojar conmigo me dejó con un sentimiento de satisfacción vengativa. Apenas hablamos de camino a su apartamento, y cuando nos metimos en la cama, nos pusimos a dormir en los extremos opuestos del colchón. Por la mañana ya se me había pasado el mal humor y estaba listo para un nuevo día. Lamentablemente, ella aún estaba enojada. Mientras salí a comprar el periódico, Savannah se marchó del apartamento sin tocar el desayuno, por lo que acabé bebiéndome el café solo.

Sabía que me había pasado de la raya y planeaba arreglarlo cuando ella volviera de sus clases. Quería sincerarme acerca de lo que me molestaba, contarle la cena que había organizado y pedirle perdón por mi deplorable comportamiento. Pensé que lo comprendería. Olvidaríamos el mal rato con una cena romántica. Eso era precisamente lo que pensaba que necesitábamos, ya que al día siguiente nos marcharíamos a Wilmington para pasar el fin de semana con mi padre.

Aunque parezca raro, tenía ganas de verlo y suponía que él también estaba deseoso de verme, a su manera. A diferencia de Savannah, mi padre nunca me defraudaba cuando se trataba de cumplir mis expectativas. Quizá no fuera justo, pero ella desempeñaba un papel diferente en mi vida en ese tiempo.

Sacudí la cabeza. Savannah. Siempre Savannah. Me di cuenta de que ese viaje, mi vida entera, conducía indiscutiblemente a ella.

191

A la una del mediodía acabé de entrenar en el gimnasio, me duché, recogí prácticamente todas mis cosas y llamé al restaurante para renovar la reserva de la mesa. A esas alturas ya me sabía de memoria los horarios de Savannah, por lo que supuse que aparecería de un momento a otro. Sin nada más por hacer, me senté en el sofá y puse el televisor. Concursos, publicidad de los patrocinadores, telenovelas y tertulias se entremezclaban con los anuncios más variados. Los minutos se me hacían eternos mientras esperaba. Constantemente me acercaba al patio para echar un vistazo al aparcamiento y ver si divisaba su coche, y revisé mi aspecto tres o cuatro veces. Me dije que Savannah estaba seguramente a punto de llegar y me entretuve vaciando el lavaplatos. Unos pocos minutos más tarde, me cepillé los dientes por segunda vez; luego eché un vistazo de nuevo por la ventana. Ni rastro de Savannah. Puse la radio, escuché varias canciones y cambié de sintonía seis o siete veces antes de apagarla. Volví a salir al patio. Nada. Ya casi eran las dos. Me pregunté dónde se había metido, noté cómo los restos de la rabia que había sentido la noche previa volvían a emerger en mi interior y me esforcé por calmarme. Me dije que probablemente tenía una excusa legítima y volví a repetirme la misma explicación para convencerme. Abrí mi petate y saqué la última novela de Stephen King. Me llené un vaso con agua fría, intenté acomodarme en el sofá, pero cuando me di cuenta de que estaba leyendo la misma línea una y otra vez, dejé el libro a un lado.

Pasaron otros quince minutos. Luego treinta. Cuando finalmente oí el coche de Savannah entrar en el aparcamiento, mi mandíbula estaba tensa y yo estaba apretando los dientes. A las tres y cuarto, ella abrió la puerta, sonriendo de oreja a oreja, como si no pasara nada.

—Eh, John —me saludó. Avanzó hacia la mesa y empezó a sacar los libros de su mochila—. Siento haber llegado tarde, pero después de mi clase, una alumna vino para decirme que le gustaba mucho mi clase, y que, gracias a mí, se había propuesto estudiar Educación Especial. ¿No es increíble? Me pidió consejo sobre cómo tenía que prepararse, en qué clases matricularse, cuáles eran los mejores profesores... y la forma en que escuchaba mis respuestas... —Savannah sacudió la cabeza—. Ha sido tan... gratificante. El modo en que esa chica estaba tan atenta a todo lo que yo le decía..., bueno, me he sentido como si estuviera realmente haciendo algo significativo por alguien.

A veces oyes a profesores comentar experiencias como ésta, pero jamás imaginé que me pudiera suceder a mí.

Esbocé una sonrisa forzada, y ella la interpretó como una invitación a seguir.

—Entonces me preguntó si tenía un rato libre para hablar, y aunque le dije que sólo disponía de unos minutos, una cosa nos llevó a la otra y acabamos por irnos a comer juntas. Esa chica desprende algo especial; sólo tiene diecisiete años, pero el año pasado acabó sus estudios en el instituto. Superó las pruebas de acceso a la universidad sin ningún problema, así que es una estudiante destacada, y ahora está haciendo este cursillo de verano para empezar el curso universitario bien preparada. Es una chica verdaderamente admirable.

Ella esperaba que yo demostrara el mismo entusiasmo, pero no podía.

—Sí, parece brillante —dije sin mucha emoción.

Ante mi respuesta, Savannah pareció mirarme realmente por primera vez, y no hice ningún esfuerzo por ocultar mis sentimientos.

193

—¿Qué pasa? —me preguntó.

—Nada —mentí.

Ella dejó sobre la mesa la mochila y soltó un suspiro de cansancio.

—¿No quieres que hablemos de ello? De acuerdo. Pero quiero que sepas que empiezas a cansarme.

—¿Qué quieres decir?

Ella se dio la vuelta rápidamente hacia mí.

—¡Esto! ¡La forma en que te estás comportando! Mira, no cuesta tanto ver cuando estás enfadado, John. Y ahora lo estás, aunque no quieras admitirlo.

Dudé unos momentos, mientras me ponía a la defensiva. Cuando finalmente hablé, me obligué a no perder la serenidad en mi tono.

—De acuerdo. Pensé que volverías hace unas horas…

Ella alzó los brazos.

—¿Y ése es el motivo de tu enfado? Ya te lo he explicado. Lo creas o no, ahora tengo responsabilidades. Y si no me equivoco, ya me he disculpado por llegar tarde; lo he hecho tan pronto como he atravesado el umbral.

—Lo sé, pero...

—Pero ¿qué? ¿No tienes bastante con mis disculpas?

—No he dicho eso.

—Entonces, ¿qué pasa?

Cuando no pude encontrar las palabras, ella colocó las manos en las caderas.

—¿Quieres que te diga lo que pienso? Todavía estás enfadado por lo de anoche. Pero a ver si lo averiguo..., tampoco quieres hablar de ello, ¿no?

Entorné los ojos.

—Anoche tú...

—¿Yo? —me interrumpió, y empezó a sacudir la cabeza—. ¡Ah, no, no me culpes a mí por lo que pasó! ¡No hice nada malo! ¡No fui yo quien empezó con las malas caras! Anoche podríamos haberlo pasado muy bien, seguro, si tú no te hubieras aislado del resto, actuando como si quisieras pegarnos un tiro a todos.

Savannah exageraba. O quizá no. De todos modos, me mantuve callado.

Ella continuó:

—¿Sabes que hoy he tenido que excusarte por tu comportamiento? ¿Y sabes cómo me he sentido? Me he pasado todo el año alabando tus virtudes, contándole a mis amigos que eres un tipo entrañable, maduro, y que me siento muy orgullosa del trabajo que estás haciendo. Y todo para que al final ellos acaben viendo una faceta tuya que ni siquiera yo había visto antes. Te comportaste como un verdadero... grosero.

—¿Te has parado a pensar si quizá me comporté de esa manera porque no quería estar allí?

Mi comentario la dejó dubitativa unos instantes, pero sólo unos instantes. Cruzó los brazos por encima del pecho.

—Quizá tu comportamiento ayer fue lo que ha provocado que hoy haya regresado tarde.

Su confesión me pilló desprevenido. No lo había pensado, pero de todos modos ésa no era la cuestión.

—Siento lo de anoche…

—¡Es evidente que has de sentirlo! —gritó, pillándome de nuevo desprevenido—. ¡Son mis amigos!

—¡Ya sé que son tus amigos! —espeté, levantándome enérgicamente del sofá—. ¡Hemos estado con ellos toda la semana!

—¿Qué quiere decir eso?

—Justamente lo que acabo de decir. ¿No se te ha ocurrido que quizá quería estar a solas contigo?

—¿Quieres estar a solas conmigo? —repitió—. Pues la verdad es que no lo demuestras. Esta mañana estábamos solos. Estábamos también solos cuando he entrado hace un rato por la puerta. Estábamos solos cuando intenté ser comprensiva y olvidarme de lo que pasó ayer, pero tú sólo quieres pelearte.

—¡No quiero pelearme! —espeté, procurando no perder la paciencia, aunque sabía que no lo conseguiría. Me di la vuelta, intentando mantener la rabia bajo control, pero cuando volví a hablar, podía notar el tono ominoso en mi voz.

—Sólo quiero que todo sea como era. Como el verano pasado.

—¿Qué pasa con el verano pasado?

Odiaba esa situación. No quería decirle que ya no me sentía importante. Lo que quería era exigirle que me demostrara su amor, y eso es algo que no se puede pedir. En lugar de ser sincero, me puse a marear la perdiz.

—El verano pasado tenía la impresión de que pasábamos más tiempo juntos.

—No, no es cierto —contraatacó—. Yo trabajaba todo el día erigiendo casas, ¿recuerdas?

Savannah tenía razón, por supuesto. Al menos en parte. Volví a intentarlo.

—Ya sé que igual te parece que lo que te digo no tiene sentido, pero reitero que el verano pasado tenía la impresión de que pasábamos más tiempo juntos.

—¿Y eso es lo que te molesta? ¿Que esté ocupada? ¿Que tenga una vida propia? ¿Qué es lo que quieres que haga? ¿Que entierre mis clases toda la semana? ¿Que llame por teléfono a

195

primera hora y les diga que no puedo dar clases porque estoy enferma? ¿Que no haga mis deberes?

—No...

—Así pues, ¿qué es lo que quieres?

—No lo sé.

—Pero ¿te has propuesto humillarme delante de mis amigos?

—No te he humillado —protesté.

—¿Ah, no? Entonces, ¿por qué Tricia me ha dicho que quería hablar conmigo a solas hoy? ¿Por qué me ha dicho que está claro que tú y yo no tenemos nada en común y que me buscara a alguien mejor que tú?

Aquello me dolió, pero no creo que ella se percatara. Cuando la gente se enfada dice cosas sin pensar, y yo era plenamente consciente de eso.

—Quería estar a solas contigo anoche. Eso es lo único que intento decirte.

Mis palabras no surtieron efecto.

—¿Y por qué no me lo dijiste? —me exigió—. Podrías haber dicho algo como: «¿Te parece bien si cambiamos de planes? Esta noche no estoy de humor para salir con gente». Eso es todo lo que tendrías que haber dicho. No puedo leer tus pensamientos, John.

Abrí la boca para contestar, pero no dije nada. En lugar de eso, me di la vuelta y caminé hacia el otro extremo de la estancia. Me quedé mirando fijamente la puerta del patio, sin sentirme furioso por lo que ella me acababa de decir, sino simplemente... triste. En esos momentos me di cuenta de que la había perdido en cierta manera y que no sabía si había sido porque había montado un problema de la nada o porque comprendía perfectamente bien lo que realmente sucedía entre nosotros.

No quería hablar más de ello. Nunca destaqué en debates, y me di cuenta de que lo único que deseaba era que ella atravesara la sala y me rodeara con sus brazos, que me dijera que realmente comprendía mis preocupaciones y mis necesidades, y que no tenía que preocuparme.

Pero no sucedió nada de eso. Al final le hablé a la ventana, sintiéndome extrañamente solo.

—Tienes razón. Debería de habértelo dicho. Y lo siento. Y siento mucho el modo en que me comporté anoche, y siento haberme enfadado porque has llegado tarde. Pero tenía tantas ganas de verte estos días...

—Lo dices de un modo..., como si yo no quisiera lo mismo.

Me di la vuelta.

—Con toda sinceridad, no estoy completamente seguro. —Tras decir lo que pensaba, enfilé hacia la puerta.

Estuve solo hasta el atardecer.

No sabía adónde ir ni tampoco por qué me había marchado, salvo que necesitaba estar solo. Me puse a deambular por el campus bajo un sol abrasador, y de pronto me di cuenta de que me movía de árbol en árbol, en busca de sombra. No miré si ella me seguía; sabía que no lo haría.

Al cabo de un rato, me detuve y compré una botella de agua fría en el bar de la universidad, pero a pesar de que el local estaba relativamente vacío y que el aire era refrescante, no me quedé. Sentía la necesidad de sudar, como para purificarme de la rabia, la tristeza y la frustración que no conseguía quitarme de encima.

De una cosa estaba seguro: Savannah había vuelto a su apartamento lista para una bronca. Sus respuestas habían fluido con demasiada rapidez, y me di cuenta de que parecían menos espontáneas que ensayadas, como si hubiera estado cociendo su propia rabia durante todo el día. Ella sabía exactamente cómo reaccionaría yo, y a pesar de que probablemente merecía su reprimenda por la forma en que me había comportado la noche previa, el hecho de que ella no aceptara su parte de culpabilidad ni comprendiera mis sentimientos me ahogó durante prácticamente toda la tarde.

Las sombras se extendieron cuando el sol empezó su lento descenso, pero todavía no estaba listo para regresar. En lugar de eso, me compré un par de porciones de pizza y una cerveza en uno de esos pequeños kioscos que dependían de los estudiantes

197

para sobrevivir. Me acabé la pizza, caminé un rato más y, finalmente, emprendí la marcha hacia el apartamento. Cuando llegué ya eran las nueve, y la montaña rusa en la que había estado
montado durante las últimas horas me había dejado con una
sensación de vacío. Al aproximarme a la calle, vi que el coche
de Savannah seguía en el aparcamiento. Podía ver la luz de una
lámpara encendida en su habitación. El resto del apartamento
estaba a oscuras.

Me pregunté si la puerta estaría cerrada con llave, pero el
tirador giró libremente cuando le di media vuelta. La puerta de
su habitación estaba entreabierta, y la luz se filtraba por la rendija hasta el pasillo. Me debatí entre ir a verla o quedarme en
el comedor. No quería enfrentarme a su rabia, pero aspiré aire
profundamente y recorrí el corto pasillo. Asomé la cabeza. Savannah estaba sentada en la cama, ataviada con una camisa dos
tallas más grandes que la suya y que le cubría los muslos. Ella
bajó la revista y me miró, y yo le ofrecí una sonrisa tentativa.

—Hola —saludé.

—Eh.

Atravesé la habitación y me senté en la punta de la cama.

—Lo siento, Savannah. Por todo. Tenías razón. Anoche me
comporté como un cretino, y no debería haberte puesto en evi-
dencia delante de tus amigos. Y tampoco debería haberme enfadado tanto porque hoy hayas llegado tarde. No volverá a suceder.

Ella me sorprendió propinando unas palmaditas en el colchón.

—Ven —susurró.

Me acerqué, me tumbé a su lado y deslicé un brazo alrededor de sus hombros. Ella se pegó a mí, y pude notar la respiración serena en su pecho.

—No quiero que nos peleemos más —declaró.

—Yo tampoco.

Cuando le acaricié el brazo, me preguntó:

—¿Dónde has estado?

—En ningún sitio en particular, sólo caminando por el
campus. He comido una pizza. Y he pensado mucho.

—¿Sobre mí?

—Sobre ti, sobre mí, sobre nosotros…

Ella asintió.

—Yo también. ¿Todavía estás enojado?

—No —respondí—. Lo estaba, pero estoy cansado de sentirme así.

—Yo también —repitió. Alzó la cara para mirarme—. Quiero contarte algo que he estado pensando esta tarde, ¿puedo?

—Claro.

—Me he dado cuenta de que era yo la que debería de haberte pedido perdón. Por pasar tanto rato con mis amigos, quiero decir. Creo que por eso me he enfadado tanto antes. Sabía lo que intentabas decirme, pero no quería escucharlo porque sabía que tenías razón. Al menos en parte. Pero tu razonamiento no era correcto.

La miré desconcertado. Ella continuó.

—Tú crees que te he hecho pasar mucho rato con mis amigos porque ya no me importas tanto como antes, ¿no? —No esperó a que respondiera—. Pero ése no es el verdadero motivo. Es todo lo contrario. Lo hacía porque me importas mucho. Y no es porque quisiera que conocieras a mis amigos, o que ellos te conocieran a ti, sino que lo he hecho sólo por mí. 199

Se detuvo un momento, como si intentara reordenar sus pensamientos.

—No te entiendo.

—¿Recuerdas cuando te dije que me sentía más fuerte cuando estaba contigo?

Cuando asentí, ella extendió los dedos sobre mi pecho.

—No lo decía en broma. El verano pasado fue muy importante para mí. Más de lo que puedas imaginarte, y cuando te marchaste, me derrumbé. Pregúntale a Tim. Casi no hice nada en las casas. Sé que te enviaba cartas para hacerte creer que todo iba bien, pero no era verdad. Lloraba desconsoladamente cada noche y me pasaba el día sentada en la casa de la playa, imaginando, soñando y anhelando que tú aparecieras de un momento a otro por la playa. Cada vez que veía a un chico con el pelo cortado casi al cero, mi corazón daba un vuelco de alegría, a pesar de que sabía que no eras tú. Pero ése era el problema, que quería que fueras tú. Cada vez. Sé que lo que haces es importante, y también comprendo que estés destinado a un lugar al otro lado del océano, pero no creía que me resultara tan duro seguir mi vida sin ti. Fue como si me mataran, y necesité mucho tiempo para recuperarme. Y en esta ocasión, a pesar de las enormes ganas que tenía de verte y de lo mucho que te quiero, no puedo evitar sentirme aterrorizada ante la posibilidad de que de nuevo me desmorone cuando te marches. Me siento atrapada en una encrucijada, y por eso mi reacción ha sido hacer todo lo posible para no volver a sufrir igual que el año pasado. Por eso he intentado que estemos ocupados y no solos, ¿lo entiendes? Para evitar que se me parta el corazón otra vez.

Sentí un nudo en la garganta, pero no dije nada. Al cabo de un rato, ella continuó.

—Hoy me he dado cuenta de que mi comportamiento te está haciendo daño. Y eso no es justo para ti, pero al mismo tiempo, intento ser sincera conmigo misma, también. Dentro de una semana te habrás marchado otra vez, y seré yo la que tenga que encontrar la vía para no caer de nuevo en una depresión. Hay gente que puede hacerlo. Tú puedes hacerlo. Pero yo...

Se quedó mirando fijamente sus manos; durante unos minutos nos sumimos en un silencio absoluto.

—No sé qué decir —admití finalmente.

A pesar de que era obvio que Savannah estaba angustiada, se puso a reír.

—No quiero una respuesta, porque no creo que exista. Pero lo que sé es que no quiero hacerte daño. De eso estoy segura. Sólo espero que pueda encontrar la forma de ser más fuerte este verano.

—Siempre podremos resolverlo juntos —bromeé con poca convicción, y me sentí aliviado al escuchar su risa.

—Sí, todo saldrá bien. Si no pierdo el ánimo, todo saldrá bien, ¿eh? Me gustaría que fuera así de sencillo. Pero lo conseguiré. Al menos esta vez no será un año entero. Eso es lo que estaba diciéndome hoy a mí misma, que en Navidad ya estarás en casa. Unos pocos meses más y todo habrá acabado.

La estreché con fuerza, sintiendo la calidez de su cuerpo contra el mío. Noté cómo sus dedos se colaban a través de la tela de mi camisa, y luego la alzaban, dejando mi vientre al descubierto. La sensación fue eléctrica. Su tacto me excitó y me incliné para besarla.

Había algo distinto en su beso, una pasión vibrante, ardiente. Noté su lengua en la mía, plenamente consciente del modo en que su cuerpo estaba respondiendo; respiré profundamente cuando sus dedos empezaron a deslizarse hacia la bragueta de mis pantalones vaqueros. Cuando yo también deslicé las manos más abajo, me di cuenta que no llevaba nada debajo de la camisa. Me desabrochó los botones de la bragueta, y a pesar de que me moría de ganas de que continuara, me obligué a apartarme, en un intento de detenerme antes de ir demasiado lejos, para evitar algo para lo que todavía no estaba seguro que ella estuviera preparada.

Noté mi propia indecisión, pero antes de que pudiera darle más vueltas, de pronto ella se sentó y se quitó la camisa. Mi respiración se aceleró mientras la miraba; súbitamente, Savannah se inclinó hacia delante y me alzó más la camisa. Me besó en el ombligo y en las costillas, luego en el pecho, y noté cómo sus manos empezaban a forcejear con mis pantalones.

Me levanté de la cama y me quité la camisa, luego dejé que los pantalones cayeran al suelo. La besé en el cuello y en los hombros y sentí la calidez de su respiración en mi oreja. La sensación de su piel contra la mía me provocaba un tremendo calor, y empezamos a hacer el amor.

Fue tal y como había soñado que sería; cuando acabamos, la estreché entre mis brazos, intentando inmortalizar cada sensación que me invadía. En la oscuridad, le susurré que la amaba.

Hicimos el amor una segunda vez, y cuando Savannah finalmente se quedó dormida, yo me puse a contemplarla. Sus facciones estaban exquisitamente serenas, pero por alguna razón indescriptible, no pude librarme de una extraña sensación

201

de malestar. Aunque la experiencia había estado arropada por una ternura absoluta y por la excitación, no podía dejar de pensar en la huella de desesperación que había detectado en nuestras acciones, como si los dos pretendiéramos aferrarnos a la esperanza de que con ese acto pudiéramos afianzar nuestra relación para soportar las adversidades que el futuro nos deparase.

Capítulo 14

*E*l resto del tiempo que estuvimos juntos durante mi permiso dio para más de lo que al principio había esperado. Dejando de lado el fin de semana con mi padre —durante el cual él cocinó para nosotros y habló sin parar sobre monedas—, estuvimos solos tanto como pudimos. Luego regresamos a Chapel Hill. Allí, después de que Savannah acabara sus clases diarias, pasábamos juntos la tarde y la noche. Paseamos por las 203 numerosas tiendas que había en Franklin Street, fuimos al Museo de Historia de Carolina del Norte en Raleigh, e incluso pasamos un par de horas en el zoológico de Carolina del Norte. En mi penúltima noche en la ciudad, salimos a cenar a ese restaurante de moda que el empleado de la tienda de zapatos me había recomendado. Savannah no permitió que la espiase mientras se arreglaba, pero cuando finalmente salió de la habitación, estaba bellísima. La miré con la boca abierta, pensando en la suerte que tenía de salir con ella.

No volvimos a hacer el amor. A la mañana siguiente, después de nuestra noche juntos, me desperté y descubrí que Savannah me estaba estudiando, y que las lágrimas rodaban por sus mejillas. Antes de que pudiera preguntarle qué sucedía, puso un dedo sobre mis labios y meneó la cabeza, suplicándome en silencio que no dijera nada.

—Lo que sucedió anoche fue maravilloso, pero no quiero hablar de ello. —Acto seguido, me abrazó con fuerza por las costillas y yo también la estreché entre mis brazos durante un buen rato, escuchando el sonido de su respiración. Entonces supe que algo había cambiado entre nosotros, pero en ese momento no tuve el coraje de ahondar en el asunto.

La mañana de mi partida, Savannah me acompañó en coche al aeropuerto. Nos sentamos junto a la puerta de embarque, esperando a que anunciaran mi vuelo, y ella se dedicó a trazar pequeños círculos en la palma de mi mano con su dedo pulgar. Cuando llegó la hora de embarcar, se abalanzó sobre mí y empezó a llorar. Cuando vio mi expresión acongojada, estalló en una carcajada forzada, pero detecté la tristeza que se ocultaba en su pecho.

—Sé que lo prometí —se disculpó—, pero no puedo evitarlo.

—Todo saldrá bien. Son sólo seis meses. Con tantas cosas que haces, ya verás cómo el tiempo pasará volando.

—Es fácil decirlo —se lamentó, ahogando un sollozo—. Pero tienes razón. Esta vez intentaré ser más fuerte. No me desmoronaré.

204 Escruté su cara en busca de algún signo de tristeza, pero no vi ninguno.

—De verdad, estaré bien —concluyó.

Asentí, y por un largo momento simplemente nos quedamos mirándonos fijamente.

—¿Te acordarás de contemplar la luna llena? —me preguntó.

—Cada una de ellas —le prometí.

Compartimos un último beso. La abracé con fuerza y le susurré al oído que la quería, luego me obligué a soltarla. Me colgué el petate en el hombro y enfilé hacia la rampa. Miré de soslayo por encima del hombro y ya no vi a Savannah entre la multitud.

En el avión, me recosté en el asiento, rezando por que Savannah me hubiera dicho la verdad. A pesar de que sabía que me amaba, de pronto comprendí que incluso el amor y el afecto no siempre eran suficientes. Eran los pilares en los que se asentaba nuestra relación, pero eran tan inestables como el mortero del tiempo que compartíamos, un tiempo con la amenaza de la inminente separación que nos ahogaba. A pesar de que no quería admitirlo, había muchas cosas de ella que desconocía. No sabía que mi partida el año pasado la hubiera afectado tanto, y por más horas que pasé pensando en la cuestión, no estaba seguro de cómo se lo tomaría esta vez. Notaba un peso enorme en el pecho, como si nuestra relación empezara a provocarme vértigo, como si sintiera que íbamos montados en un tiovivo. Cuando estábamos juntos, nos agarrábamos a los palos de los caballos de madera con fuerza para que siguiera rodando, y el resultado era mágico y bello, y nos dejaba embelesados como a un par de niños; cuando estábamos separados, el ritmo de las vueltas empezaba a decaer inevitablemente. Nos volvíamos inestables e inseguros, y supe que tenía que encontrar una forma para no caernos del tiovivo.

Había aprendido la lección del año previo. No sólo le escribí más cartas desde Alemania durante julio y agosto, sino que también empecé a llamarla por teléfono con más frecuencia. Escuchaba atentamente todo lo que ella me contaba, intentando captar alguna señal de depresión y anhelando escuchar alguna palabra de afecto o de deseo. Al principio estaba nervioso antes de hacer esas llamadas; al final del verano, las esperaba con ansia. Sus clases iban muy bien. Pasó un par de semanas con sus padres, y luego empezó el curso en otoño. En la primera semana de septiembre, iniciamos la cuenta atrás de los días que faltaban para que me licenciara. Quedaban cien días. Era más fácil hablar de días en vez de hacerlo de semanas o de meses; de alguna manera, de ese modo parecía que la distancia entre nosotros se achicaba hasta trocarse en una sensación mucho más íntima, algo que ambos sabíamos que podíamos soportar. Habíamos dejado atrás la parte más dura, nos recordábamos el uno al otro, y descubrí que mientras tachaba los días en el calendario, las preocupaciones que me habían asaltado acerca de nuestra relación empezaron a disiparse. Estaba seguro de que no había nada en el mundo que pudiera evitar que estuviéramos juntos.

Entonces llegó el 11 de Septiembre.

Capítulo 15

*L*as imágenes del 11 de Septiembre se me han quedado grabadas en la retina para siempre. Recuerdo las impresionantes columnas de humo sobre las Torres Gemelas y el Pentágono, y las caras ceñudas de los que estaban a mi alrededor mientras presenciaban cómo la gente se lanzaba al vacío hacia una muerte segura. Recuerdo cómo se desplomaron los dos rascacielos y la enorme nube de polvo y de escombros que emergió en su lugar. Y también recuerdo la tremenda furia que sentí cuando evacuaron la Casa Blanca.

En cuestión de pocas horas, supe que Estados Unidos respondería al ataque y que los servicios armados iniciarían la ofensiva. Nuestra base se puso en estado de máxima alerta, y dudé que alguna vez me hubiera sentido más orgulloso de mis hombres. En los días que siguieron, parecieron esfumarse todas las diferencias personales y las afiliaciones políticas de cualquier tipo. Por un corto periodo de tiempo, todos fuimos simplemente ciudadanos estadounidenses.

Las oficinas de reclutamiento empezaron a llenarse en todo el país con hombres que deseaban alistarse. Entre los que ya estábamos alistados, el deseo de servir al país era más fuerte que nunca. Tony fue el primero de los hombres de mi batallón en renovar su contrato de permanencia por otros dos años adicionales y, uno a uno, cada soldado siguió su ejemplo. Incluso yo, que estaba esperando mi honorable licenciamiento en diciembre y había estado contando los días para irme a casa con

Savannah, caí en esa locura colectiva y renové mi contrato con el Ejército.

Sería fácil decir que sufrí la influencia de lo que sucedía a mi alrededor y que ése fue el motivo de la decisión que asumí, aunque no sería más que una burda excusa. Es cierto, me vi atrapado en la misma oleada patriótica, pero más que eso, me sentía unido a mis hombres por unos vínculos de amistad y responsabilidad imposibles de romper. Conocía a mis hombres, me preocupaba por ellos, y la idea de abandonarlos en un momento tan crucial se me antojó como una acción de pura cobardía. Habíamos superado juntos demasiadas adversidades como para contemplar la posibilidad de abandonar el servicio en esos días nefastos del año 2001.

Llamé a Savannah para comunicarle mi decisión. Al principio, ella me mostró su apoyo. Como todos los demás, estaba horrorizada ante lo que había sucedido, y comprendió el sentimiento del deber que pesaba sobre mis hombros, incluso antes de que intentara explicárselo. Me dijo que se sentía muy orgullosa de mí.

207

Sin embargo, la realidad pronto sustituyó a ese estado febril colectivo. Al elegir servir a mi país, había aceptado hacer un sacrificio. A pesar de que la investigación acerca de los perpetradores obtuvo rápidamente resultados, el año 2001 concluyó de un modo extrañamente tranquilo para nosotros. Nuestra división de infantería no jugó ningún papel en el derrocamiento del Gobierno talibán en Afganistán, lo que supuso una tremenda decepción para todos en mi batallón. En lugar de eso, pasamos la mayor parte del invierno y de la primavera realizando maniobras y preparándonos para lo que todo el mundo sabía que iba a ser la futura invasión de Iraq.

Supongo que fue alrededor de estas fechas cuando las cartas de Savannah empezaron a cambiar. Cuando antes las recibía semanalmente, ahora empezaron a llegar cada diez días, y luego, cuando los días empezaron a alargarse, cada dos semanas. Intenté consolarme con el hecho de que el tono de las cartas no había cambiado, pero incluso eso mudó al cabo de un tiempo. Atrás quedaban las parrafadas en las que me describía cómo se imaginaba nuestra vida en común, frases que en el pasado siempre me habían llenado de esperanza. Ambos sabíamos que ese sueño tendría que quedar ahora aparcado durante dos años. Escribir acerca de un futuro tan lejano era seguramente para ella la constatación del largo trecho que nos quedaba por recorrer, algo que a los dos nos resultaba extremamente doloroso de contemplar.

El mes de mayo pasó, y me consolé pensando que al menos podríamos vernos la próxima vez que estuviera de permiso. El destino, sin embargo, conspiró contra nosotros una vez más justo unos días antes de mi esperado regreso a casa. Mi comandante me llamó para que me personara en su oficina, y una vez allí, me ordenó que me sentara. Me explicó que mi padre acababa de sufrir un ataque al corazón y que él ya había tomado medidas de antemano y había solicitado un permiso especial de emergencia para que pudiera partir de inmediato. En lugar de irme a Chapel Hill para pasar dos gloriosas semanas con Savannah, viajé hasta Wilmington y me pasé todos los días junto al lecho de mi padre, respirando el nauseabundo olor a antiséptico que se me antojaba menos curativo que la propia muerte. Cuando llegué, mi padre estaba en la Unidad de Cuidados Intensivos; permaneció allí prácticamente todos los días que estuve de permiso. Su piel había adoptado un enfermizo tono gris ceniciento, y su respiración era acelerada y débil. Durante la primera semana, se debatió entre la consciencia y la inconsciencia, pero cuando estaba despierto podía detectar unas emociones que en mi padre rara vez se combinaban: miedo desesperado, confusión momentánea y una gratitud de que estuviera a su lado que me partía el corazón. En más de una ocasión, le cogí la mano, otra experiencia nueva para mí. A causa del tubo que llevaba insertado en la garganta, no podía hablar, así que yo me encargaba de hablar por los dos. Le conté muy pocas cosas acerca de lo que sucedía en mi base, pero en cambio me explayé sin límites sobre monedas. Le leí el *Greysheet*; cuando hube terminado con el último ejemplar de la revista, fui a su casa y recogí viejos ejemplares que él guardaba en un cajón y también se los leí. Realicé una búsqueda de monedas en Internet —en páginas web como la de *David Hall Rare Coins* y *Legend Numismatics*— y le recité lo que ofrecían, así como los precios más actuales. Esos precios me sorprendieron, y sospeché que la colección de mi padre, a pesar de la caída de los precios de las monedas desde que se dejaron de acuñar en oro, era probablemente diez veces más valiosa que la casa de su propiedad en la que había residido durante tantos años. Mi padre, incapaz de dominar el arte de mantener una simple conversación, se había convertido en el hombre más rico que conocía.

Sin embargo, mi padre no estaba interesado en la tasación económica de su colección. Sus ojos se movían de un lado a otro inquietos cada vez que mencionaba su increíble valor, y pronto me acordé de un detalle sumamente importante que había olvidado: que para mi padre, el propósito de reunir monedas iba más allá que las monedas en sí, y que para él cada moneda representaba una historia con final feliz. Con esa idea en la mente, procuré recordar aquellas monedas que habíamos encontrado juntos. Puesto que mi padre conservaba unas notas con un detallismo excepcional acerca de cada moneda, me dediqué a repasarlas antes de irme a dormir, y, poco a poco, esos recuerdos emergieron en mi mente. Al día siguiente le contaría historias de nuestros viajes a Raleigh, a Charlotte o a Savannah. A pesar de que ni tan sólo los médicos sabían si sobreviviría, tengo la certeza de que mi padre sonrió más en esos días que en toda su vida. Le dieron el alta el día antes de que se me acabara el permiso, y en el hospital realizaron los preparativos pertinentes para que alguien fuera a su casa y lo ayudara durante el periodo de convalecencia.

No obstante, si mi estancia en el hospital fortaleció mi relación con mi padre, no hizo nada por mi relación con Savannah. No me malinterpretéis, ella venía a verme tan a menudo como podía, y me mostró su apoyo y su ternura incondicional. Pero puesto que me pasé tantos días en el hospital, no pudimos apuntalar las fisuras que habían empezado a formarse en nuestra relación. Para ser sincero, ni yo estaba seguro de qué era lo que realmente quería: cuando ella estaba conmigo, tenía ganas

209

de estar solo con mi padre, pero cuando ella no estaba, deseaba tenerla a mi lado. De alguna manera, Savannah navegaba en ese campo plagado de minas sin reaccionar al estrés que yo encauzaba hacia ella. Parecía comprender mis pensamientos y se anticipaba a mis deseos, incluso mejor que yo mismo podría haber hecho.

Sin embargo, necesitábamos pasar tiempo juntos. Tiempo solos. Si comparásemos nuestra relación con un generador, diría que mi tiempo en Alemania estaba continuamente descargándolo, y ambos necesitábamos tiempo para recargarlo. Una vez, mientras nos hallábamos sentados con mi padre y escuchábamos el pitido estable del monitor de su corazón, me di cuenta de que Savannah y yo habíamos pasado únicamente cuatro días juntos en las últimas 104 semanas. Menos del cinco por ciento. Incluso con cartas y llamadas telefónicas, a veces no podía evitar preguntarme cómo era posible que hubiéramos aguantado tanto tiempo.

Por lo menos conseguimos salir a dar un paseo solos de vez en cuando en esos días, y también cenamos juntos un par de veces. Pero puesto que Savannah tenía que dar clases y también estudiar, no podía quedarse conmigo. Intenté no echarle la culpa, pero un día no pude más y estallé y nos enzarzamos en una pelea. Detestaba discutir con ella, y a Savannah le sucedía lo mismo, pero ninguno de los dos parecía ser capaz de zanjar la discusión. Y a pesar de que ella no dijo nada, e incluso lo negó todo cuando se lo eché en cara, sabía que la cuestión candente era que se suponía que yo debía de haberme licenciado en el Ejército y estar con ella, y sin embargo no lo había hecho. Fue la primera y única vez que Savannah me mintió.

Procuramos olvidar la disputa, y entonces llegó la hora del adiós. Otra ocasión llena de lágrimas, aunque menos que en la anterior ocasión. Resultaba reconfortante pensar que eso se debía a que nos estábamos acostumbrando a la situación, o a que ambos estábamos madurando, pero cuando me senté en el avión, supe que algo irrevocable había cambiado entre ella y yo. Savannah había derramado menos lágrimas porque se había mitigado la intensidad de los sentimientos entre nosotros.

La constatación fue dolorosa, y en la siguiente noche de luna llena, salí a deambular por el campo de fútbol solitario. Y tal y como había prometido, evoqué los días de mi primer permiso con Savannah. También pensé en mi segundo permiso, pero aunque resultara extraño, evité pensar en el tercer permiso, ya que incluso entonces creo que presagiaba lo que inevitablemente iba a suceder.

El verano pasó; mi padre continuaba recuperándose, aunque despacio. En sus cartas me escribía que había adoptado el hábito de dar una vuelta a la manzana tres veces al día, cada día; un paseo que duraba exactamente veinte minutos, pero que incluso ese pequeño ejercicio suponía un gran esfuerzo para él. Si tuviera que buscar algo positivo a lo que le pasó, diría que al menos le proporcionó una pauta en la que basar sus días, ahora que ya se había retirado —al menos, una pauta que no fueran las monedas—. Además de enviarle cartas con más frecuencia, empecé a llamarlo por teléfono los martes y los viernes exactamente a la una en punto, sólo para confirmar que se encontraba bien. Escuchaba atentamente para detectar cualquier signo de fatiga en su voz y no me cansaba de repetirle que cuidara sus hábitos alimentarios, que durmiera bastantes horas y que tomara sus medicinas. Siempre era yo el que hablaba casi todo el rato. Papá encontraba esas llamadas telefónicas incluso más incómodas que una conversación cara a cara, y siempre parecía dispuesto a colgar el aparato tan pronto como fuera posible. Al cabo de un tiempo, empecé a burlarme de su actitud, aunque jamás tuve la certeza de si él supo que bromeaba. Me hacía gracia, y a veces me ponía a reír; a pesar de que él nunca reía a modo de respuesta, su tono se volvía inmediatamente más animado, aunque sólo fuera momentáneamente, antes de caer de nuevo en su típico estado silencioso. No me molestaba. Sabía que él esperaba esas llamadas. Siempre contestaba después del primer timbre, y no me costaba nada imaginarlo con la vista fija en el reloj y esperando a que sonara el teléfono.

Agosto dio paso a septiembre, y luego llegó octubre. Savannah acabó sus clases en Chapel Hill y se trasladó a vivir a casa de sus padres mientras empezaba a buscar empleo. En los periódicos, yo leía noticias acerca de las Naciones Unidas y sobre cómo los países europeos querían hallar una forma de evitar que entráramos en guerra con Iraq. Las cosas estaban tensas en las capitales de nuestros aliados en la OTAN; en las noticias de la tele, aparecían manifestaciones de los ciudadanos y proclamaciones enérgicas por parte de sus líderes de que Estados Unidos estaba a punto de cometer un grave error. Mientras tanto, nuestros líderes intentaban hacerles cambiar de opinión. Y todos en mi batallón seguíamos con nuestra rutina, entrenándonos para lo inevitable con una determinación aciaga. Entonces, en noviembre, mi batallón y yo regresamos a Kosovo. No estuvimos mucho tiempo, pero fue más que suficiente. Por entonces ya estaba cansado de los Balcanes, y también estaba cansando de intervenir en misiones de paz. Y lo más importante, tanto yo como el resto de los soldados sabíamos que la guerra en Oriente era inminente, dijeran lo que dijeran en Europa.

Durante ese tiempo, las cartas de Savannah todavía llegaban con cierta regularidad, y yo seguía llamándola por teléfono con frecuencia. Normalmente solía llamarla antes del amanecer, como siempre había hecho —para ella era medianoche— y a pesar de que hasta entonces siempre la había encontrado, en más de una ocasión no estaba en casa. A pesar de que intenté convencerme de que debía de haber salido con algunos amigos o con sus padres, me resultaba difícil evitar que mis pensamientos divagaran por aguas turbulentas. Después de colgar el teléfono, a veces no podía evitar pensar que ella había conocido a otro hombre y que se había enamorado de él. A veces llamaba tres o cuatro veces en la misma hora, y la intensidad de mi enfado se incrementaba con cada tono que sonaba sin que nadie contestara.

Cuando ella contestaba finalmente, podría haberle preguntado dónde había estado, pero nunca lo hice. Y ella no siempre me ofrecía la información voluntariamente. Sé que cometí un error al no decir nada, simplemente porque no conseguía alejar la pregunta de mi mente, incluso cuando intentaba centrar la conversación en otras cuestiones más triviales. A menudo estaba tenso en el teléfono, y sus respuestas eran también tensas. Demasiado a menudo nuestras conversaciones carecían del entusiasmo de un simple intercambio de palabras afectuosas y derivaban en un rudimentario intercambio de información. Después de colgar el aparato, siempre me detestaba por los celos que se apoderaban de mí, y me pasaba los dos días siguientes recriminándome mi comportamiento, prometiéndome que no permitiría que eso volviera a suceder.

Otras veces, sin embargo, Savannah contestaba con el mismo regocijo como la persona que yo recordaba, y entonces estaba seguro de que todavía me amaba. A pesar de todas mis dudas, la quería tanto como siempre, y a veces me ponía a evocar con nostalgia los momentos que habíamos pasado juntos. Sabía lo que estaba sucediendo, por supuesto. Mientras nos íbamos alejando el uno del otro, me intentaba aferrar desesperadamente a las vivencias que un día compartimos; como un círculo vicioso, no obstante, mi desesperación sólo conseguía alejarnos más el uno del otro.

Empezamos a discutir con más frecuencia. Al igual que en la disputa que tuvimos en su apartamento en mi segundo permiso, a mí me costaba mucho describirle lo que sentía, y por más explicaciones que me daba, no conseguía quitarme de encima esa sensación de que ella me estaba engañando y de que no hacía nada para aliviar mis angustias. Odiaba esas llamadas penosas incluso más de lo que detestaba mis ataques de celos, aunque sabía que ambas cosas estaban relacionadas.

A pesar de nuestros problemas, jamás dudé de que lo conseguiríamos. Anhelaba una vida con Savannah más que ninguna otra cosa en el mundo. En diciembre, empecé a llamarla con más regularidad y procuré controlar mis celos. Me obligué a ser más considerado en nuestras conversaciones telefónicas, con la esperanza de que ella tuviera ganas de oír mi voz. Pensé que las cosas entre nosotros estaban mejorando, y en la superficie lo estaban, pero cuatro días antes de Navidad, le recordé que estaría en casa al cabo de menos de un año. En lugar de la respuesta llena de entusiasmo que esperaba, se

213

quedó callada. Lo único que podía escuchar era el sonido de su respiración.

—¿Me has oído? —le pregunté.

—Sí —respondió, ella con un tono sosegado—. Pero es que no es la primera vez que oigo esa promesa.

Era cierto, y ambos lo sabíamos, por eso me costó dormir bien casi una semana.

La luna llena cayó en el día de Año Nuevo, y a pesar de que salí a contemplarla y rememoré la semana en que me enamoré de Savannah, esas imágenes parecían ahora difusas, como enturbiadas por la enorme tristeza que sentía en mi interior. De regreso al cuartel vi docenas de hombres congregados en corros o recostados contra las paredes de los edificios fumando un cigarrillo, como si no tuvieran nada de que preocuparse. Me pregunté qué pensaban mientras me veían pasar. ¿Se daban cuenta de que estaba perdiendo todo lo que me importaba en la vida? ¿O que de nuevo deseaba que pudiera cambiar el pasado?

No lo sé, y ellos tampoco me preguntaron. El mundo estaba cambiando a una portentosa velocidad. A la mañana siguiente recibiríamos las órdenes que llevábamos tanto tiempo esperando, y unos pocos días más tarde, mi batallón se encontró en Turquía mientras iniciábamos los preparativos bélicos para invadir Iraq por el norte. Asistimos a reuniones en las que nos informaron de nuestras misiones, estudiamos la topografía y repasamos los planes de combate. Apenas disponíamos de tiempo libre, pero cuando nos aventurábamos a salir de la base, resultaba imposible ignorar las miradas hostiles de la población. Oímos rumores de que Turquía planeaba denegar el acceso a nuestras tropas para iniciar la invasión y de que se estaban llevando a cabo las negociaciones oportunas para evitar que eso sucediera. Hacía tiempo que estábamos acostumbrados a escuchar rumores contradictorios, pero esta vez eran precisos, y mi batallón fue enviado a Kuwait junto con otras unidades para iniciar la ofensiva bélica.

Aterrizamos a media tarde, bajo un cielo completamente despejado, y nos vimos rodeados de arena por todos lados. Casi inmediatamente nos montaron en un autocar, viajamos durante bastantes horas y acabamos en lo que era esencialmente la ciudad de tiendas de campaña más grande que jamás haya visto. El Ejército hizo todo lo que pudo para que estuviéramos cómodos. La comida era buena y en el PX, el economato militar que existe en todas las bases militares de Estados Unidos, había todo lo que uno pudiera necesitar, pero resultaba aburrido. El servicio de correo postal era deficiente —no recibí ni una sola carta— y las colas para realizar llamadas telefónicas eran siempre kilométricas. En los descansos entre maniobra y maniobra, mis hombres y yo nos sentábamos formando un corro y especulábamos sobre cuándo empezaría la invasión, o practicábamos poniéndonos nuestros trajes resistentes a sustancias químicas tan rápido como podíamos. El objetivo era que mi batallón sirviera de refuerzo a otras unidades de diferentes divisiones en una ofensiva implacable sobre la ciudad de Bagdad. En el mes de febrero, después de lo que pareció un millón de años en el desierto, mi batallón y yo estábamos preparados para el ataque.

Había muchos soldados que estaban en Kuwait desde mediados de noviembre, y los rumores que nos llegaban se contradecían constantemente. Nadie sabía lo que iba a suceder. Había oído algo acerca de armas químicas y biológicas, y que Saddam había aprendido la lección en la operación Tormenta del Desierto y estaba reagrupando a la Guardia Republicana alrededor de Bagdad, con la esperanza de realizar un último esfuerzo brutal. El 17 de marzo, ya tenía la certeza de que la guerra era inminente. En mi última noche en Kuwait, escribí cartas a aquellos que amaba —una a mi padre y una a Savannah— por si moría en la batalla. Esa noche entré a engrosar el convoy que se extendía 160 kilómetros dentro de territorio iraquí.

Los ataques eran esporádicos, al menos al principio. Puesto que nuestra fuerza aérea dominaba los cielos, prácticamente no temíamos que el enemigo nos atacara por encima de nuestras cabezas mientras avanzábamos por carreteras prácticamente desérticas. El ejército iraquí, en su mayor parte, no estaba a la vista, lo cual sólo ayudaba a incrementar mi tensión mientras

215

intentaba imaginar el enemigo al que mi batallón tendría que enfrentarse. De vez en cuando alguien nos alertaba a viva voz de fuego enemigo de mortero, y nos apresurábamos a colocarnos nuestros trajes especiales atropelladamente, sólo para enterarnos un poco más tarde de que se trataba de una falsa alarma. Los soldados estaban tensos. No conseguí conciliar el sueño durante tres días.

Cuando nos adentramos más en Iraq, las escaramuzas empezaron a ser más frecuentes, y fue entonces cuando aprendí la primera norma referente a la operación Liberar Iraq: los civiles y los enemigos a menudo tenían el mismo aspecto. Alguien empezaba a disparar, y nosotros atacábamos, y a veces no estábamos seguros de a qué o a quién disparábamos. Cuando llegamos al Triángulo suní, la guerra se intensificó. Oíamos noticias de batallas en Fallujah, Ramadi y Tikrit, donde combatían otras unidades de otras divisiones. Mi batallón se unió a la veterana 82 División Aerotransportada en un asalto a Samawah, y allí fue donde mi batallón y yo tuvimos el primer contacto con un combate real.

La fuerza aérea había allanado el camino. Bombas, misiles y morteros no habían parado de caer desde el día previo, y mientras cruzábamos el puente para entrar en la ciudad, me quedé desconcertado ante la extraordinaria quietud. Mi batallón había sido asignado a un vecindario de los confines de la ciudad, donde debíamos entrar casa por casa para ayudar a limpiar el área de enemigos. Mientras avanzábamos, las imágenes se sucedían con gran rapidez: los restos chamuscados de un camión, el cuerpo sin vida del conductor postrado al lado del vehículo, un edificio parcialmente derrumbado, coches carbonizados por doquier. La detonación esporádica de disparos con rifles nos mantenía en guardia. Mientras patrullábamos, varios civiles se apresuraron a salir de sus casas con los brazos en alto, y nosotros intentamos hacer todo lo que pudimos por los heridos.

A primera hora de la tarde, cuando nos disponíamos a regresar a la base fuimos sorprendidos por un intenso tiroteo proveniente de un edificio situado al final de una calle empinada. Nos protegimos detrás de un muro, pero nuestra posición era precaria. Dos hombres nos cubrieron mientras yo guiaba al resto de mi batallón a través de una lluvia de balas hasta un lugar más seguro al otro lado de la calle; sorprendentemente, no hubo que lamentar ninguna muerte. Desde allí, nos pusimos a disparar sin tregua contra la posición enemiga, un absoluto desperdicio de munición. Cuando consideré que estábamos a salvo, procedimos a acercarnos al edificio, avanzando con suma cautela. Utilicé una granada para hacer explotar la puerta principal y poder acceder al inmueble. Guié a mis hombres hasta la puerta y asomé la cabeza por el enorme boquete. El humo era denso, y el aire estaba enrarecido por el fuerte olor a sulfuro. El interior estaba totalmente destruido, pero por lo menos un soldado iraquí había sobrevivido; tan pronto como nos acercamos, empezó a disparar desde el sótano situado debajo del suelo que pisábamos. Hirió a Tony en una mano, y el resto de nosotros respondimos con cientos de balas. El sonido era atronador y ni tan sólo podía oírme a mí mismo gritar, pero mantuve el dedo firme en el gatillo, apuntando y disparando a cualquier punto del suelo, las paredes y el techo. Fragmentos de yeso y de ladrillo y madera volaban mientras arrasábamos el interior. Cuando finalmente cesamos de disparar, tenía la certeza de que nadie podía haber sobrevivido, pero lancé otra granada en un espacio abierto que conducía hasta el sótano sólo para quedarme más tranquilo; salimos corriendo al exterior para no sufrir los efectos de la onda expansiva de la explosión.

217

Después de veinte minutos de la experiencia más intensa de mi vida, la calle estaba silenciosa, excepto por el pitido en mis oídos y los sonidos de mis hombres mientras vomitaban, proferían maldiciones o rememoraban la experiencia. Le envolví la mano a Tony, y cuando pensé que todos estaban listos, iniciamos el camino de regreso por el mismo lugar por donde habíamos venido. Al cabo de un rato llegamos a la estación de tren, que estaba en manos de nuestras tropas, y allí nos derrumbamos. Esa noche recibimos el primer paquete de cartas en casi seis semanas.

En el correo, había seis cartas de mi padre. Pero de Savannah sólo había una, y bajo la tenue luz, empecé a leer.

Querido John:

Te escribo esta carta sentada en la mesa de la cocina, y lo estoy pasando fatal porque no sé cómo expresar lo que voy a decirte. Cómo desearía que pudieras estar ahora aquí, conmigo, para poder decírtelo en persona, pero ambos sabemos que eso es imposible. Así que aquí me tienes, rebuscando las palabras adecuadas con lágrimas en los ojos y esperando que algún día puedas perdonarme por lo que estoy a punto de escribir.

Sé que es un momento extremamente difícil para ti. Intento no pensar en la guerra, pero no puedo apartar esas imágenes de mi mente, y me paso todo el día asustada. Veo las noticias y leo la prensa, sabiendo que tú te hallas en medio de todo ese infierno, intentando averiguar dónde estás y lo que estás pasando. Cada noche rezo para que regreses a casa sano y salvo, y continuaré rezando. Tú y yo hemos compartido algo maravilloso, y no quiero que nunca lo olvides. Ni yo tampoco quiero que creas que no has sido tan importante en mi vida como yo lo he sido en la tuya. Eres una persona excepcional, John, excepcional y bella. Me enamoré de ti, pero más que eso, el hecho de conocerte me permitió saber lo que significa amar de verdad. Durante los dos últimos años y medio, he contemplado la luna llena y he rememorado todo lo que hemos vivido juntos. Recuerdo que la primera noche que hablé contigo me sentí absolutamente cómoda, y también recuerdo la noche que hicimos el amor. Siempre estaré orgullosa de haber compartido unos momentos tan íntimos contigo. Para mí, significa que nuestras almas estarán siempre unidas.

Sin embargo, hay muchos más sentimientos apresados en mi corazón. Cuando cierro los ojos, veo tu cara; cuando camino, es casi como si pudiera sentir tu mano sobre la mía. Esos recuerdos siguen siendo muy vívidos para mí, pero allí donde un día me llenaban de júbilo, ahora me provocan un intenso dolor. Comprendí tus motivos para quedarte en el Ejército y respeté tu decisión. Todavía lo hago, pero ambos sabemos que nuestra relación cambió después de ese momento. Los dos cambiamos, y supongo que tú también te diste cuenta. Quizás el tiempo que hemos estado separados ha sido demasiado duro de soportar, o quizá sólo se trate de que vivimos en dos mundos muy diferentes. No lo sé. Cada vez que discutíamos me odiaba a mí misma por ello. De alguna manera, aunque continuáramos amándonos, habíamos perdido ese vínculo mágico que nos mantenía unidos.

Sé que te sonará a excusa pero, por favor, créeme cuando te digo que no tenía ninguna intención de enamorarme de otra persona. Si ni tan sólo sé cómo sucedió, ¿cómo vas a entenderlo tú? No espero que lo comprendas, pero a causa de todo lo que hemos pasado juntos, no puedo seguir mintiéndote. La mentira únicamente corrompería todo lo que hemos compartido, y no quiero que eso suceda, aunque sé que probablemente te sentirás traicionado.

Comprenderé perfectamente si no quieres volver a dirigirme la palabra, al igual que te comprenderé si me dices que me odias. En parte me detesto a mí misma por lo que ha sucedido. El acto de escribir esta carta me obliga a admitirlo, y cuando me miro al espejo, sé que estoy contemplando a alguien que no está segura de si merece ser amada. Hablo en serio.

Aunque probablemente no quieras oírlo, quiero que sepas que siempre serás parte de mí. Durante los momentos que compartimos, te ganaste a pulso un lugar en mi corazón, y eso es algo que siempre permanecerá así y que nadie nunca podrá reemplazar. Eres un héroe y un caballero; eres bueno y honesto; pero más que eso, eres el primer hombre al que realmente he amado. Y no importa lo que nos depare el futuro, siempre lo serás, y sé que mi vida es mucho más completa gracias a lo que he vivido contigo y lo que he sentido por ti.

Lo siento,
SAVANNAH

219

TERCERA PARTE

Capítulo 16

Se había enamorado de otro hombre.

Lo supe incluso antes de acabar de leer la carta, y de repente el mundo pareció ralentizar todos sus movimientos. Mi primera reacción fue propinar un puñetazo contra la pared, pero en lugar de eso, hice un ovillo con la carta y la lancé lejos. En esos momentos me sentía colérico; más que un sentimiento de traición, era como si ella hubiera aplastado todo lo que tenía sentido en el mundo. La odiaba, y odiaba al hombre sin nombre y sin cara que me la había robado. Fantaseé con la idea de lo que le haría si se cruzaba en mi camino, y puedo asegurar que las imágenes eran ciertamente desagradables.

Al mismo tiempo, me moría de ganas de hablar con ella. Quería volar a casa inmediatamente, o al menos llamarla por teléfono. En parte no quería creerlo, no podía creerlo. No ahora, no después de todo lo que habíamos aguantado. Sólo quedaban nueve meses; después de casi tres años, ¿era un sueño tan imposible de lograr?

Pero no regresé a casa; tampoco la llamé. No le escribí ninguna carta de respuesta ni volví a saber nada de ella. Mi única acción fue recuperar la carta que había arrugado. La alisé tanto como pude, la guardé en el sobre, y decidí llevarla conmigo como si se tratase de una herida de guerra. En el transcurso de las siguientes semanas, me convertí en un soldado ejemplar, buscando una vía de escape en el único mundo que todavía me parecía real. Me ofrecí voluntario a todas las misiones que implicaban algún riesgo, apenas hablaba con nadie en mi unidad, y durante un tiempo cualquier estupidez me servía de excusa para estallar en un ataque violento cuando no estaba patrullando. No me fiaba de nadie en las ciudades, y a pesar de que no hubo ningún «incidente» desafortunado —que es como en el Ejército llamamos a la muerte de civiles—, mentiría si dijera que fui paciente y comprensivo cuando trataba con iraquíes de cualquier tipo. A pesar de que casi no pegaba ojo por la noche, mis sentidos estaban absolutamente alerta mientras continuábamos nuestra ofensiva sobre Bagdad. Irónicamente, sólo cuando arriesgaba mi vida hallaba alivio de la imagen de Savannah y la realidad de que nuestra relación se había acabado.

Mi vida prosiguió por los cauces de la suerte oscilante en la guerra. Al cabo de menos de un mes de recibir la carta, conquistamos la ciudad de Bagdad, y a pesar del breve periodo de paz inicial, la situación empeoró y se volvió más complicada a medida que pasaban las semanas y los meses. Supuse que al final esa guerra no era diferente de ninguna otra. Las guerras siempre tienen por objetivo obtener el poder de los intereses en juego, pero tal pensamiento no hacía que la vida fuera más llevadera en la zona. Entre las condiciones después de la caída de Bagdad, cada soldado de mi batallón se vio obligado a adoptar el papel de policía y de juez. Como soldados, no estábamos entrenados para esas funciones.

Desde fuera y en retrospectiva, era fácil criticar nuestras acciones, pero en el mundo real, en el tiempo real, las decisiones no siempre resultaban fáciles. En más de una ocasión, algunos civiles iraquíes se me acercaban para comentarme que cierto individuo les había robado algo o había cometido un acto vandálico, y me pedían que intermediara. Pero ése no era nuestro trabajo. Estábamos allí para mantener un estado lo más parecido al orden —lo que básicamente significaba matar a los insurgentes que intentaban matarnos a nosotros o a otros civiles— hasta que las autoridades locales fueran capaces de asumir el control de la situación y gestionar el país solos. El proceso en particular no era ni rápido ni sencillo de llevar a cabo, incluso en lugares donde la calma era más frecuente que el caos. Al cabo de un tiempo, otras ciudades empezaron también a sumirse en el caos, y nos enviaron también allí a restablecer el orden. Limpiábamos la ciudad de insurgentes, pero puesto que no había suficientes tropas para controlar la ciudad, los insurgentes volvían a ocuparla tan pronto como habíamos conseguido establecer el orden. Algunos días mis hombres se cuestionaban la futilidad de ese ejercicio en particular, a pesar de que no lo discutían abiertamente.

No sé cómo describir el estrés, el aburrimiento y la confusión de los siguientes nueve meses, si no es con la aseveración de que sólo había arena, mucha arena. Sí, ya sé que es un desierto, y sí, había pasado muchos años de mi vida en la playa, así que debería de estar acostumbrado, pero la arena allí era distinta. Se metía en la ropa, en las armas, en cajas cerradas, en la comida, en las orejas y hasta dentro de los orificios nasales y entre los dientes, y cuando escupía, siempre notaba un regusto de arena en la boca. Los soldados podemos al menos explayarnos en ese tema, y he aprendido que la gente muestra una propensión a no querer escuchar la verdad, que, en definitiva, es que la mayor parte del tiempo que pasamos en Iraq no fue tan malo, aunque a veces podía ser peor que estar en el mismísimo infierno. ¿De verdad la gente está interesada en saber que fui testigo de cómo un chico de mi unidad disparó por accidente a un niño que tuvo la mala suerte de estar en el sitio inadecuado en el momento inadecuado? ¿O que he visto a soldados volar por los aires despedazados después de pisar una bomba IED enterrada en una carretera cerca de Bagdad? ¿O que he visto cómo la sangre manaba de miembros mutilados de un cuerpo como si se tratara de una fuente hasta formar un gran charco? No, supongo que la gente prefiere oírme hablar de la arena, porque esa conversación mantiene la guerra a una distancia segura.

Cumplí con mi deber lo mejor que pude, volví a renovar mi contrato con el Ejército y permanecí en Iraq hasta febrero del 2004, hasta que finalmente me enviaron de nuevo a Alemania. Tan pronto como llegué, me compré una Harley e intenté fingir que había salido totalmente ileso de la guerra; pero las pe-

225

sadillas se sucedían sin fin, y me despertaba casi todas las mañanas anegado de sudor. Durante el día tenía los nervios a flor de piel, y me enfadaba por cualquier motivo. Cuando paseaba por las calles de Alemania, no podía dejar de vigilar con desconfianza a los grupos de personas que se congregaban cerca de los edificios, y tampoco conseguía apartar la vista de las ventanas en el distrito comercial, en busca de francotiradores. El psicólogo —todos los soldados teníamos que hacer terapia con un psicólogo— me dijo que lo que me pasaba era normal, y que con el tiempo lo superaría, aunque a veces yo mismo me preguntaba si realmente lo conseguiría.

Después de abandonar Iraq, mi estancia en Alemania se me antojaba casi algo sin sentido. Aunque por las mañanas me dedicara a levantar pesas y asistía a clases de armamento y navegación, las cosas habían cambiado. Por culpa de la herida en la mano, Tony fue licenciado con la condecoración del Corazón Púrpura al mérito militar, y lo enviaron de regreso a Brooklyn justo después de la caída de Bagdad. Cuatro más de mis muchachos fueron licenciados con honores a finales del año 2003, cuando se les acabó el contrato; tenían la conciencia tranquila —igual que yo— por haber cumplido con su deber y consideraban que había llegado la hora de reanudar las vidas que habían dejado aparcadas al alistarse en el Ejército. En cambio yo volví a renovar mi contrato. No estaba seguro de si era la mejor decisión, pero no sabía qué más hacer.

Sin embargo, entonces, contemplando a mi batallón, súbitamente me di cuenta de que me sentía fuera de lugar. Mi batallón estaba lleno de párvulos, y a pesar de que eran unos chicos entrañables, ya no era lo mismo. No eran los amigos con los que había compartido barracones en los Balcanes, no había ido a la guerra con ellos; en lo más profundo de mi corazón, sabía que jamás me sentiría tan cercano a ellos como lo había estado con mi previo batallón. Casi la mayor parte del tiempo me comportaba como un tipo solitario, y mantuve esa distancia. Cada mañana hacía ejercicio físico solo y evitaba cualquier contacto con otros soldados tanto como podía, además sabía lo que los muchachos en mi batallón opinaban de mí cuando pasaba delante de ellos: que era un viejo sargento cascarrabias que lo único que hacía era pregonar que sólo quería que regresaran con sus mamás de una sola pieza. No me cansaba de repetirlo a los de mi batallón mientras realizábamos maniobras, y realmente era lo que sentía. Habría hecho lo que fuera para mantenerlos a salvo. Pero tal y como he dicho, ya no era la misma persona.

Con todos mis amigos licenciados, me dediqué a mi padre tanto como pude. Después de mi experiencia en el combate, disfruté de un dilatado permiso con él en la primavera del 2004, y luego de otro a finales de ese verano. Pasamos más tiempo juntos en esas cuatro semanas que lo que habíamos pasado en los últimos diez años. Como él estaba retirado, disponíamos de todo el tiempo para hacer lo que nos apeteciera. Me adapté fácilmente a sus rutinas. Desayunábamos, salíamos a dar los tres paseos diarios y cenábamos juntos. Durante el día hablábamos de monedas e incluso compré un par mientras estuve en la ciudad. Internet hacía que esas transacciones fueran más fáciles de lo que lo habían sido en el pasado, y a pesar de que la búsqueda no resultaba tan estimulante, no sé si para mi padre supuso alguna diferencia. Empecé a pasar horas hablando con los negociantes de monedas con los que hacía más de quince años que no trataba, pero ellos se mostraron tan afables y dispuestos a ayudar como siempre, y se acordaban de mí con alegría. Me di cuenta de que el mundo de la numismática era un pañuelo, y cuando llegaba nuestro pedido —siempre lo enviaban por servicio de mensajería urgente—, mi padre y yo nos turnábamos para examinar las monedas, para detectar cualquier defecto existente, y usualmente coincidir con el grado que le había asignado el PCGS, una reputada compañía de tasadores profesionales que evalúa la calidad de cualquier moneda que cae en sus manos. A pesar de que mi mente divagaba eventualmente hacia otros derroteros, mi padre podía examinar una moneda durante horas, como si ésta albergara el secreto de la vida.

Apenas hablábamos de nada más, pero tampoco sentíamos la necesidad de hacerlo. Él no quería hablar sobre Iraq, y yo

227

tampoco. Ninguno de los dos tenía una vida social que fuera digna de comentar, Iraq no me había proporcionado esa satisfacción, y mi padre..., bueno, ya sabía cómo era mi padre, y ni siquiera me molesté en preguntar.

Sin embargo, estaba preocupado por él. En sus paseos, su respiración era jadeante. Un día le sugerí que quizá veinte minutos eran excesivos, incluso a paso lento, pero él me contestó que su médico le había dicho que caminar veinte minutos era exactamente lo que más le convenía, así que supe que no había nada que hacer para convencerlo de lo contrario. Cuando acabábamos el paseo, él estaba más cansado de lo que debería de haber estado, y normalmente necesitaba una hora para que desapareciera ese intenso color encarnado de sus mejillas. Hablé con el médico, y su respuesta no fue lo que me esperaba. Me dijo que el corazón de mi padre había sufrido un enorme daño; en opinión del doctor, era verdaderamente un milagro que estuviera tan ágil. La falta de ejercicio sería incluso peor para él.

228

Quizá fue la conversación que mantuve con el médico, o quizá sólo se tratara de que deseaba mejorar la relación con mi padre, pero a partir de esas visitas al especialista, empezamos a llevarnos mejor que nunca. En lugar de presionarlo para mantener con él una conversación fluida, simplemente me sentaba a su lado en su estudio y leía un libro o me dedicaba a resolver crucigramas mientras él analizaba monedas. Había algo relajado y sincero en mi falta de esperanza, y creo que mi padre se estaba acostumbrando poco a poco a esa relación renovada entre nosotros. Algunas veces lo pillé mirándome de refilón de un modo extraño. Pasábamos muchas horas juntos, la mayor parte del tiempo sin decir ni una sola palabra; fue en ese ambiente inesperado de quietud en el que finalmente nos hicimos amigos. A menudo me invadía una gran pena al pensar que mi padre había tirado esa foto en la que aparecíamos los dos, y cuando llegó la hora de regresar a Alemania, tuve la seguridad de que lo echaría de menos de una forma como nunca antes había sentido.

El otoño del 2004 pasó despacio, igual que el invierno y la

primavera del 2005. La vida transcurría lánguidamente sin muchas novedades. De vez en cuando, los rumores acerca de mi eventual regreso a Iraq interrumpían la monotonía de mis días, pero puesto que ya había estado allí antes, la idea de regresar no me afectaba demasiado. Si me quedaba en Alemania, me parecía bien. Si regresaba a Iraq, también. Como el resto de los soldados, estaba al día de las noticias concernientes a Oriente Medio, pero tan pronto como soltaba el periódico y cerraba la tele, mi mente emprendía otros caminos.

Tenía veintiocho años, y por más que hubiera experimentado más cosas que la mayoría de la gente a mi edad, no podía zafarme del sentimiento de que mi vida seguía sin tener un sentido claro. Me había alistado en el Ejército para madurar, y a pesar de que en cierta manera podía afirmar que lo había conseguido, a veces me preguntaba si no me estaba engañando. No tenía ni coche ni casa de propiedad, y salvo por mi padre, estaba totalmente solo en el mundo. Mientras mis compañeros llevaban el billetero atestado de fotografías de sus hijos y de sus esposas, el mío únicamente contenía una foto descolorida de una mujer a la que había amado y había perdido. Oía a los soldados hablar de sus esperanzas para el futuro, mientras yo no albergaba ninguna ilusión. A veces me preguntaba qué pensaban mis hombres de mi vida, ya que había momentos en que los pillaba escrutándome con curiosidad. Nunca les hablé de mi pasado ni compartí con ellos ninguna información personal. No sabían nada sobre Savannah ni de mi padre ni de mi amistad con Tony. Esos recuerdos eran míos, solamente míos, ya que había aprendido que es mejor mantener ciertas cosas en secreto.

En marzo del 2005, mi padre sufrió un segundo ataque de corazón, que derivó en una neumonía y otro ingreso en la UCI. Cuando le dieron el alta, la medicación que tenía que tomar era incompatible con conducir, así que el asistente social del hospital me ayudó a encontrar a alguien que hiciera la compra por él. En abril, ingresó de nuevo en el hospital, y allí le notificaron que tendría que dejar de dar sus paseos diarios. En mayo, tomaba una docena de píldoras diferentes al día, y supe que se pasaba la mayor parte del tiempo en la cama. Las cartas que me escribía empezaron a ser casi ininteligibles, no sólo porque estaba débil, sino porque además sus manos habían empezado a temblar. Después de insistir y de suplicar mucho por teléfono, convencí a una vecina de mi padre —una enfermera que trabajaba en el hospital de la ciudad— para que cuidara de él, y suspiré aliviado cuando empecé a contar los días que me faltaban para mi permiso en el mes de junio.

Sin embargo, la salud de mi padre continuó empeorando a lo largo de las siguientes semanas, y cada vez que hablaba con él por teléfono notaba que las cosas no iban bien. Por segunda vez en mi vida, solicité que me trasladaran a casa. Mi oficial superior se mostró más comprensivo que la vez anterior. Preparamos la petición —incluso llegué a rellenar los formularios para que me trasladaran a Fort Bragg para entrar en las Fuerzas Aéreas—, pero cuando volví a hablar con el médico, éste me comentó que mi proximidad no supondría ningún avance para ayudar a mi padre y que debería considerar su ingreso en una clínica donde pudieran hacerse cargo de él. Me aseguró que mi padre necesitaba más atención que la que yo podría proporcionarle en casa. Él ya había intentado convencer a mi padre de dicha posibilidad —por entonces, sólo se alimentaba de sopas—, pero mi padre se negó a considerar la idea hasta que yo regresara de permiso. El médico me explicó que, por lo visto, mi padre había tomado la determinación de esperar a que fuera a visitarlo una última vez en su casa.

Esa confesión me resultó sumamente dolorosa, y en la sala de espera del aeropuerto, intenté convencerme de que el doctor estaba exagerando. Pero no era así. Mi padre fue incapaz de levantarse del sofá cuando abrí la puerta, y me quedé consternado ante la dura realidad de que, desde el último año en que lo había visto, parecía haber envejecido treinta años. Su piel era casi gris; me quedé horrorizado al constatar que había perdido mucho peso. Con un nudo en la garganta, deposité el petate justo al lado de la puerta.

—Hola, papá —lo saludé.

Al principio no supe si me había reconocido, pero al cabo de un rato escuché un susurro apagado.

—Hola, John.

Me acerqué al sofá y me senté a su lado.

—¿Estás bien?

—Sí —dijo, y durante un buen rato nos quedamos sentados sin decir nada.

Cuando me levanté para inspeccionar la cocina, sólo pude parpadear de estupefacción. Había latas de sopa vacías arracimadas por doquier. Los fogones estaban sucios, llenos de manchas, la basura rebosaba en el cubo y los platos enmohecidos se apilaban en el fregadero. Montones de cartas sin abrir inundaban la pequeña mesa de la cocina. Era obvio que hacía días que nadie limpiaba la casa. Mi primer impulso fue salir disparado como una bala a gritarle a la vecina que se había comprometido a cuidar de él que era una fresca. Pero eso tendría que esperar.

Primero busqué una lata de sopa de fideos y la calenté en el mugriento fogón. Después de llenar un cuenco, se lo llevé a mi padre en una bandeja. Él sonrió débilmente, y pude ver su gratitud. Se tomó el contenido del cuenco con avidez, repasó los bordes en busca de restos; le llené otro cuenco mientras crecía mi rabia, preguntándome cuándo había sido la última vez que había comido. Cuando también se acabó el segundo cuenco, lo ayudé a tumbarse en el sofá, donde se quedó dormido al cabo de pocos minutos.

La vecina no estaba en casa, así que me pasé la mayor parte de la tarde y del anochecer haciendo limpieza, empezando por la cocina y el baño. Cuando fui a cambiar las sábanas de su cama y vi que estaban manchadas de orina, cerré los ojos y sofoqué la necesidad de retorcerle el pescuezo a aquella mujer.

Después de que la casa estuviera considerablemente limpia, me senté en la salita y observé a mi padre mientras dormía. Parecía tan pequeño bajo la manta... Cuando me incliné para acariciarle la cabeza, me fijé en el escaso pelo quebradizo que le quedaba. Entonces empecé a llorar, con la certeza de que se estaba muriendo. Hacía muchos años que no lloraba; era la pri-

231

mera vez en mi vida que lloré por mi padre. Durante mucho rato no conseguí aplacar las lágrimas.

Sabía que mi padre era un hombre bueno y noble, y a pesar de que su vida no había sido de color de rosa, había hecho todo lo que había podido por criarme. Jamás me había alzado la mano, y empecé a torturarme con los recuerdos de todos esos años que había malgastado echándole las culpas de todas mis desgracias. Rememoré mis últimas dos visitas, y me lamenté al pensar que ya nunca podríamos repetir todo aquello que habíamos hecho juntos.

Más tarde, llevé a mi padre a la cama. Apenas pesaba en mis brazos, como si fuera una pluma. Lo tapé con la colcha y me preparé la cama en el suelo a su lado, escuchando su respiración jadeante y rasposa. Se despertó tosiendo en mitad de la noche; parecía incapaz de parar y ya estaba a punto de llevarlo al hospital cuando finalmente cesó la tos.

Se mostró horrorizado cuando vio que quería llevarlo al hospital.

—Quédate... aquí —me suplicó, con una voz débil—. No quiero ir.

Yo estaba devastado, pero al final accedí a no llevarlo. Pensé que para un hombre de rutina, el hospital no era sólo un lugar desconocido sino también peligroso, un lugar que le absorbería más energía en el intento de ajustarse a la nueva situación que la que realmente le quedaba. Fue entonces cuando me di cuenta de que se había orinado encima de nuevo sobre la sábana.

Cuando la vecina vino al día siguiente, las primeras palabras que farfulló fueron para pedir perdón. Explicó que no había limpiado la cocina durante unos días porque una de sus hijas se había puesto enferma, pero que había cambiado las sábanas cada día y que se había asegurado de que mi padre tenía suficiente comida enlatada. Mientras se hallaba de pie frente a mí en el porche, pude ver su rostro exhausto, y todas las palabras recriminatorias que había ensayado se secaron en mi garganta. Le dije que le agradecía lo que había hecho más de lo que ella se podía imaginar.

—Ha sido un placer poder ayudar a su padre —expresó—. Siempre ha sido un hombre tan bueno... Jamás se quejó del jaleo que hacían mis hijos cuando eran adolescentes, y siempre les compraba algo cuando ellos se ponían a vender bagatelas para recaudar dinero para los viajes de fin de curso. Mantenía el jardín primoroso, y si alguna vez le pedía que echara un vistazo a mi casa mientras yo estaba ausente, se mostraba más que dispuesto. Ha sido el vecino perfecto.

Sonreí. Animada, ella prosiguió.

—Pero ha de saber que ahora no siempre me deja entrar. El otro día me dijo que no le gustaba cómo colocaba sus cosas. Ni cómo limpiaba. Ni la forma en que movía las pilas de papeles que tiene sobre su mesa. Normalmente no le hago caso, pero, a veces, cuando él se siente bien, me demuestra sin reparos que no quiere mi ayuda, incluso un día me amenazó con llamar a la Policía si intentaba entrar. No sé...

No acabó la frase, y yo la terminé por ella.

—No sabe qué hacer.

El sentimiento de culpabilidad se reflejó visiblemente en su cara.

233

—No pasa nada —le dije—. Sin usted, no sé qué habríamos hecho.

Ella asintió con alivio antes de apartar la vista.

—Me alegro de que haya venido —empezó a decir con un tono dubitativo—, porque deseaba hablarle de la situación real de su padre. —Se limpió una mota de polvo invisible de su vestido—. Conozco una residencia geriátrica estupenda donde podrían hacerse cargo de él. El personal es excelente. Casi siempre tienen todas las plazas ocupadas, pero conozco al director, y él conoce al médico de su padre. Sé que es duro oír esta propuesta, pero creo que sería lo mejor para él, y desearía que...

Cuando ella se detuvo, dejando el resto de su aseveración en el aire, noté su preocupación genuina por mi padre, y abrí la boca para responder. Pero no dije nada. No era una decisión fácil de tomar. Esa casa era el único lugar que mi padre conocía, el único sitio donde se sentía cómodo. Era el único lugar donde sus rutinas tenían sentido. Si la idea de permanecer unos días en el hospital lo horrorizaba, verse forzado a vivir en un lugar nuevo seguramente lo mataría. La cuestión era no sólo dónde debía morir, sino cómo debía morir. ¿Solo en casa, donde dormía con las sábanas manchadas de orines y posiblemente muerto de hambre? ¿O con gente que lo alimentaría y lo asearía, en un lugar que lo aterrorizaba?

Con un temblor en la voz que no podía controlar, le pregunté:

—¿Dónde está ese lugar?

Pasé las siguientes dos semanas ocupándome de mi padre. Lo alimentaba lo mejor que podía, le leía el *Greysheet* cuando él estaba despierto, y dormía en el suelo junto a su cama. Cada noche se orinaba encima, hasta que al final opté por comprarle pañales para adultos, ante lo cual él reaccionó mostrándose absolutamente avergonzado. Se pasó casi toda la tarde durmiendo.

Mientras él descansaba en el sofá, me dediqué a visitar numerosas residencias geriátricas, no sólo la que la vecina me había recomendado, sino todas las que se hallaban en un radio de dos horas. Al final, concluí que la vecina tenía razón. La que ella había recomendado estaba limpia y el personal parecía muy profesional; sin embargo, lo más importante es que el director mostró un interés personal en el caso de mi padre. Nunca supe si eso se debía a la vecina o al médico de mi padre.

El precio no suponía ningún problema. La residencia era increíblemente cara, pero puesto que mi padre recibía una pensión del Estado, estaba afiliado a la Seguridad Social y además tenía un seguro médico privado (podía imaginarlo alabando todos los servicios que le había ofrecido el comercial que le había vendido el seguro médico muchos años antes, sin que él realmente supiera lo que estaba pagando), me aseguraron que el único coste sería emocional. El director —de unos cuarenta años, con el pelo castaño y de un trato exquisito que me recordaba a Tim— lo comprendió y no me acució para que tomara una decisión de forma inmediata. En lugar de eso, me entregó una carpeta llena de información y con diversos formularios y me deseó mucha suerte con mi padre.

Esa noche, saqué el tema de la residencia geriátrica a colación. Tenía que marcharme dentro de pocos días, así que no me quedaba ninguna otra alternativa, por más que quisiera evitar el tema.

Él no dijo nada mientras yo hablaba. Le expliqué mis razones, mis preocupaciones, mi esperanza de que él lo comprendiera. No me hizo ninguna pregunta, pero sus ojos permanecieron abiertos como platos mostrando toda su consternación, como si acabara de escuchar su sentencia de muerte.

Cuando acabé, noté que necesitaba desesperadamente quedarme unos momentos solo. Le propiné unas palmaditas en la rodilla y fui a la cocina a buscar un vaso de agua. Cuando regresé a la salita, mi padre estaba sentado en el sofá, con el cuerpo totalmente doblado, cabizbajo y temblando. Era la primera vez que lo veía llorar.

235

A la mañana siguiente, empecé a prepararle la maleta. Revisé todos sus cajones y sus archivos, los armarios y el ropero. En el cajón de los calcetines, encontré calcetines; en el de las camisas, sólo camisas. En su archivador, todo estaba ordenado y clasificado. Aunque no debería de haberme sorprendido, no pude evitar lanzar un bufido. Mi padre, a diferencia de prácticamente todos los humanos, no tenía ningún secreto. No tenía ningún vicio oculto ni escribía ningún diario; no tenía ninguna afición de la que pudiera avergonzarse, ni tan sólo una caja donde guardara sus objetos más privados. No encontré nada que me aportara más datos acerca de su vida, nada que me ayudara a comprenderlo después de que se hubiera marchado para siempre. En esos momentos supe que mi padre era exactamente lo que siempre había parecido ser, y de pronto me di cuenta de que por eso mi admiración se tornaba más grande.

Y

Acabé de empaquetar las cosas, mientras mi padre permanecía tumbado con los ojos abiertos en el sofá. Tras varios días de comer adecuadamente, había recuperado un poco de sus mermadas fuerzas. Descubrí un leve brillo en sus ojos, y también me fijé en la pala apoyada en uno de los extremos de la mesa. Alzó un trozo de papel. En él había dibujado algo parecido a un mapa, y encima del esbozo había escrito, con mano temblorosa, únicamente una palabra: PATIO.

—¿Qué es?

—Es para ti —respondió, al tiempo que señalaba la pala.

Tomé la pala, seguí las instrucciones del mapa hasta el roble en el patio, di varios pasos y empecé a cavar. En cuestión de pocos minutos, la pala topó con algo metálico y saqué una caja. Y otra, que se hallaba debajo. Y otra a su lado. En total dieciséis cajas que pesaban considerablemente. Me senté en el porche y me sequé el sudor de la frente antes de abrir la primera.

236   Ya sabía lo que iba a encontrar en su interior; parpadeé ante el reflejo deslumbrante de las monedas de oro que brillaban bajo los implacables rayos del sol típicos de los veranos en el sur de Estados Unidos. En el fondo de la caja encontré el Buffalo nickel 1926-D, el que habíamos buscado y encontrado juntos, consciente de que era la única moneda que realmente tenía sentido para mí.

Al día siguiente, mi último día de permiso, realicé los preparativos oportunos para dejar la casa: desconecté los pocos electrodomésticos que había y la luz, solicité que enviaran el correo a la nueva dirección y encontré una persona para que se encargara de cortar el césped. Guardé las monedas enterradas en una caja fuerte de un banco. Ocuparme de todas esas cuestiones me llevó prácticamente todo el día. Más tarde, compartimos un último cuenco de sopa de fideos y pollo y verduras hervidas durante la cena antes de llevarlo a la nueva residencia geriátrica. Desempaqueté sus pertenencias, decoré la habitación con objetos que pensé que eran de su agrado y coloqué una enorme pila de ejemplares del *Greysheet* —los correspondientes a una docena de años— en el suelo junto a su mesita. Pero me di cuenta de que no era suficiente, y tras explicarle la situación al director, regresé a la casa para recoger más cachivaches, con la desagradable sensación de pensar que me gustaría conocer mejor a mi padre para saber lo que era realmente importante para él.

Por más que le infundí ánimos, él permaneció paralizado de miedo, y una tristeza en los ojos me partió el corazón. Más de una vez, me asusté ante la idea de que, con mi decisión, lo estuviera realmente matando. Me senté a su lado en la cama, consciente de las pocas horas que me quedaban antes de tener que enfilar hacia el aeropuerto.

—Ya verás cómo te gustará —lo reconforté—. Aquí te cuidarán muy bien.

Sus manos continuaban temblando.

—De acuerdo —dijo con un hilito de voz casi inaudible. Noté que las lágrimas empezaban a formarse en mis ojos.

—Quiero decirte una cosa. —Aspiré aire profundamente, intentando centrar mis pensamientos—. Sólo quiero que sepas que creo que has sido un padre ejemplar. Has tenido que serlo, para poder aguantar a un hijo como yo.

Mi padre no respondió. En el silencio reinante, sentí que todas esas emociones que siempre había querido expresarle pujaban por escapar de mi boca, palabras que se habían ido formando a lo largo de toda mi existencia.

—Lo digo en serio, papá. Siento todas mis tonterías, esas que has tenido que soportar, y siento no haber podido estar más tiempo contigo. Eres la mejor persona que he conocido. Eres el único que jamás se ha enfadado conmigo; jamás me has juzgado y, en cierta manera, tú me enseñaste más acerca de la vida de lo que cualquier hijo podría esperar de su padre. Siento no poder quedarme ahora aquí contigo, y no sabes cómo me odio por hacerte esta mala jugada. Pero tengo miedo, papá, y no sé qué más puedo hacer.

Oía mis propias palabras surgir con un tono rasposo e inse-

237

guro, y lo único que en esos momentos deseaba era que él me abrazara.

—De acuerdo —dijo finalmente.

Sonreí ante su respuesta. No pude evitarlo.

—Te quiero, papá.

Ante esta última declaración, él sí supo qué decir, ya que siempre había formado parte de su rutina.

—Yo también te quiero, John.

Lo abracé, luego me levanté y le llevé el último ejemplar del *Greysheet*. Cuando llegué a la puerta, me detuve una vez más y lo miré a la cara.

Por primera vez desde que habíamos llegado a la residencia geriátrica, su miedo parecía haberse desvanecido. Se acercó la revista a la cara y pude ver cómo la página temblaba levemente. Sus labios se movían mientras se concentraba en las palabras, y me obligué a quedarme unos segundos allí de pie, observándolo, deseando memorizar su cara para siempre.

Fue la última vez que lo vi con vida.

Capítulo 17

$\mathcal{M}$i padre murió siete semanas después; me concedieron un permiso especial para asistir al funeral.

El vuelo de regreso a Estados Unidos transcurrió como un sueño confuso. Me pasé todo el rato mirando por la ventana hacia el impreciso océano gris, a miles de kilómetros bajo mis pies, y pensando que me habría gustado estar con él en los últimos días de su vida. No me había afeitado ni duchado, ni siquiera me había cambiado de ropa desde que me enteré de la noticia, como si temiera que el hecho de reanudar mi rutina diaria implicara que finalmente aceptaba la idea de que él ya no estaba en este mundo.

En la terminal del aeropuerto y en el trayecto hasta mi casa, empecé a notar una creciente rabia por las escenas que presenciaba a mi alrededor. Veía a gente conduciendo o caminando, entrando y saliendo de algún centro comercial, actuando de un modo normal, pero para mí nada era normal.

Al llegar a casa recordé que había desconectado todos los dispositivos eléctricos dos meses antes. Sin luz, la vivienda parecía extrañamente aislada en la calle, como si estuviera fuera de lugar. «Igual que mi padre», pensé. «O yo», reflexioné. De alguna manera, ese pensamiento me ayudó a acercarme hasta la puerta.

De la rendija de la puerta de nuestra casa sobresalía la tarjeta de presentación de un abogado llamado William Benjamin; en el dorso, aseguraba ser el representante legal de mi padre. Como no había línea telefónica, tuve que llamarlo desde la casa de la vecina, y me sorprendió verlo aparecer por la casa a primera hora de la mañana siguiente, con un maletín bajo el brazo.

Lo invité a pasar en la casa poco iluminada, y él tomó asiento en el sofá. Su traje debía de costar más de lo que yo ganaba en dos meses. Después de presentarse y de darme el pésame, se inclinó hacia delante.

—Estoy aquí porque apreciaba a su padre. Fue uno de mis primeros clientes, así que mis servicios no le costarán nada. Vino a verme justo después de que usted naciera para redactar el testamento, y cada año, en el mismo día, recibía una carta de correo certificada de su parte en la que me listaba todas las monedas que había comprado. Le expliqué todo lo concerniente a los impuestos que debía pagar al fisco, así que él mantuvo todas sus cuentas claras desde que usted era un chiquillo.

Yo estaba demasiado aturdido para hablar.

—De todos modos, hace seis semanas me escribió una carta informándome de que usted tenía finalmente las monedas en su posesión; quería asegurarse de que todo estaba en orden, así que actualicé su testamento una última vez. Cuando me dijo el nombre del geriátrico donde se alojaba, supuse que su estado de salud no debía de ser muy bueno, así que lo llamé. No me dijo muchas cosas, pero me dio permiso para hablar con el director. Éste me prometió que me informaría si su padre fallecía para que pudiera ponerme en contacto con usted. Así que aquí me tiene.

Empezó a rebuscar dentro de su maletín.

—Ya sé que está organizando los preparativos del funeral, y que es un mal momento, pero su padre me dijo que usted probablemente no se quedaría muchos días, y que le entregara su voluntad lo antes posible. Que conste que ésas fueron sus palabras, y no las mías. Veamos, aquí está. —Me entregó un sobre, repleto de papeles—. Su testamento, una lista de cada moneda de la colección, incluyendo la calidad y la fecha de compra, y todos los preparativos para el funeral, que ya está pagado, por cierto. Le prometí que verificaría la autenticidad del testamento, pero eso no supondrá ningún problema, puesto que

240

como única propiedad ha dejado esta casa, y usted es su único heredero... Además, si quiere, puedo encontrar a alguien que se encargue de tirar todos los trastos que usted no quiera conservar y también organizar la venta de la casa. Su padre dijo que probablemente usted no tendría tiempo para ocuparse de esos quehaceres. —Cerró el maletín—. Tal y como ya le he dicho antes, realmente apreciaba a su padre. Por lo general me toca convencer a la gente de la importancia de todos esos detalles, pero con su padre no hizo falta. Era un hombre muy metódico.

—Sí —asentí—. Lo era.

Tal y como el abogado me había anunciado, constaté que todo estaba dispuesto hasta el último detalle. Mi padre había elegido el tipo de servicio funerario que deseaba, así como la ropa con la que quería ser enterrado, incluso había elegido su propio ataúd. Conociéndolo, supongo que debería de haberlo esperado, pero únicamente reforzó mi certeza de que jamás llegué a comprenderlo del todo.

A su funeral, en un caluroso y lluvioso día de agosto, no asistió mucha gente. Dos antiguos compañeros de trabajo de mi padre, el director de la residencia geriátrica en la que había pasado sus últimos días, el abogado y la vecina que se había encargado de cuidar de él fueron las únicas personas que permanecieron a mi lado durante el entierro. Me partió el corazón —absolutamente, en mil pedazos— que en todo el mundo, sólo esa gente hubiera sabido apreciar la extraordinaria gentileza de mi padre. Cuando el cura acabó las oraciones, me susurró al oído si quería añadir alguna cosa. Por entonces mi garganta estaba tan tensa como una cuerda, y tuve que realizar un enorme esfuerzo para poder realizar un simple movimiento negativo con la cabeza en señal de que declinaba su ofrecimiento.

De vuelta a casa, me senté tentativamente en la punta de la cama de mi padre. La lluvia había cesado, y la mortecina luz del sol se filtraba por la ventana. La casa desprendía un olor a hu-

241

medad muy fuerte, pero todavía podía oler el aroma de mi padre en su almohada. A mi lado tenía el sobre que el abogado me había traído. Vacié su contenido. El testamento estaba arriba de todo, junto con otros documentos. Después vi la fotografía enmarcada que mi padre había quitado de encima de su mesa tantos años atrás, la única fotografía en que salíamos los dos.

Me la acerqué a la cara y la contemplé hasta que las lágrimas anegaron mis ojos.

Poco después, esa misma tarde, Lucy, mi antigua novia, vino a verme. Cuando la vi en el umbral de la puerta, no supe qué decir. Ya no quedaba nada de la muchacha bronceada de mis años mozos; en su lugar había una mujer ataviada con un costoso traje pantalón de color oscuro y una blusa de seda.

—Lo siento mucho, John —susurró, mientras se me acercaba.

Nos abrazamos, y así permanecimos un rato. La sensación de su cuerpo contra el mío ejerció un efecto balsámico, como un vaso de agua fresca en un caluroso día de verano. Aspiré el aroma suave de su perfume, uno que no reconocí, pero que me hizo pensar en París, a pesar de que nunca había pisado esa ciudad.

—Leí la esquela en el diario —dijo después de apartarse—. Siento no haber podido asistir al funeral.

—No pasa nada —respondí. Después señalé hacia el sofá—. ¿Quieres pasar?

Lucy se sentó a mi lado, y cuando me fijé en que no llevaba anillo de casada, ella movió involuntariamente la mano.

—No salió bien —aclaró—. Me divorcié el año pasado.

—Lo siento.

—Yo también —suspiró, y luego me cogió la mano—. ¿Estás bien?

—Sí —mentí—, estoy bien.

Hablamos durante un rato de los viejos tiempos; ella no podía creer mi alegato de que su última llamada telefónica fue lo que me impulsó a alistarme en el Ejército. Le dije que era exactamente lo que necesitaba en ese momento. Ella me habló de su trabajo —ayudaba a diseñar y a montar los espacios que ocupaban las tiendas en los grandes centros comerciales— y me pidió que le describiera mi experiencia en Iraq. Le conté la anécdota de la arena. Ella rio y después no me preguntó nada más sobre ese tema. Al cabo de un rato, nuestra conversación se fue apagando mientras nos dábamos cuenta de lo mucho que ambos habíamos cambiado. Quizá fuera porque un día habíamos estado tan unidos, o quizá porque ella era una mujer, pero podía notar cómo me escrutaba, y ya sabía lo que me iba a preguntar a continuación:

—Estás enamorado, ¿verdad? —susurró.

Entrelacé las manos sobre mi regazo y desvié la vista hacia la ventana. Fuera, el cielo se había cubierto nuevamente con nubarrones oscuros que presagiaban más lluvia.

—Sí —admití.

—¿Cómo se llama?

—Savannah.

—¿Está aquí?

Dudé antes de contestar.

—No.

—¿Quieres hablar de ello?

Quería decirle que no, que no me apetecía hablar de ello. En el ejército había aprendido que los cuentos de amor como el nuestro resultaban tediosos a la vez que predecibles, y a pesar de que todo el mundo pedía que le contaran los detalles, nadie deseaba escucharlos.

Sin embargo, le conté la historia de cabo a rabo, con más detalles de los que incluso me proponía confesar; más de una vez, ella me apretó la mano. No me había dado cuenta de lo duro que había sido guardar todos esos sentimientos en mi interior. Cuando acabé mi relato, creo que ella se dio cuenta de que necesitaba estar solo. Me besó en la mejilla y se marchó, y cuando se hubo marchado, deambulé por la casa durante horas. Recorrí cada habitación, pensando en mi padre y en Savannah, sintiéndome fuera de lugar; poco a poco, me di cuenta de que lo que quería era ir a otro lugar.

243

Capítulo 18

Esa noche dormí en la cama de mi padre, la única vez que lo he hecho en toda mi vida. La tormenta había cesado y la temperatura había subido hasta un punto incómodo. Ni siquiera hallé alivio ante el calor sofocante tras abrir las ventanas de par en par; inquieto, no dejé de dar vueltas en la cama durante horas. Cuando me levanté a la mañana siguiente con una gran sensación de fatiga, encontré las llaves del coche de mi padre en la cocina. Lancé mi petate en el asiento trasero y recogí varias cosas que quería conservar de la casa. Aparte de la fotografía, no había gran cosa. Después llamé al abogado y acepté su oferta de encontrar a alguien que tirara todos los trastos y vendiera la casa. Dejé la llave de la puerta principal dentro del buzón.

En el garaje, necesité sólo unos pocos segundos para poner en marcha el motor del automóvil. Di marcha atrás hasta salir a la calle, cerré la puerta del garaje, y me aseguré de que todo quedaba cerrado con llave. Contemplé la casa desde el patio, pensando en mi padre y con la certeza de que nunca más volvería a ver ese lugar.

Conduje hasta la residencia geriátrica. Recogí las pertenencias de mi padre, luego me marché de Wilmington, tomé la autopista en dirección hacia el oeste y puse el cambio automático. Habían transcurrido muchos años desde la última vez que había visto ese tramo de la carretera; no presté mucha atención al

tráfico, pero la sensación de familiaridad me abordaba a olea-
das. Pasé por las ciudades de mi juventud. Atravesé Raleigh y
me dirigí hacia Chapel Hill, donde los recuerdos emergían en
mi mente con una dolorosa intensidad, hasta que me sorprendí
a mí mismo pisando el acelerador, en un intento de dejar atrás
todos esos retales de mi vida.

Pasé por Burlington, Greensboro y Winston-Salem. Únicamente hice una parada para repostar combustible a primera
hora del día, que aproveché también para comprar una botella
de agua. No volví a detenerme en todo el trayecto, ya que no
tenía hambre; lo único que hice fue tomar sorbos de agua de
vez en cuando. La fotografía en la que salía junto a mi padre estaba boca arriba en el asiento del copiloto; cada vez que la miraba intentaba evocar al muchacho del retrato. Al cabo de un
rato, tomé el desvío hacia el norte, siguiendo una pequeña carretera que discurría entre unas montañas moteadas de diversos tonos azules que se extendían de norte a sur, una bella ele-
vación en la corteza terrestre.

A última hora de la tarde, aparqué el coche delante de un
motel situado justo a la salida de la carretera. Sentía el cuerpo
entumecido, y tras realizar unos estiramientos durante varios
minutos, me duché y me afeité. Me puse un par de pantalones
vaqueros limpios y una camiseta, y me debatí entre salir a cenar o quedarme en la habitación, pero todavía no tenía hambre. Con el disco solar en descenso en el horizonte, el aire no
ofrecía ni una pizca del asfixiante calor húmedo de la costa, y
aspiré el aroma de las coníferas proveniente de las montañas.
Allí era donde Savannah había nacido, y tenía la certeza de que
todavía la encontraría allí.

Aunque podría haberme acercado a la casa de sus padres y
haberles preguntado directamente por su paradero, decliné la
idea ante la incertidumbre de cómo reaccionarían ellos con mi
presencia. En lugar de eso, conduje por las calles de Lenoir,
atravesé el distrito comercial, lleno de tiendas y de una variada
oferta de restaurantes de comida rápida, y aminoré la marcha
sólo cuando llegué a la parte menos concurrida de la ciudad.
Allí se extendía la parte de Lenoir que no había cambiado,

245

donde los recién llegados y los turistas eran siempre bien recibidos como visitantes, pero jamás serían considerados parte de esa comunidad. Aparqué delante de un salón de billar ruinoso, un lugar que me recordó algunos de los espacios que frecuentaba en la adolescencia. En las ventanas había colgados anuncios de cerveza con luces de neón, y el aparcamiento estaba lleno a rebosar. Sabía que en un lugar como ése encontraría la información que buscaba.

Entré. En la máquina de música sonaba una canción *country* de Hank Williams, y el ambiente estaba enrarecido por las finas columnas de humo que se desprendían de los cigarrillos. Las mesas de billar estaban dispuestas todas juntas; cada jugador lucía una gorra de béisbol; dos de ellos tenían una bola de tabaco de mascar en sus mejillas. Las paredes estaban decoradas con trofeos de metal, rodeados de un sinfín de objetos de recuerdo de las carreras de coches NASCAR. Había fotos de los circuitos de Talladega y Martinsville, North Wiklesboro y Rockingham, y a pesar de que mi opinión acerca de ese deporte no había cambiado, ese decorado me relajó incomprensiblemente. En una esquina del bar, debajo de la cara sonriente de Dale Earnhardt, el legendario piloto de carreras, había una jarra llena de monedas, con una nota en una etiqueta en la que se solicitaban donativos para ayudar a una víctima de cáncer de la ciudad. Sentí un inesperado impulso de compasión y lancé un par de dólares.

Tomé asiento en la barra y me entretuve conversando con el camarero. Tenía mi edad y su acento marcado se parecía al de Savannah. Después de veinte minutos de distendida charla, saqué la foto de Savannah del billetero y le expliqué que era una amiga de la familia. Cité el nombre de sus padres e hice preguntas que dejaban entrever que ya había estado en ese sitio antes.

El camarero se mostró receloso, lo cual me pareció absolutamente normal. En las ciudades pequeñas, la gente muestra una tendencia a defenderse los unos a los otros de la curiosidad de los intrusos, pero al parecer él había pasado un par de años en el Cuerpo de Marines, lo cual resultó ser de gran ayuda. Al cabo de un rato, asintió con la cabeza.

—Sí, sé quién es —dijo—. Vive en las afueras, en Old Mill Road, cerca de la casa de sus padres.

Eran más de las ocho de la tarde, y el cielo se iba tiñendo con unas oscuras tonalidades grises. Diez minutos más tarde, le dejé una buena propina y me encaminé hacia la puerta.

Curiosamente, mi mente estaba en blanco cuando me adentré en el paraíso de los caballos. Por lo menos, ésa había sido mi impresión la última vez que estuve allí. La carretera por la que conducía se volvió más empinada. Comencé a reconocer algunas marcas del terreno. Sabía que al cabo de pocos minutos pasaría por delante de la casa de Savannah. Cuando lo hice, me incliné sobre el volante, buscando el siguiente corte en la valla antes de girar y acceder a una larga carretera de gravilla. Cuando tomé la curva, me fijé en un letrero pintado a mano que anunciaba un sitio denominado: «*Hope and Horses*».

El traqueteo de las ruedas del coche mientras rodaban por encima de la gravilla me resultó absurdamente reconfortante, y me detuve bajo un sauce, al lado de un todoterreno destartalado. Centré la vista en la casa blanca de planta cuadrada, con la pintura ajada, el tejado acabado en pico y una chimenea que apuntaba hacia el cielo. Parecía emerger de la tierra como una imagen fantasmagórica que hubiera tardado cien años en formarse. Una bombilla alumbraba la deteriorada puerta de la entrada, y una pequeña planta descollaba de una maceta colgada junto a una bandera americana; ambas se mecían rítmicamente con la brisa. En uno de los flancos de la casa había un granero ruinoso y un pequeño corral; después, un campo de hierba verde y fresca, cercado por una pulida valla de maderos blancos que se perdía entre una hilera de robles imponentes. Al lado del granero se erigía un cobertizo, y en las sombras pude distinguir las siluetas de unos aperos deteriorados. De pronto me pregunté qué estaba haciendo allí.

Aún no era tarde para marcharme, pero me quedé paralizado, incapaz de dar la vuelta y regresar por la misma carretera por la que había llegado. El cielo refulgía con tonos rojos y amarillentos antes de que el sol decidiera ocultarse por completo detrás de la línea del horizonte para dejar las montañas sumidas en una extraña oscuridad. Me apeé del coche y me acerqué a la casa. El rocío de la hierba humedecía la punta de mis zapatos; aspiré el aroma de las coníferas otra vez. Podía escuchar el canto de los grillos y la llamada imperturbable de un ruiseñor. Los sonidos me confirieron la fuerza necesaria para encaramarme al porche. Intenté pensar en lo que iba a decir si ella salía a recibirme. O qué le diría a él. Mientras decidía qué hacer, un perro labrador vino a mi encuentro meneando la cola.

Alcé la mano. El animal la lamió amistosamente antes de dar media vuelta y bajar los peldaños trotando. Su cola seguía moviéndose hacia ambos lados mientras se dirigía a uno de los flancos de la casa, y al escuchar la misma llamada que me había guiado hasta Lenoir, bajé del porche y lo seguí. El perro se agazapó hasta prácticamente tocar el suelo con el vientre, se arrastró por debajo de la valla y después trotó hacia el granero.

248

Tan pronto como el perro desapareció, vi que Savannah salía del granero con un par de balas de heno bajo los brazos. En la pradera, los caballos se le aproximaron al tiempo que ella empezaba a esparcir el heno en los pesebres. Continué avanzando. Ya se disponía a volver al granero cuando me vio de soslayo. Dio un paso, volvió a mirarme y después se quedó paralizada.

Por un largo instante, ninguno de los dos se movió. Con su mirada fija en la mía, me di cuenta de que había cometido un error al pasar a verla de ese modo, sin previo aviso. Sabía que tenía que decir algo, cualquier cosa, pero no se me ocurría nada. Lo único que podía hacer era seguir mirándola.

Los recuerdos se agolparon en tropel en mi mente. Me fijé en lo poco que había cambiado desde la última vez que la había visto. Igual que yo, Savannah llevaba un par de pantalones vaqueros, una camiseta considerablemente sucia y unas botas de montar desgastadas y llenas de mugre. En cierta manera, su aspecto desaliñado le confería un aire campestre que se podría definir como... atractivo. Su pelo era más largo de como lo recordaba, pero todavía tenía la pequeña separación entre los dientes frontales que siempre me había parecido tan seductora.

—Savannah —dije al fin.

No fue hasta el momento en que hablé cuando me di cuenta de que ella se había quedado tan sorprendida como yo. De repente, esbozó una amplia sonrisa de inocente placer.

—¿John? —exclamó.

—Me alegro de volver a verte.

Ella sacudió la cabeza, como si intentara despertarse de un sueño, luego volvió a escrutarme de arriba abajo. Cuando finalmente se convenció de que no estaba delante de un espejismo, se acercó corriendo a la valla y la rodeó. Un momento después pude notar sus brazos alrededor de mi cuello; la calidez de su cuerpo me daba la bienvenida. Por un segundo pensé que nada había cambiado entre nosotros. Quería abrazarla para siempre, pero cuando se apartó, la ilusión se desmoronó, y de nuevo nos convertimos en dos extraños. Su expresión proyectaba la pregunta que había sido incapaz de contestar durante el largo trayecto hasta allí.

—¿Qué haces aquí?

Aparté la vista.

—No lo sé. Simplemente necesitaba venir.

A pesar de que no me preguntó nada, su expresión proyectaba una mezcla de duda y curiosidad, como si no estuviera segura de si quería una explicación más detallada. Retrocedí un paso, para darle más espacio. Podía ver las siluetas ensombrecidas de los caballos en la oscuridad, y sentí el peso de los sucesos de los últimos días.

—Mi padre ha muerto —susurré, y las palabras parecieron salir de la nada—. Sólo he venido por el funeral.

Savannah permaneció callada, y su expresión se suavizó hasta adoptar esos rasgos de espontánea compasión que un día tanto me habían atraído.

—Oh, John…, lo siento —murmuró.

Volvió a aproximarse. Esta vez en su abrazo noté un gran afecto. Cuando se apartó, su rostro ponía de manifiesto su tristeza.

249

—¿Cómo ha sucedido? —preguntó, asiéndome cariñosamente de la mano.

Podía detectar auténtico pesar en su voz. Hice una pausa, sintiéndome incapaz de resumir los dos últimos años en una sola frase.

—Es una larga historia —concluí.

Bajo el brillo de las luces del granero, pensé que podía ver en su mirada ciertos recuerdos que ella quería mantener enterrados, retales de una vida que hacía tiempo que había pasado. Cuando me soltó la mano, vi el anillo de casada brillando en el dedo de su mano izquierda. La visión me propinó una dosis de la fría realidad.

Ella reconoció mi expresión.

—Sí —afirmó—. Estoy casada.

—Lo siento, no debería haber venido —balbucí, negando con la cabeza.

Su reacción me sorprendió, ya que ondeó la mano levemente antes de proclamar:

250

—No pasa nada. —Ladeó la cabeza y me preguntó—: ¿Cómo me has encontrado?

—Oh, es una ciudad pequeña. —Me encogí de hombros—. Se lo he preguntado a una persona.

—Y... ¿te lo ha dicho, así, sin más?

—He sido persuasivo.

Todo aquello era extraño. Ninguno de los dos parecía saber qué decir. En parte deseaba continuar allí de pie, mientras los dos retomábamos la amistad perdida y nos contábamos lo que había sucedido en nuestras vidas desde la última vez que nos habíamos visto. No obstante, al mismo tiempo, temía que su marido apareciera de un momento a otro por la puerta y que, o bien me tendiera la mano, o bien me retara a una pelea. El silencio se rompió con el relincho de un caballo. Por encima del hombro de Savannah divisé cuatro caballos con las cabezas bajas y hundidas en los pesebres, entre las sombras y el círculo de luz del granero. Otros tres, incluido *Midas*, estaban mirando a Savannah, como preguntándose si se había olvidado de ellos. Finalmente ella hizo una señal por encima del hombro.

—He de encargarme de ellos. Es su hora de comer, y se están impacientando.

Cuando asentí con la cabeza, Savannah dio un paso hacia delante, luego se giró. Justo cuando llegó a la valla, me preguntó:

—¿Quieres echarme una mano?

Dudé unos instantes. Miré descaradamente hacia la casa. Ella siguió mi mirada.

—No te preocupes. No está aquí, y la verdad es que me irá muy bien tu ayuda. —Su voz era sorprendentemente tranquila.

A pesar de que no estaba seguro de cómo interpretar su respuesta, asentí.

—Será un placer.

Ella esperó hasta que me acerqué y cerró la valla detrás de mí. Señaló hacia una pila de estiércol.

—Vigila con sus excrementos, porque te mancharán los zapatos.

Esbocé una sonrisa.

251

—Lo intentaré.

En el granero, separó una bala de heno, después otras dos y me las pasó.

—Esparce el heno en los siguientes pesebres. Yo iré a buscar la avena.

Hice lo que me ordenó. Los caballos se acercaron a los pesebres. Savannah regresó con un par de cubos de avena.

—Será mejor que les dejes espacio para comer. Podrían darte un empujón sin querer.

Me aparté un poco. Savannah colgó los cubos en la valla. El primer grupo de caballos trotó hacia la avena. Savannah los observó, con evidente orgullo.

—¿Cuántas veces has de darles de comer?

—Dos veces al día, cada día. Pero no todo acaba ahí. Te quedarías sorprendido de lo torpes que pueden ser a veces. Siempre estamos avisando al veterinario.

Sonreí.

—Por lo visto supone un trabajo de jornada completa.

—Así es. Dicen que tener un caballo es como vivir con un ancla a cuestas. A menos que recibas ayuda de alguien, el día a día es muy duro, incluso durante el fin de semana.

—¿Tus padres te ayudan?

—A veces. Cuando realmente los necesito. Pero mi padre se está haciendo viejo, y existe una gran diferencia entre encargarse de un caballo y cuidar a siete.

—Ya me lo imagino.

En el cálido abrazo de la noche, oí el monótono canto de las cigarras mientras procuraba impregnarme de la paz de ese refugio y sosegar mis pensamientos completamente desbordados.

—Es exactamente el lugar donde imaginé que vivirías —dije al final.

—Yo también. Pero es mucho más duro de lo que pensé. Siempre hay algo que reparar. No te puedes ni imaginar los problemas que tenemos en el granero, y buena parte de la valla se desmoronó el pasado invierno. Invertimos muchas horas de trabajo durante la primavera en repararla.

Al oír que pronunciaba el verbo «invertimos» en plural, supuse que se refería a su marido; todavía no estaba preparado para abordar esa cuestión, y ella tampoco parecía lista para hacerlo.

—Pero es un lugar muy bonito, aunque suponga esa considerable carga de trabajo. En noches como ésta, me gusta sentarme en el porche y escuchar los sonidos de la naturaleza. Apenas se oyen coches, y hay tanta… paz. Me ayuda a despejar la mente, especialmente después de… un día largo y duro.

Mientras Savannah hablaba, noté cómo medía las palabras, y presentí su deseo de mantener nuestra conversación en un plano seguro.

—Me lo imagino.

—Necesito limpiarles los cascos a los caballos —anunció—. ¿Te apuntas?

—No sé qué tengo que hacer —admití.

—Es fácil, yo te enseñaré.

Desapareció dentro del granero, y volvió con lo que parecían dos cuchillos curvos. Me entregó uno. Mientras los caballos comían, ella se aproximó a uno.

—Lo único que tienes que hacer es levantarle la pata así y apoyarla aquí —me instruyó, realizando una demostración. El caballo, ocupado con su heno, alzó obedientemente la pezuña, y ella la puso entre sus piernas—. Luego sólo tienes que quitarle la suciedad alrededor de la herradura. Ya está.

Me dirigí hacia el caballo que ella tenía a su lado e intenté imitar sus movimientos, pero no pasó nada. El animal era demasiado grande y testarudo. Intenté otra vez obligarle a doblar la pata, pero el caballo continuó comiendo, sin hacer caso de mis esfuerzos.

—No quiere alzar la pata —protesté.

Savannah acabó de limpiar la pezuña que la mantenía ocupada, luego se inclinó hacia mi caballo. Tras unos segundos, la pezuña estaba colocada correctamente entre sus piernas.

—Claro que la levanta, pero sabe que tú no sabes lo que estás haciendo y que te sientes incómodo con él. Tienes que hacerlo con confianza.

Dejó caer la pata del animal, y yo ocupé su lugar y volví a intentarlo. El caballo volvió a ignorarme una vez más.

—Fíjate en cómo lo hago —me dijo con un tono relajado.

—Pero si ya me fijo —protesté.

Ella repitió los movimientos, y el caballo alzó la pata. Un momento más tarde, hice exactamente lo mismo que ella, y el caballo me ignoró. A pesar de que no podía alegar que era capaz de leer la mente de ese cuadrúpedo, tuve la extraña sensación de que se estaba riendo de mí. Frustrado, lo seguí intentando, hasta que al final, como por arte de magia, la pata del caballo se alzó. A pesar de la naturaleza mínima de mi logro, me sentí invadido por una sensación de orgullo. Por primera vez desde que había llegado, Savannah se rio.

—Buen trabajo. Ahora sólo tienes que rascar para sacarle el barro y hacer lo mismo con la otra pezuña.

Savannah había acabado con los seis caballos restantes cuando yo finalmente acabé con el mío. Cuando terminamos, abrió la valla y los caballos salieron trotando para perderse en

253

la pradera negra. No estaba seguro de qué esperar, pero Savannah enfiló hacia el cobertizo. De allí sacó dos palas.

—Ahora toca limpiar todo esto —indicó, pasándome una pala.

—¿Limpiar?

—El estiércol. Si no, no habrá quien se acerque por aquí mañana.

Tomé la pala.

—¿Y haces esto cada día?

—La vida es maravillosa, ¿no te parece? —bromeó. Se marchó de nuevo y regresó con una carretilla.

Mientras empezamos a llenarla con el estiércol, la cuña de la luna comenzó a emerger por encima de las copas de los árboles. Trabajamos en silencio, con el ruido cadencioso de su pala y el ritmo continuado llenando el aire. Cuando ambos hubimos acabado, me apoyé en la pala y la observé detenidamente. En las sombras de la explanada del granero, parecía tan adorable y distante como un espectro. No dijo nada, pero podía notar que me estaba evaluando.

—¿Estás bien? —le pregunté al final.

—¿Por qué has venido, John?

—Ya me lo has preguntado antes.

—Sé que lo he hecho, pero no me has contestado con sinceridad.

La estudié. Era cierto, no lo había hecho. No estaba seguro de poder explicarme ni tan siquiera a mí mismo los motivos; alterné el peso de un pie al otro.

—No sabía adónde más podía ir.

Su reacción me cogió por sorpresa.

—Ya.

Fue su tono tajante lo que me impulsó a continuar para excusarme.

—De verdad —declaré—. En cierta manera, has sido la mejor amiga que jamás he tenido.

Vi cómo se suavizaba su expresión.

—Muy bien —contestó.

Su respuesta me hizo pensar en mi padre. Después de que

pronunciara aquellas dos palabras, es posible que incluso ella también se diera cuenta de esa conexión. Me esforcé por echar una ojeada a la casa.

—Éste es el rancho con el que soñabas, ¿no? *Hope and Horses* es una granja para niños autistas, ¿no es así? —deduje.

Ella se pasó la mano por el pelo y se aderezó un mechón rebelde detrás de la oreja. Por lo visto le gustó que me acordara de ese detalle.

—Sí, así es.

—¿Es tal y como lo habías imaginado?

Se echó a reír y alzó las manos.

—A veces. Pero no creas que da suficiente como para pagar todas las facturas. Los dos dependemos de otro trabajo, y cada día me doy cuenta de que en la universidad no aprendí tantas cosas como creía.

—¿Ah, no?

Sacudió la cabeza.

—Algunos de los niños que pasan por aquí, o por el Centro de Evaluación del Desarrollo Infantil, son casos realmente difíciles. —Dudó, como si intentara encontrar las palabras adecuadas. Finalmente meneó la cabeza—. Supongo que pensaba que todos serían como Alan, ¿entiendes? —Alzó la vista—. ¿Recuerdas que te hablé de él?

Cuando asentí, ella continuó.

—Por lo visto, la situación de Alan era especial. No sé, quizá porque se había criado en un rancho, pero se adaptó a esta terapia con más facilidad que la mayoría de los niños.

Cuando Savannah no continuó, la miré con una palmaria curiosidad.

—Pues yo no lo recuerdo así. Por lo que me dijiste, Alan estaba aterrorizado al principio.

—Sí, lo sé, pero… acabó por acostumbrarse. Y ésa es la cuestión. No puedo decirte el número de niños que tenemos aquí que nunca se adaptarán, por más esfuerzos que invirtamos en ellos. No se trata de una actividad de fin de semana; algunos niños vienen con regularidad durante más de un año. También los tratamos en el Centro de Evaluación del Desarrollo Infantil, así

255

que pasamos mucho tiempo con la mayoría de ellos, y cuando inauguramos el rancho, insistimos en que daríamos acceso a todos los niños, por más severa que fuera su condición. Nos pareció un compromiso importante, pero con algunos niños... Sólo desearía saber cómo puedo llegar hasta ellos. A veces es como si nos hubiéramos metido en un callejón sin salida.

Podía ver cómo Savannah escudriñaba en sus recuerdos.

—No digo que sea como si estuviéramos perdiendo el tiempo —prosiguió—. Algunos niños realmente sacan un excelente provecho de la terapia. Vienen y pasan un par de fines de semana, y es como... el capullo de una flor que se abre lentamente hasta convertirse en algo hermoso. Igual que pasó con Alan. Es como si pudieras ver cómo su mente se abre a nuevas ideas y posibilidades; cuando están cabalgando con una enorme sonrisa en sus caras, es como si nada más importara en el mundo. Es un sentimiento embriagador, y quieres que se repita una y otra vez, con cada niño que viene aquí. Solía pensar que se trataba de una cuestión de perseverancia, que podríamos ayudar a todo el mundo, pero no podemos. Algunos de esos niños ni siquiera acaban por acercarse al caballo, así que mucho menos se atreven a montar.

—Sabes que no es culpa tuya. A mí tampoco me entusiasmaba la idea de montar a caballo, ¿recuerdas?

Ella esbozó una sonrisita burlona, como una niña traviesa.

—Sí, lo recuerdo. La primera vez que montaste a caballo, estabas más asustado que la mayoría de los niños.

—No es verdad —protesté—. Y además, *Pepper* era fogoso.

—¡Ja! —exclamó Savannah—. ¿Por qué crees que te dejé montarlo? Es el caballo más manso que puedas imaginar. No creo que se mostrara menos sumiso contigo que con el resto de la gente que lo ha montado.

—Era fogoso —insistí.

—Hablas como un verdadero novato —se burló de mí—. Pero aunque te equivoques, me conmueve el hecho de que todavía te acuerdes.

Sus burlas desataron una imparable oleada de recuerdos.

—Claro que me acuerdo —tercié—. Fueron algunos de los

mejores días de mi vida. Jamás los olvidaré. —Por encima de su hombro, podía ver al perro correteando por la pradera—. Quizá sea por eso por lo que aún no me he casado.

Ante mis palabras, Savannah bajó la vista.

—Yo también me acuerdo de esos días.

—¿De veras?

—Claro que sí. Aunque no me creas, es cierto.

El peso de sus palabras se quedó suspendido en el aire.

—¿Eres feliz? —la interrogué finalmente.

Ella me ofreció una sonrisa poco genuina.

—Diría que la mayor parte del tiempo sí, ¿tú no?

—No lo sé —contesté, y eso la hizo reír de nuevo.

—Es tu respuesta favorita, ¿eh? Cuando tienes que ahondar en una cuestión, recurres a esa vía de salida, como un acto reflejo. Siempre lo has hecho. ¿Por qué no me preguntas lo que realmente quieres preguntarme?

—¿A qué te refieres?

—Si amo o no a mi esposo. ¿No es a eso a lo que te referías? —preguntó, desviando la vista por un momento.

257

Por un instante me quedé sin habla, pero sabía que su instinto no le había fallado. Ése era el verdadero motivo por el que estaba allí.

—Sí —confesó al fin, leyendo nuevamente mi mente—. Lo amo.

El tono incuestionablemente sincero en su voz me provocó una sensación de opresión en el pecho, pero antes de que tuviera tiempo de lamentarme, se dio la vuelta para volver a mirarme a los ojos. La ansiedad se hacía patente en su rostro, como si estuviera rememorando algo doloroso, pero rápidamente se trocó en una expresión más relajada.

—¿Has cenado? —me preguntó.

Todavía estaba intentando interpretar esa ansiedad que acababa de ver reflejada en su cara.

—No, de hecho, tampoco he desayunado ni he almorzado.

Savannah meneó la cabeza.

—Me queda un poco de estofado de ternera. ¿Tienes tiempo para quedarte a cenar?

A pesar de que de nuevo me pregunté por su marido, asentí con la cabeza.

—Será un placer.

Nos encaminamos hacia la casa y nos detuvimos cuando llegamos al porche en el que había una hilera de botas de montar viejas y llenas de barro. Savannah me cogió del brazo de un modo que me pareció distendido y natural, apoyándose en mí para no perder el equilibrio mientras se descalzaba. Fue, quizá, su forma de tocarme lo que me envalentonó para mirarla a los ojos, y a pesar de que descubrí el mismo aire misterioso y maduro que siempre la había hecho tan atractiva, noté un destello de tristeza y de reticencia al mismo tiempo. Para mi corazón partido, la combinación la hizo aún más hermosa.

Capítulo 19

Su diminuta cocina era lo que uno podría esperar encontrarse en un viejo caserón que probablemente había sido rehabilitado media docena de veces en el último siglo: con un antiguo suelo de linóleo, pelado levemente cerca de las paredes; unos armarios funcionales, blancos sin ningún adorno y con innumerables capas de pintura muy gruesas, y un inmaculado fregadero de acero inoxidable ubicado debajo de una ventana con un ajado marco de madera que probablemente hacía años que debería de haber sido reemplazado. La encimera estaba partida, y apoyado contra la pared había un horno tan viejo como la misma casa. En algunos lugares era posible ver un pequeño intento de invasión por parte del mundo moderno: una nevera enorme, un lavavajillas cerca del fregadero y un microondas puesto estratégicamente en una rinconera, al lado de una botella de vino tinto medio vacía. En cierta manera, me recordaba la casa de mi padre.

Savannah abrió un armario y sacó un vaso de vino.

—¿Te apetece tomar un poco de vino?

Sacudí la cabeza.

—Nunca me ha gustado demasiado el vino.

Me quedé sorprendido al ver que ella no volvía a guardar el vaso en el armario. En lugar de eso, asió la botella de vino medio vacía y se sirvió un vaso; lo depositó sobre la mesa y se sentó en una silla.

Yo también me senté. Savannah tomó un sorbo.

—Has cambiado —comenté.

Ella se encogió de hombros.

—Muchas son las cosas que han cambiado desde la última vez que nos vimos.

No dijo nada más, y depositó el vaso de nuevo sobre la mesa. Cuando volvió a hablar, detecté una nota de desfallecimiento en su voz.

—Nunca pensé que me convertiría en la clase de persona que busca cobijo en un vaso de vino al atardecer, pero ésa es la verdad.

Empezó a jugar con el vaso. Me pregunté qué había pasado con la antigua Savannah que yo recordaba.

—¿Sabes cuál es la mayor ironía? Que al menos sé apreciar si es un buen vino o no. Al principio no sabía distinguir la diferencia. Ahora, sin embargo, me he vuelto bastante selectiva cuando voy a comprarlo.

Me costaba reconocer a la mujer que se hallaba sentada frente a mí, y no estaba seguro de cómo responder.

260

—No me malinterpretes —prosiguió—. Todavía recuerdo todo lo que me enseñaron mis padres, y prácticamente nunca tomo más de un vaso cada noche. Pero puesto que Jesús convirtió el agua en vino, tengo la impresión de que no puede ser un pecado tan terrible.

Sonreí ante la lógica, reconociendo que no era justo aferrarme al retrato inalterado que yo guardaba de ella.

—No tienes que excusarte.

Por un momento, el único sonido en la cocina fue el constante runrún de la nevera.

—Siento mucho lo de tu padre —dijo, resiguiendo con el dedo una grieta en la superficie de la mesa—. De veras. No creerás cuántas veces he pensado en él en los últimos años.

—Gracias.

Savannah empezó de nuevo a jugar con el vaso, dándole vueltas, con los ojos perdidos en el remolino del líquido.

—¿Quieres hablar de ello? —me preguntó.

No estaba seguro de si quería hacerlo, pero me recosté en la silla y las palabras fluyeron por mi boca con una pasmosa facilidad. Le conté lo del primer ataque al corazón de mi padre, y el segundo, y el tiempo que compartimos en los dos últimos años. Le conté lo de nuestra creciente amistad y que me sentía cómodo con él, nuestros paseos diarios hasta que tuvo que abandonar ese hábito. Recordé mis últimos días con él y la agonía de tenerlo que encerrar en un geriátrico. Cuando describí el funeral y la fotografía que encontré en el sobre, ella me estrechó la mano.

—Celebro que la guardara para ti —dijo—, aunque no me sorprende.

—Pues a mí sí que me sorprendió —apostillé, y ella se puso a reír. El sonido de su risa me pareció reconfortante.

Savannah apretó mi mano.

—Lamento no haberme enterado a tiempo. Me habría gustado asistir a su funeral.

—No te perdiste gran cosa.

—No tenía que ser espectacular. Él era tu padre, y eso es todo lo que importa. —Savannah dudó antes de soltarme la mano, acto seguido tomó otro sorbo de vino.

—¿Estás listo para cenar? —preguntó.

—Hummm… No lo sé —respondí, y me sonrojé al reflexionar sobre su último comentario.

Se inclinó hacia mí y me dedicó una sonrisita burlona.

—Mira, yo te caliento un plato de estofado y ya veremos qué pasa.

—¿Está bueno? —pregunté—. Quiero decir…, antes nunca mencionaste que supieras cocinar.

—Es la receta especial de mi familia —replicó, fingiendo estar ofendida—. Pero si quieres que sea sincera…, te diré que lo ha preparado mi madre. Me lo trajo ayer.

—Ah, la verdad siempre acaba por aflorar.

—Eso es lo más triste de la verdad —respondió—, que normalmente suele aflorar.

Se levantó, abrió la nevera y se inclinó para hurgar entre los estantes. Mientras ella sacaba un recipiente de plástico, me pregunté por el anillo que lucía en uno de sus dedos, así como por dónde debía de estar su marido. Vertió parte del estofado en un cuenco y lo metió en el microondas.

261

—¿Te apetece algo más? ¿Qué te parece unas rebanadas de pan con mantequilla?

—Me parece genial —convine.

Pocos minutos después, la comida estaba dispuesta delante de mí, y el aroma me recordó por primera vez lo hambriento que estaba. Savannah volvió a ocupar su silla y tomó el vaso de vino entre sus manos.

—¿Y tú? ¿No vas a comer?

—No tengo hambre —contestó—. La verdad es que últimamente he perdido el apetito.

Tomó un sorbo de vino mientras yo saboreaba la primera cucharada. Hice caso omiso de su comentario.

—Tienes razón, es delicioso —asentí.

Savannah sonrió.

—Mamá es una cocinera excelente. Es una pena que no haya aprendido más de sus dotes culinarias, pero siempre he estado tan ocupada… con mis estudios cuando era joven, y luego, más tarde, reformando este sitio. —Hizo una señal hacia el comedor—. Es una casa muy vieja. Ya sé que no lo parece, pero en los dos últimos años he invertido un montón de horas en ella.

—Tiene un aspecto fantástico.

—Sé que sólo lo dices por diplomacia, pero te lo agradezco. Deberías de haber visto este sitio cuando vine a vivir aquí. Era como una especie de granero, ¿sabes? Necesitábamos un nuevo techo, pero es curioso, nadie piensa en el tejado cuando se imagina una rehabilitación de una casa. Es una de esas cosas que todo el mundo espera que la casa tenga, pero jamás piensa que un día habrá que reemplazarlo. Casi todo lo que hemos hecho encaja en esa categoría. Bombas de calor, ventanas térmicas, arreglar los desperfectos ocasionados por las termitas… Los días parecían no tener fin. —Una expresión soñadora se proyectó en su rostro—. Prácticamente hicimos solos todo el trabajo. Como con esta cocina. Sé que necesitamos armarios nuevos y arreglar el suelo, pero cuando vinimos aquí, había charcos en el comedor y en las habitaciones cada vez que llovía. ¿Qué se suponía que teníamos que hacer? Teníamos que establecer prioridades, y una de las primeras cosas que hicimos fue arrancar todas las tejas viejas del tejado. Imagínate, hacía un calor infernal y yo estaba allí arriba encaramada, con una pala, arrancando tejas, con ampollas en las manos. Pero... me daba igual, ¿sabes? Dos personas jóvenes y llenas de ilusión que se abren paso en el mundo, trabajando juntas y reparando su propia casa. Había una sensación de... camaradería. Lo mismo sucedió cuando reparamos el suelo en el comedor. Nos llevó un par de semanas alisarlo con arena hasta nivelarlo de nuevo. Le aplicamos una capa de pintura y luego añadimos una capa de barniz, y cuando finalmente terminamos, tuvimos la impresión de haber establecido los cimientos para el resto de nuestras vidas.

—Tal y como lo explicas, suena incluso romántico.

—Y en cierta manera lo era —convino. Se colocó un mechón de pelo detrás de la oreja—. Pero últimamente ya no es tan romántico. Ahora, todo parece haberse agotado.

Solté una carcajada sin proponérmelo, luego tosí y quise tomar un trago de agua de un vaso inexistente.

Savannah apartó la silla.

—Espera, te daré un poco de agua —dijo. Llenó un vaso del grifo y me lo ofreció. Mientras bebía, podía notar cómo ella me observaba.

—¿Qué pasa? —pregunté.

—No puedo dejar de pensar en lo diferente que estás.

—¿Yo? —Me resultaba difícil creer que fuera ella la que hiciera ese comentario.

—Sí, tú —insistió—. Te has hecho... mayor, en cierta manera.

—Es que soy mayor.

—Lo sé, pero no es eso. Son tus ojos. Tu mirada es... más seria ahora, como si hubiera visto cosas que no debería de haber visto. Parece más fatigada.

No dije nada. Cuando ella vio mi expresión, sacudió la cabeza, con aire apesadumbrado.

—No debería de haber dicho eso. Puedo imaginar lo que has pasado en los últimos años.

Tomé otra cucharada de estofado, mientrás pensaba en su comentario.

263

—De hecho, me marché de Iraq a principios del 2004, y desde entonces he permanecido en Alemania. Sólo una pequeña parte del ejército está destinada allí, y hacemos rotación. Probablemente acabaré por volver, pero no sé cuándo me tocará. Espero que las cosas se hayan calmado cuando tenga que ir de nuevo.

—Pensaba que ya te habrías licenciado.

—Volví a alistarme. No tenía ningún motivo para no hacerlo.

Ambos sabíamos el motivo, y ella asintió.

—¿Hasta cuándo?

—Estaré hasta el 2007.

—¿Y después?

—No lo sé. Quizá me quede unos pocos años más. O quizá me ponga a estudiar en la universidad. Quién sabe. A lo mejor incluso me animo a estudiar Educación Especial. He oído grandes cosas sobre esa carrera.

Su sonrisa era extrañamente triste; permanecimos en silencio durante unos instantes.

—¿Cuánto hace que estás casada?

Ella se movió incómoda en la silla.

—El próximo mes de noviembre hará dos años.

—¿Te casaste aquí?

—¡Como si tuviera otra alternativa! —Esbozó una mueca de fastidio—. Mi madre se encargó de que fuera la boda del siglo. Ya sé que soy su única hija, pero ahora, echando la vista atrás, creo que habría sido igualmente feliz con algo mucho más discreto. Con cien invitados habría bastado.

—¿Y a eso lo llamas una boda discreta?

—¿Comparado con lo que acabó por ser ese día? No había suficientes sillas en la iglesia para todo el mundo, y mi padre no deja de repetirme que se pasará el resto de sus días pagando mi boda. Sé que lo dice en broma, claro. La mitad de los invitados eran amigos de mis padres, pero supongo que eso es lo que suele pasar cuando te casas en tu ciudad natal. Todo el mundo, desde el cartero hasta el barbero, recibe una invitación.

—Pero ¿no te alegras de estar de vuelta en casa?

—Me siento cómoda aquí. Tengo a mis padres cerca, y lo necesito, especialmente ahora.

No se explayó en esa cuestión, como si prefiriese zanjar ahí el tema. Me pregunté el porqué —así como otras cien cosas— mientras me levantaba de la mesa y llevaba el plato al fregadero. Después de lavarlo, la oí decir a mis espaldas.

—No te preocupes, déjalo. Todavía no he cargado el lavavajillas. Ya lo haré más tarde. ¿Te apetece algo más? Mi madre dejó un par de tartas en la encimera.

—¿Puedo tomar un vaso de leche? —pedí. Cuando ella hizo el gesto de levantarse, añadí—: Ya me sirvo yo. Sólo dime dónde guardas los vasos.

—En el armario que está encima del fregadero.

Saqué un vaso de la estantería y fui hacia la nevera. La leche estaba en el estante superior; en los inferiores había por lo menos una docena de contenedores de plástico llenos de comida. Me serví un vaso y regresé a la mesa.

—¿Qué es lo que pasa, Savannah?

Ella se me quedó mirando fijamente.

—¿A qué te refieres?

—A tu marido.

—¿Qué pasa con él?

—¿Cuándo podré conocerlo?

En lugar de contestar, Savannah se levantó de la mesa con su vaso de vino. Vertió las sobras en el fregadero, luego sacó una taza de café y una bolsita de té.

—Ya lo conoces —dijo, dándose la vuelta. Puso la espalda bien erguida antes de continuar—. Es Tim.

265

Podía oír la cucharita golpeando rítmicamente la taza mientras Savannah se volvía a sentar de nuevo frente a mí.

—¿De veras quieres saber la historia? —murmuró, con la vista fija en la taza.

—Hasta el último detalle —afirmé. Me recosté en la silla—. O nada. Todavía no estoy seguro de lo que quiero.

Ella resopló, cansada.

—Supongo que tiene sentido.

Entrelacé las manos y la miré.

—¿Cuándo empezó todo?

—No lo sé. Sé que te parecerá absurdo, pero no sucedió como probablemente crees. No fue que ninguno de los dos lo hubiera planeado. —Savannah depositó la cucharita sobre la mesa—. Pero para contestarte, supongo que se podría decir que todo empezó a principios del 2002.

«Unos pocos meses después de que yo me hubiera vuelto a alistar», pensé. Seis meses antes de que mi padre tuviera su primer ataque al corazón y más o menos cuando me di cuenta de que las cartas que me enviaba Savannah habían empezado a cambiar de tono.

—Ya sabes que éramos amigos. A pesar de que él ya había acabado la carrera, coincidimos en un par de clases en el mismo edificio durante mi último año en la universidad; después, empezamos a quedar para tomar un café o para estudiar juntos. No es que me pidiera que saliera con él, ni tan sólo que paseáramos por ahí cogidos de la mano. Tim sabía que yo estaba enamorada de ti…, pero él estaba allí, no sé si me entiendes. Me escuchaba pacientemente cuando yo le contaba lo mucho que te echaba de menos y lo duro que resultaba estar separados. Y es que era duro. Me había hecho ilusiones de que por esas fechas ya estarías en casa.

Cuando alzó la vista, tenía los ojos llenos de… ¿arrepentimiento? No estaba seguro.

—Bueno, el hecho es que pasábamos juntos mucho tiempo y que él demostró ser un excelente amigo a la hora de consolarme cuando me desmoronaba. Siempre procuraba reconfortarme aduciendo que muy pronto, antes de que me diera cuenta, tú estarías de permiso, y no puedes ni imaginarte lo mucho que ansiaba volver a verte. Y entonces tu padre se puso enfermo. Sé que tenías que estar con él, jamás te lo habría perdonado si no lo hubieras hecho, pero eso no era lo que necesitaba. Sé que suena egoísta, y me detesto a mí misma por el mero hecho de pensarlo. Pero parecía que el destino se hubiera propuesto conspirar contra nosotros.

Cogió la cucharita y empezó a remover de nuevo el té, como si quisiera ganar tiempo para reorganizar sus pensamientos.

—Ese otoño, justo después de que yo acabara con todas mis clases y regresara a casa para empezar a trabajar en el Centro de Evaluación del Desarrollo Infantil, los padres de Tim sufrieron un terrible accidente. Volvían en coche de Asheville cuando perdieron el control del volante y se metieron en el carril contrario de la carretera. Chocaron contra un camión. El conductor del camión salió ileso, pero los padres de Tim murieron en el acto. Tim tuvo que dejar la universidad, estaba estudiando un doctorado, para regresar y encargarse de Alan. —Hizo una pausa—. Fue terrible para Tim. No sólo no conseguía hacerse a la idea de la dura pérdida, ya que adoraba a sus padres, sino que además Alan era inconsolable. Chillaba todo el tiempo y empezó a arrancarse el pelo. La única persona capaz de evitar que se autolesionara era Tim, pero esa labor absorbió toda su energía. Supongo que fue entonces cuando empecé a venir por aquí. Ya sabes, para ayudarlo.

267

Cuando fruncí el ceño, ella agregó:

—Ésta era la casa de los padres de Tim. Aquí se criaron Alan y él.

Tan pronto como Savannah soltó el comentario, empecé a atar cabos. Por supuesto que era la casa de Tim; una vez me había contado que él vivía en el rancho que estaba justo al lado del suyo.

—Supongo que acabamos por consolarnos el uno al otro. Yo intentaba ayudarlo, y él hacía lo mismo conmigo, y ambos intentábamos ayudar a Alan. Y poco a poco, surgió el amor.

Por primera vez, me miró a los ojos.

—Ya sé que quieres sentir rabia hacia Tim o hacia mí, probablemente hacia los dos. Y supongo que nos lo merecemos. Pero no te puedes ni imaginar el calvario de esos días. Pasaban tantas cosas desagradables que las emociones estaban a flor de piel. Yo me sentía culpable por lo que estaba sucediendo. Tim se sentía culpable. Pero al cabo de un tiempo, la situación empezó a parecer normal, como si fuéramos una pareja más. Tim

comenzó a trabajar en el mismo Centro de Evaluación del Desarrollo Infantil que yo y después decidió que quería iniciar un
programa de fines de semana en el rancho para niños autistas.
Sus padres siempre habían querido que él hiciera eso; yo también me apunté a trabajar en el proyecto. A partir de entonces,
pasábamos juntos la mayor parte del tiempo. Acondicionar el
rancho nos proporcionó a ambos algo en que centrar nuestras
energías, y también ayudó a Alan. Él está loco por los caballos,
y había tanto que hacer que gradualmente se acostumbró al
hecho de que sus padres no estuvieran presentes. Es como si de
pronto todos estuviéramos aprendiendo los unos de los otros...
Se me declaró un año más tarde.

Cuando Savannah se detuvo, me di la vuelta, intentando
digerir sus palabras. Permanecimos sentados en silencio durante un rato, cada uno de nosotros batallando con nuestros
propios pensamientos.

—Ésa es la historia —concluyó—. No sé si deseas oír nada
más.

Yo tampoco estaba seguro.

—¿Alan sigue viviendo aquí? —le pregunté.

—Tiene una habitación en el piso de arriba. De hecho, es su
habitación de siempre. No resulta tan duro cuidar de él como
parece. Después de que ha acabado de dar de comer y de cepi-
llar a los caballos, se pasa la mayor parte del tiempo solo. Le encantan los videojuegos. Puede jugar durante horas y horas. Últimamente no hay manera de desengancharlo del ordenador.
Si lo dejara, jugaría toda la noche.

—¿Está aquí ahora?

Savannah sacudió la cabeza.

—No, está con Tim.

—¿Dónde?

Antes de que ella pudiera contestar, el perro rascó insisten-
temente la puerta, y Savannah se levantó para abrirla. El animal entró contento, meneando la cola y con la lengua fuera.
Trotó hacia mí y con el hocico buscó mi mano.

—Le gusto —dije.

Savannah estaba todavía cerca de la puerta.

—Se llama *Molly*, y enseguida se hace amiga de todo el mundo. Es inútil como perrita guardián, pero es más dulce que un caramelo. Te aconsejo que intentes evitar que coloque el hocico sobre tus pantalones, porque te dejará lleno de babas.

Contemplé mis pantalones vaqueros con interés.

—Veo que ya lo ha hecho.

Savannah hizo una señal por encima de su hombro.

—Oye, acabo de recordar que todavía tengo que guardar unos cuantos trastos. Han dicho que lloverá esta noche. No tardaré mucho.

Me di cuenta de que no había contestado a mi pregunta acerca de Tim. Por lo visto, no tenía intención de hacerlo.

—¿Necesitas ayuda?

—No, gracias, pero si quieres, puedes acompañarme. Hace una noche espléndida.

La seguí hasta el exterior. *Molly* trotó hasta situarse delante de nosotros, olvidando por completo que había rogado que la dejáramos entrar en la casa. Cuando una lechuza alzó el vuelo desde un árbol, *Molly* galopó en la oscuridad y se perdió de vista. Savannah volvió a calzarse las botas.

Nos encaminamos hacia el granero. Pensé en todo lo que me acababa de contar y nuevamente me pregunté por qué había ido a visitarla. No estaba seguro de si me sentía contento ante la noticia de que se había casado con Tim —puesto que parecían tan perfectos el uno para el otro— o apenado por exactamente el mismo motivo. Tampoco me sentía feliz de saber finalmente la verdad; pensé que, en cierto modo, quizás habría sido mejor no saberlo. Súbitamente, me sentí terriblemente cansado.

Y sin embargo…, sabía que había algo que ella no me había contado. Lo noté por su tono, con el deje de tristeza que no se borraba de su voz. Arropados por la oscuridad de la noche, era perfectamente consciente de lo cerca que caminábamos el uno del otro; me pregunté si a ella le pasaría lo mismo. Si así era, no lo demostraba.

Los caballos eran unas meras sombras en la distancia, sombras sin una forma reconocible. Savannah recogió un par de

269

bridas y las guardó en el granero, colgándolas de un par de pinzas. Mientras lo hacía, recogí las palas que habíamos utilizado y las dejé con el resto de los aperos. Después salimos del granero y ella se aseguró de que había cerrado bien la puerta.

Eché un vistazo a mi reloj y constaté que casi eran las diez. Se había hecho tarde, y ambos éramos conscientes de la hora.

—Supongo que será mejor que me vaya —dije—. Es una ciudad pequeña. No querría meterte en un aprieto por culpa de rumores maliciosos.

—Probablemente tengas razón. —*Molly* volvió a aparecer, como si saliera de la nada, y se sentó entre nosotros. Cuando apoyó el hocico en la pierna de Savannah, ésta se apartó—. ¿Dónde te alojas? —me preguntó.

—En un motel llamado algo así como Motor Court, justo en la salida de la carretera.

Ella arrugó la nariz, aunque sólo por un instante.

—Conozco ese lugar.

—Es un sitio con carácter —admití.

270   Ella sonrió.

—No puedo decir que me sorprenda. Siempre has tenido facilidad para encontrar los sitios más pintorescos.

—¿Cómo el Shrimp Shack?

—Exactamente.

Hundí las manos en los bolsillos, preguntándome si ésa sería la última vez que la vería. De ser así, me pareció un final absurdo y surrealista; no quería acabar hablando de trivialidades, pero no se me ocurría nada más que decir.

En la carretera delante del rancho, los faros llameantes de un coche que se aproximaba iluminaron la casa mientras pasaba por delante a gran velocidad.

—Bueno, supongo que ha llegado la hora —dije, sin estar muy convencido—. Me ha encantado volver a verte.

—A mí también, John. Me alegro de que hayas venido.

Asentí de nuevo. Cuando ella apartó la vista, interpreté su gesto como una invitación a que me marchara.

—Adiós —me despedí.

—Adiós.

Me di la vuelta en el porche y me encaminé hacia el coche, mareado ante la idea de que realmente nuestra historia había acabado. No estaba seguro de si había esperado algo diferente, pero ese final definitivo sacó a la superficie todos los sentimientos que había estado reprimiendo en mi interior desde que leí su última carta.

Cuando me disponía a abrir la puerta del coche, oí que me llamaba.

—¡John!

—¿Sí?

Savannah bajó del porche y vino hacia mí.

—¿Estarás por aquí mañana?

Mientras se me acercaba, con la cara oculta entre las sombras, tuve la certeza de que aún estaba enamorado de ella. A pesar de la carta, a pesar de su esposo. A pesar de que nunca podríamos estar juntos.

—¿Por qué?

—Me preguntaba si te apetecería volver a pasar a visitarme. Hacia las diez de la mañana. Estoy segura de que a Tim le encantará verte…

Me puse a menear la cabeza incluso antes de que ella acabara.

—No creo que sea una buena idea…

—¿Lo harías por mí?

Sabía que ella quería que yo viera que Tim era todavía tal y como lo recordaba, y en cierto sentido, sabía que me lo estaba pidiendo como una forma de pedirme perdón. Sin embargo…

Savannah me agarró la mano.

—Por favor. Significaría mucho para mí.

A pesar de la calidez de su tacto, no quería regresar a ese lugar. No quería ver a Tim, no los quería ver a los dos juntos o sentarme con ellos en una mesa fingiendo que todo me parecía bien. Pero intuí una nota conmovedora en su petición que hizo que me fuera imposible rechazar su invitación.

—De acuerdo —dije—. A las diez.

—Gracias.

Un momento más tarde, ella se dio la vuelta. Yo me quedé

271

quieto, sin moverme, contemplándola mientras subía los peldaños hasta el porche, antes de meterme en el coche. Arranqué el motor y di marcha atrás. Savannah se giró en el porche y me dijo adiós con la mano una última vez. Yo también alcé la mano y me despedí, luego conduje hasta la carretera, y su imagen empezó a hacerse más y más pequeña en el espejo retrovisor. Observándola, noté una repentina sequedad en la garganta, no porque estuviera casada con Tim; no por la idea de verlos a los dos juntos al día siguiente. Fue porque, mientras me alejaba conduciendo, vi cómo Savannah, de pie en el porche, se tapaba la cara con las manos para ocultar sus lágrimas.

Capítulo 20

$\mathcal{A}$ la mañana siguiente, Savannah estaba de pie en el porche, y me saludó con la mano cuando me vio llegar. Dio unos pasos hacia delante mientras yo detenía el coche. Suponía que Tim estaría en el umbral de la puerta detrás de ella, pero no lo vi.

—Eh —dijo, tocándome el brazo—. Gracias por venir.

—No hay de qué —contesté, encogiéndome de hombros, incómodo.

Me pareció ver un destello de comprensión en sus ojos antes de que me preguntara:

—¿Has dormido bien?

—La verdad es que no.

Ante mi respuesta, Savannah me sonrió con tristeza.

—¿Estás listo?

—¡Tan listo como uno pueda estarlo!

—Muy bien. Espera un momento; sólo tengo que ir a buscar las llaves del coche. A menos que prefieras conducir tú.

Al principio no comprendí a qué se refería.

—¿Nos vamos? —pregunté, perplejo, mientras señalaba hacia la casa—. Pensaba que íbamos a ver a Tim.

—Así es —respondió—. No está aquí.

—¿Dónde está?

Como si ella no me hubiera oído, volvió a preguntarme:

—¿Quieres conducir tú?

—Sí, no me importa —repliqué, sin ocultar mi confusión,

aunque a la vez estaba seguro de que ella aclararía las cosas cuando llegara el momento.

Abrí la puerta para ella y después me dirigí hacia la puerta del conductor y me senté detrás del volante. Savannah estaba pasando la mano por encima del tablero, como si intentara confirmar que no estaba soñando.

—Recuerdo este coche. —Su expresión era nostálgica—. Era de tu padre, ¿verdad? No puedo creer que todavía funcione.

—Él no solía conducir demasiado. Sólo lo utilizaba para ir a trabajar y para hacer la compra.

—Ya, pero aun así...

Se abrochó el cinturón de seguridad, y sin proponérmelo, me sorprendí a mí mismo preguntándome si había pasado la noche sola.

—¿Por dónde? —le pregunté.

—Cuando estés en la carretera, gira a la izquierda, y luego dirígete hacia la ciudad.

Ninguno de los dos habló. En lugar de eso, ella se pasó el trayecto con la vista fija en la ventana lateral, con los brazos cruzados. Podría haberme sentido ofendido, pero había algo en su expresión que me decía que su preocupación no tenía nada que ver conmigo, y la dejé sola con sus pensamientos.

En las afueras de la ciudad, sacudió la cabeza, como si de repente fuera consciente del silencio reinante en el coche.

—Lo siento, supongo que mi compañía deja mucho que desear.

—No pasa nada —repuse, intentando ocultar mi creciente curiosidad.

Savannah señaló hacia el parabrisas.

—En la siguiente esquina, tuerce a la derecha.

—¿Adónde vamos?

Ella no contestó directamente. En lugar de eso, volvió a girar la cara y a clavar la vista en la ventana.

—Al hospital —anunció finalmente.

Y

La seguí a través de lo que me parecieron unos pasillos interminables, y al final nos detuvimos delante del mostrador de visitas. Detrás de la mesa, un anciano que hacía las veces de voluntario le tendió el libro. Savannah tomó el bolígrafo y firmó mecánicamente.

—¿Cómo lo llevas, Savannah?

—Como puedo —murmuró ella.

—Todo saldrá bien. Tienes a todos rezando por él.

—Gracias —agradeció. Le devolvió el cuaderno de visitas, luego me miró—. Está en la tercera planta —explicó—. El ascensor está justo al final del vestíbulo.

La seguí, sintiendo una repentina opresión en el pecho. Llegamos al ascensor justo en el momento en que alguien salía de él, y nos metimos dentro. Cuando las puertas se cerraron, tuve la sensación de estar en una tumba.

Llegamos a la tercera planta, Savannah empezó a recorrer el pasillo y yo la seguí. Se detuvo delante de una habitación que tenía la puerta abierta, con un taco en el suelo para evitar que se cerrara, y entonces se dio la vuelta para mirarme.

275

—Creo que será mejor que entre yo primero —comentó—. ¿Puedes esperar aquí?

—Por supuesto.

Ella sonrió para mostrarme su agradecimiento y después se dio la vuelta. Soltó un largo suspiro antes de entrar en la habitación.

—Hola, cielo. —La oí decir, con un tono vivaz—. ¿Cómo estás?

Durante un par de minutos no oí nada. Me quedé en el pasillo, absorbiendo la misma esencia estéril e impersonal que había notado cuando iba a visitar a mi padre. El aire apestaba a un desinfectante indecible, y me quedé mirando a un asistente que entró en una habitación al fondo del pasillo empujando un carrito de comida. A mitad del pasillo, vi a un grupo de enfermeras formando un corro detrás del mostrador de la planta. Escuché cómo alguien vomitaba en una habitación ubicada al otro lado del pasillo.

—Ya está —dijo Savannah, asomando la cabeza por la

puerta. Bajo su apariencia animosa, afloraba su enorme tristeza—. Puedes entrar. Te está esperando.

La seguí hasta el interior, preparado para ver lo peor. Tim se
hallaba medio sentado en la cama con un suero aplicado en el
brazo. Tenía aspecto de estar exhausto, con una piel tan pálida
que casi era traslúcida. Había perdido incluso más peso que mi
padre, y mientras lo miraba sin parpadear, lo único que se me
ocurrió es que me hallaba delante de un moribundo. Sólo la
dulzura de sus ojos permanecía inalterada. En el otro lado de
la habitación había un muchacho joven —de unos dieciocho o
veinte años, quizá— sacudiendo la cabeza sin parar de un lado
al otro, e inmediatamente supe que se trataba de Alan. La habitación estaba llena de flores: en cada superficie imaginable se
podían ver docenas de ramos y de tarjetas deseándole una
pronta recuperación. Savannah se sentó en la cama al lado de
su esposo y le cogió la mano.

—Hola, Tim —lo saludé.

Él parecía demasiado cansado incluso para sonreír, pero lo
consiguió.

—Eh, John. Me alegro de verte de nuevo.

—Yo también. ¿Cómo estás?

Tan pronto como lo dije, supe que mi pregunta sonaba absolutamente ridícula. Tim debía de estar acostumbrado, porque
ni se inmutó.

—Estoy bien; hoy me siento mejor.

Asentí. Alan continuaba sin parar de dar cabezazos frenéticos; me sorprendí a mí mismo mirándolo, incapaz de apartar
los ojos de él, sintiéndome como un intruso en una tragedia de
la que no deseaba formar parte.

—Te presento a Alan, mi hermano —dijo.

—Hola, Alan.

Cuando el chico no respondió, oí que Tim le susurraba:
«Vamos, Alan, no pasa nada. No es un médico. Es un amigo. Ve
y dile hola».

Transcurrieron varios segundos, y Alan finalmente se levantó de su asiento. Atravesó la habitación con el porte rígido y,
a pesar de que no me quería mirar a los ojos, extendió la mano.

—Hola, soy Alan —se presentó en un sorprendente tono de voz grave y monótono.

—Es un placer conocerte —dije, al tiempo que le estrechaba la mano delgada y huesuda. No obstante, tan pronto como pudo, se apartó y volvió a cobijarse en su asiento.

—Ahí tienes una silla, si quieres sentarte —ofreció Tim.

Me desplacé hasta el extremo de la habitación y me senté. Antes de que pudiera preguntar nada, escuché a Tim contestando la pregunta que me rondaba por la mente.

—Un melanoma —aclaró—, por si eso es lo que te estabas preguntando.

—Pero te pondrás bien, ¿no?

La cabeza de Alan se movió incluso más violentamente, y empezó a darse palmadas en los muslos sin parar. Savannah se dio la vuelta. En ese instante comprendí que no debería de haber hecho la pregunta.

—Para eso están los médicos —replicó Tim—. Estoy en buenas manos. —Supe que la respuesta iba más dedicada a Alan que a mí; su hermano empezó a calmarse.

Tim entrecerró los ojos, luego volvió a abrirlos, como si intentara concentrar sus fuerzas.

—Me alegro de ver que has conseguido regresar sano y salvo. Recé por ti todo el tiempo que estuviste en Iraq.

—Gracias —balbucí.

—¿Qué haces ahora? Supongo que sigues en el Ejército.

Señaló con los ojos hacia mi corte de pelo casi al cero, y me pasé la mano por la cabeza.

—Sí, me parece que continuaré allí de por vida.

—Bien, el Ejército necesita gente como tú.

No respondí nada. La escena me parecía surrealista, como cuando uno se ve a sí mismo en un sueño. Tim se giró hacia Savannah.

—Amor mío, ¿te importaría ir con Alan al bar y comprarle una limonada? No ha bebido nada desde esta mañana a primera hora. Y si puedes, intenta convencerlo para que coma algo.

—Claro —respondió ella. Lo besó en la frente y se incorporó de la cama. Se detuvo a escasos pasos del umbral de la

277

puerta—. Alan, ¿qué tal si vamos a buscar algo de beber en el bar?

Tuve la impresión de que el chico estaba procesando lentamente las palabras. Al final se levantó y siguió a Savannah; ella alargó una mano maternal sobre su espalda de camino hacia la puerta. Cuando se hubieron marchado, Tim volvió a mirarme.

—Todo esto resulta muy duro para Alan. No se lo ha tomado nada bien.

—¿Y cómo va a hacerlo?

—Sin embargo, no dejes que esos cabezazos frenéticos te despisten. No tienen nada que ver con su autismo o su inteligencia. Es más bien un tic que adopta cuando está nervioso. Lo mismo que cuando empieza a darse palmadas en los muslos. Se da cuenta de lo que sucede, pero le afecta de un modo que normalmente incomoda a otra gente.

Entrelacé las manos.

—No me he sentido incómodo. Mi padre también hacía cosas similares. Él es tu hermano, y es obvio que está preocupado. Es normal.

Tim sonrió.

—Gracias por tu comprensión. Mucha gente se asusta.

—Yo no —tercié, sacudiendo la cabeza—. Comprendo su actitud.

Se rio, a pesar de que pareció costarle un enorme esfuerzo.

—Me alegro. Alan es muy noble, probablemente demasiado noble. Ni siquiera es capaz de matar una mosca.

Asentí, reconociendo en esa pequeña charla su afán por hacer que me sintiera más cómodo. Pero sus esfuerzos no estaban funcionando.

—¿Cuándo lo descubriste?

—Hace un año. Empezó a picarme un lunar que tenía en la pantorrilla, y cuando me rasqué, empezó a sangrar. Por supuesto, no le di demasiada importancia, hasta que volvió a sangrar la siguiente vez que me rasqué. Hace seis meses fui a ver al médico. Era viernes, me operaron el sábado y empezaron a administrarme interferón el lunes. Y aquí estoy.

—¿Has estado ingresado desde entonces?

—No, entro y salgo. Normalmente el tratamiento con interferón se realiza en hospitales de día, pero por lo visto yo no me llevo muy bien con esa sustancia química. Mi cuerpo no la tolera, así que tienen que tratarme aquí, por si me dan muchas náuseas y me deshidrato. Como me pasó ayer.

—Lo siento —balbucí.

—Yo también.

Eché un vistazo a la habitación, y mis ojos se posaron en una foto de Tim y Savannah de pie, rodeando a Alan con sus brazos, enmarcada con un marco barato.

—¿Cómo lo lleva Savannah? —pregunté.

—Como es de esperar. —Tim resiguió un pliegue en la sábana de la cama con su mano libre—. Ha demostrado un enorme coraje. No sólo conmigo, sino también ocupándose del rancho. Últimamente tiene que ocuparse ella sola de todo, pero nunca se queja. Y cuando está conmigo, intenta infundirme ánimos. Siempre me dice que todo saldrá bien. —Esbozó una sonrisa casi imperceptible—. La mitad de las veces, incluso llego a creerla.

Cuando no respondí, hizo un esfuerzo por sentarse más erguido en la cama. Cerró un momento los ojos y frunció los labios, pero enseguida pasó el dolor, y volvió a recomponer la postura.

—Savannah me dijo que ayer te quedaste a cenar en casa.

—Sí.

—Supongo que le hizo mucha ilusión volver a verte. Sé que siempre se ha sentido mal por cómo acabó lo vuestro, y yo también. Te debo una disculpa.

—No. —Alcé las manos—. Lo pasado, pasado está.

Me dedicó una sonrisa forzada.

—Sólo lo dices porque estoy enfermo, y ambos lo sabemos. Si estuviera bien, probablemente desearías partirme de nuevo la nariz.

—Quizás —admití, y a pesar de que volvió a reír, esa vez pude detectar el tremendo esfuerzo que le suponía.

—Lo tengo bien merecido —declaró, sin captar mis pensa-

279

mientos—. Sé que no lo creerás, pero me siento muy mal por lo que pasó. Sé que los dos estabais muy enamorados.

Me incliné hacia delante y me apoyé en los codos.

—Es agua pasada —concluí.

Yo no lo creía, y él tampoco me creyó cuando lo dije. Pero fue suficiente para que zanjáramos el tema.

—¿Qué te trae por aquí, después de tanto tiempo? —inquirió.

—Mi padre murió la semana pasada.

A pesar de su estado, su cara reflejó una pena genuina.

—Lo siento, John. Sé lo mucho que tu padre significaba para ti. ¿Fue de repente?

—Al final, siempre lo es. Pero hacía tiempo que estaba enfermo.

—Ya, pero eso no ayuda a que el mal trago sea menos doloroso.

Me pregunté si se estaba refiriendo sólo a mí o también a Savannah y a Alan.

—Savannah me contó que tú perdiste a tus padres de golpe.

—En un accidente de coche —matizó, arrastrando cada una de las sílabas—. Fue tan… inesperado. Hacía sólo un par de noches que habíamos cenado con ellos, y lo siguiente que tuve que hacer fue organizar los preparativos para sus funerales. Todavía sigue sin parecerme real. Cuando estoy en casa sigo esperando a que mi madre aparezca por la cocina, o a ver a mi padre entreteniéndose en el jardín. —Dudó, e intuí que estaba evocando esas imágenes. Al final sacudió la cabeza—. ¿También te pasaba a ti? ¿Cuándo estabas en casa de tu padre?

—Todo el tiempo.

Inclinó la cabeza hacia atrás.

—Supongo que han sido un par de años muy duros para ambos. No debería seguir poniendo a prueba tu fe.

—¿Estás seguro?

Tim soltó una sonrisa prácticamente sin fuerza.

—He dicho poner a prueba. No he dicho nada acerca de que se haya acabado la fe.

—No, supongo que no se ha acabado.

Oí la voz de la enfermera a mis espaldas; pensé que iba a entrar, pero pasó de largo y se dirigió hacia otra habitación.

—Me alegro de que hayas venido a ver a Savannah —comentó—. Sé que suena trivial, teniendo en cuenta lo que pasó entre vosotros, pero en estos momentos ella necesita un amigo.

Mi garganta se puso tensa.

—Ya. —Fue el único monosílabo que acerté a contestar.

Tim acabó de perder las fuerzas, y supe que no diría nada más al respecto. Al cabo de un rato, se quedó dormido; yo permanecí sentado, observándolo, con la mente curiosamente en blanco.

—Siento no habértelo contado ayer —se excusó Savannah una hora más tarde. Cuando ella y Alan regresaron a la habitación y encontraron a Tim durmiendo, me hizo un gesto para que la siguiera hasta la cafetería situada en el piso inferior—. Me quedé muy sorprendida al verte, y aunque sabía que tenía que contártelo, cada vez que lo intentaba no me salían las palabras.

Encima de la mesa había dos tazas de té, dado que ninguno de los dos tenía apetito. Savannah alzó la taza y volvió a depositarla sobre la mesa.

—No había tenido muy buen día, ¿sabes? Me había pasado prácticamente todo el rato en el hospital, y las enfermeras no paraban de mirarme con cara de pena y…, bueno, odio esas miradas; me afectan como un cuchillo que me estuviera matando poco a poco. Sé que suena ridículo, teniendo en cuenta lo que Tim está pasando, pero me resulta tan duro ver cómo se va apagando… No soporto esta situación. Sé que tengo que estar junto a él para darle todo mi apoyo, y la cuestión es que quiero estar con él, pero siempre me resulta más duro de lo esperado. Se puso tan mal después del tratamiento ayer que pensé que se moría. No podía dejar de vomitar, y cuando ya no le quedaba nada en el estómago, continuaba con convulsiones y arcadas. Cada cinco o diez minutos, empezaba a gemir y a moverse en la cama sin parar intentando evitar las náuseas, pero no había nada que hacer. Yo le estrechaba la mano con fuerza e intentaba reconfortarlo, aunque no puedo ni describir lo inútil que me sentía. —Empezó a jugar con la bolsita de té, sacándola y hundiéndola en el agua—. Siempre es igual —concluyó.

Jugueteé con el asa de la taza que tenía delante.

—Cómo me gustaría poderte dar algún consejo, pero...

—Lo sé, no hay nada que puedas decir. Por eso soy yo la que hablo, porque sé que tú puedes soportarlo. No tengo a nadie más. Ninguno de mis amigos sabe lo que realmente estoy pasando. Papá y mamá son fabulosos, bueno, al menos lo intentan. Sé que harían cualquier cosa que les pidiera, y siempre me están ofreciendo ayuda; mamá cocina para mí, pero cada vez que viene a verme, no puede ocultar su alterado estado nervioso. Siempre está a punto de llorar. Es como si estuviera aterrorizada de decir o hacer algo incorrecto, así que en vez de ayudarme, siento que soy yo la que he de reconfortarla. Si añades esa carga a todo lo demás, a veces tengo la sensación de que me ahogo en un pozo sin fondo. Detesto hablar así de ella, porque sé que está haciendo todo lo que puede, y porque es mi madre y la quiero, pero desearía que mostrara más entereza, ¿comprendes?

Asentí con la cabeza.

—¿Y tu padre?

—Lo mismo, pero de un modo distinto. Evita el tema. No quiere hablar de ello. Cuando estamos juntos, habla del rancho o de mi trabajo..., de cualquier cosa antes que de Tim. Es como si intentara compensar la excesiva preocupación que muestra mi madre, pero nunca me pregunta cómo está Tim o cómo me siento. —Meneó la cabeza—. Y luego está Alan. Tim es tan bueno con él, y me gusta pensar que cada vez tengo mejor relación con él, pero sin embargo..., hay veces en que empieza a hacerse daño a sí mismo o a romper cosas..., y yo acabo llorando porque no sé qué hacer. No me malinterpretes, lo intento, pero no soy Tim, y ambos lo sabemos.

Sus ojos toparon con los míos por un momento antes de que yo desviara la vista. Tomé un sorbo de té, intentando imaginar su vida ahora.

282

—¿Te ha contado Tim lo que pasa? ¿Lo del melanoma?

—Más o menos —contesté—, aunque no lo suficiente como para saber toda la historia. Me ha dicho que tenía un lunar que sangraba, que al principio no le dio importancia, hasta que finalmente fue a ver al médico.

Savannah asintió.

—Es una de esas incoherencias de la vida, ¿no? Quiero decir, ya sé que Tim se ha pasado muchas horas expuesto al sol, y supongo que quizás ése habrá sido el motivo. Pero tenía el lunar en la pantorrilla. Ya lo conoces, ¿te lo imaginas con pantalones cortos? Si prácticamente siempre va con pantalones largos. ¡Incluso a la playa! Y siempre era él quien no se cansaba de repetirnos que nos protegiéramos con crema solar. En cambio ha sido él quien ha acabado con un melanoma. Le vaciaron la zona alrededor del lunar, y a causa de su gran tamaño, decidieron extirparle dieciocho ganglios linfáticos. De los dieciocho, uno dio positivo como melanoma. Empezó con el tratamiento con interferón, que es el tratamiento más común en estos casos, y dura un año, e intentamos ser optimistas. Pero entonces las cosas empezaron a ponerse feas. Primero con el interferón, y luego unas semanas después de la intervención quirúrgica, tuvo celulitis cerca de la incisión en la ingle.

Cuando fruncí el ceño, ella se detuvo un instante.

—Lo siento. Estos días estoy tan acostumbrada a hablar con médicos que... Celulitis es una infección cutánea, y la de Tim era de considerable seriedad. Se pasó diez días en la Unidad de Cuidados Intensivos por ese motivo. Pensé que no iba a salir con vida, pero es un luchador nato, ¿sabes? Superó la complicación y continuó con el tratamiento, pero el mes pasado descubrieron lesiones cancerígenas cerca de la zona del melanoma original. Eso, por supuesto, implicaba que tenían que volver a operarlo, pero lo peor es que significaba que probablemente el tratamiento con interferón no estaba dando los resultados esperados. Así que le realizaron varias pruebas diagnósticas con MRI y PET, y... le encontraron células cancerígenas en el pulmón.

283

Savannah tenía la vista fija en su taza de té. Yo no sabía qué decir; me sentía abatido; durante un buen rato permanecimos callados.

—Lo siento —susurré finalmente.

Mis palabras la sacaron de su ensimismamiento.

—No pienso dejarme vencer —proclamó, aunque su voz empezaba a quebrarse—. Es un hombre tan bueno, tan dulce y paciente, y lo amo tanto... No es justo. Ni tan sólo hace dos años que nos casamos.

Me miró y aspiró varias veces seguidas con fuerza, intentando recomponer la compostura.

—Necesita salir de aquí, estar fuera de este hospital. Aquí lo único que pueden hacer es administrarle interferón, y tal y como ya te he comentado, el tratamiento no funciona tan bien como era de esperar. Necesita ir a algún lugar como el MD Anderson, la Clínica Mayo o el Johns Hopkins. En esos centros están invirtiendo mucho en investigación. Si el tratamiento con interferón no da los resultados esperados, es probable que exista otra sustancia que puedan administrarle; siempre están probando diferentes combinaciones, aunque sea de forma experimental. Sé que en otros hospitales están llevando a cabo bioquimioterapia y ensayos clínicos. Incluso dicen que en el MD Anderson empezarán a probar una vacuna en noviembre —no preventiva, como la mayoría de las vacunas, sino a modo de tratamiento— , y los datos preliminares han dado buenos resultados. Quiero que incluyan a Tim en ese estudio.

—Pues adelante —la apoyé.

Ella soltó una breve risotada.

—No es tan fácil.

—¿Por qué? A mí me parece la mar de sencillo. Cuando Tim salga de aquí, os metéis los dos en el coche y os vais derechitos a esa clínica que dices.

—Nuestro seguro médico no alcanza para pagar el ingreso en esa clínica. Por lo menos ahora no. Aquí Tim recibe el tratamiento estándar adecuado, y lo creas o no, la compañía del seguro médico ha respondido muy bien hasta ahora. Se ha hecho cargo de todas las hospitalizaciones, de todo el tratamiento con

284

interferón, y de todos los extras sin rechistar. Incluso nos ha asignado una asistenta personal y, créeme, nos está ofreciendo todo su apoyo. Pero no hay nada que ella pueda hacer, puesto que nuestro médico cree que es mejor prolongar el tratamiento con interferón. Ninguna compañía de seguros médicos en el mundo accederá a pagar un tratamiento experimental. Y ninguna compañía aseguradora accederá a pagar un método que esté fuera del ámbito de los cuidados estándares, especialmente si para ello hay que desplazarse hasta otro estado y si además se trata de nuevas sustancias químicas que aún no se sabe si pueden dar el resultado esperado.

—Denúncialos, si es necesario.

—John, nuestro asegurador no ha abierto en ningún momento el pico acerca de todos los costes por los cuidados intensivos y las hospitalizaciones extras, y la verdad es que Tim está recibiendo el tratamiento apropiado. El problema es que yo no puedo demostrar que Tim mejoraría en otra clínica, con métodos alternativos. Creo que podría ayudarlo, espero que pueda ayudarlo, pero nadie tiene la absoluta certeza. —Meneó la cabeza—. De todos modos, aunque los denunciara y la compañía aseguradora acabara por pagar hasta el último centavo que les exigiera, el proceso llevaría su tiempo…, y eso es precisamente lo que no tenemos. —Suspiró—. Lo que quiero decir es que no se trata únicamente de un problema económico, sino también de tiempo.

—¿De cuánto dinero estás hablando?

—De mucho. Y si Tim acaba en el hospital con una infección y en la Unidad de Cuidados Intensivos, tal y como ya le pasó, ni siquiera puedo imaginarme la cifra. Más de lo que jamás podría esperar poder pagar, de eso estoy segura.

—¿Y qué piensas hacer?

—Obtener el dinero —aseveró—. No me queda otra alternativa. Y la comunidad me ha mostrado todo su apoyo. Tan pronto como corrió la voz sobre lo que le pasaba a Tim, le dedicaron unos minutos en las noticias del canal local y el diario también se hizo eco, y sé que han organizado una colecta. Incluso han abierto una cuenta bancaria. Mis padres han inter-

285

venido en la iniciativa, nuestro jefe y nuestros compañeros de trabajo también, así como los padres de algunos de los niños que tratamos. He oído que incluso han instalado jarras para donativos en muchos locales.

Me vino la imagen de la jarra en el extremo de la barra en el salón de billar, el día que llegué a Lenoir. Había lanzado un par de dólares, pero de repente el donativo me pareció completamente inadecuado.

—¿Os falta mucho?

—No lo sé. —Sacudió la cabeza, como si no tuviera ganas de pensar en ello—. Hace poco que empezaron con todas esas propuestas, y desde que Tim inició su tratamiento, no me he movido de aquí y del rancho. Pero estamos hablando de mucho dinero. —Apartó la taza de té y me dedicó una sonrisa—. Ni siquiera sé por qué te cuento esto. Quiero decir, no tengo la certeza de que una de esas clínicas pueda siquiera ayudarlo. Lo único que sé es que si nos quedamos aquí, Tim no sobrevivirá. Quizá tampoco lo consiga en otro sitio, pero al menos existe una posibilidad…, y en estos momentos, es lo único que nos queda.

Se detuvo, incapaz de continuar, y clavó la vista en el mantel lleno de lamparones.

—¿Sabes lo que me resulta más paradójico? —dijo finalmente—. Eres la única persona a la que se lo he contado. De algún modo, sé que eres el único que posiblemente puede comprender lo que estoy pasando, sin que tenga que andar con pies de plomo con lo que digo. —Alzó la taza, luego volvió a depositarla en la mesa—. Sé que es injusto, teniendo en cuenta lo de tu padre…

—No pasa nada —la reconforté.

—Ya, pero de todos modos es una reacción muy egoísta por mi parte. Tú estás intentando superar las emociones que te ha provocado la pérdida de tu padre, y yo no dejo de acosarte con mis penas y esperanzas acerca de algo que puede o no suceder. —Se giró para mirar por la ventana de la cafetería, aunque yo sabía que ella ni siquiera podía ver la ladera de hierba que se extendía al otro lado de la ventana.

—De veras, lo digo en serio. Me alegro de que me lo hayas contado, aunque sólo sea para descargarte de este enorme peso.

Ella se encogió de hombros.

—Supongo que así somos tú y yo, ¿no? Dos guerreros heridos que buscan apoyo.

—Me parece una descripción acertada.

Alzó la cara para mirarme a los ojos.

—Qué suerte tenemos —susurró.

A pesar de todo, sentí que se me paraba el corazón.

—Sí, qué suerte tenemos —repetí.

Nos pasamos prácticamente toda la tarde en la habitación de Tim. Él aún dormía cuando entramos, se despertó durante unos minutos y después volvió a dormirse. Alan, situado a los pies de la cama, no apartaba los ojos de su hermano, ignorando mi presencia por completo. Savannah se colocaba alternativamente al lado de Tim en la cama o se sentaba en una silla próxima a la mía. Cuando estábamos cerca, hablábamos del estado de Tim, del cáncer de piel en general, de aspectos específicos acerca de posibles tratamientos alternativos. Ella se había pasado semanas realizando búsquedas en Internet y conocía hasta el más mínimo detalle de cada ensayo clínico que se estaba llevando a cabo en esos momentos. Su voz nunca se elevaba por encima del susurro; no quería que Alan la oyera. Cuando hubo acabado con las explicaciones, tuve la impresión de que sabía más sobre melanomas que lo posiblemente imaginable.

Un poco después de la hora de cenar, Savannah finalmente se levantó de la silla. Tim había dormido prácticamente toda la tarde, y por el modo tan tierno en que lo besó al despedirse de él, intuí que creía que dormiría prácticamente toda la noche. Volvió a besarlo una segunda vez, luego le apretó la mano y se encaminó hacia la puerta. Salimos silenciosamente.

—Vamos al coche —sugirió, cuando estuvimos en el pasillo.

—¿Piensas volver más tarde?

—No, mañana. Si Tim se despierta, no quiero darle ningún motivo para que piense que ha de permanecer despierto. Necesita descansar.

—¿Y Alan?

—Ha venido en bicicleta. Viene en bici cada mañana y se queda hasta la noche, y luego vuelve a casa también en bicicleta. No quiere regresar conmigo, ni siquiera cuando se lo pido. Pero no le pasará nada. Lleva meses haciendo lo mismo.

Unos minutos más tarde, abandonamos el aparcamiento del hospital y nos fundimos con el tráfico nocturno. El cielo estaba adoptando un tono gris plomizo, y en el horizonte despuntaban unos nubarrones que anunciaban una de esas magníficas tormentas con truenos y relámpagos tan típicas de la costa. Savannah estaba perdida en sus pensamientos y apenas habló. En su cara, vi reflejado el mismo cansancio que me invadía a mí. No podía imaginar volver a ese sitio a la mañana siguiente, y luego el día después, y el siguiente, con la agonía de pensar que existía una remota posibilidad de que Tim mejorase en otro hospital.

288

Cuando llegamos a su casa, me di la vuelta para mirar a Savannah y me fijé en la lágrima que resbalaba lentamente por su mejilla. Esa visión casi me partió el corazón, pero cuando ella se dio cuenta de que la estaba mirando, se secó la lágrima con la mano, como si estuviera sorprendida de esa presencia tan inesperada como indeseada. Detuve el coche bajo el sauce, al lado del todoterreno destartalado. En esos momentos, las primeras gotas de lluvia empezaban a estamparse contra el parabrisas.

Con el coche parado, me pregunté de nuevo si había llegado la hora del temido adiós. Antes de que pudiera pensar en algo que decir, Savannah se giró hacia mí.

—¿Tienes hambre? —me preguntó—. Hay una tonelada de comida en la nevera.

Algo en su mirada me previno de que debía rechazar su ofrecimiento, pero no pude evitar asentir con la cabeza.

—Sí, me gustaría comer algo.

—Me alegro —repuso, con una voz muy suave—. No me apetece estar sola esta noche.

Nos apeamos del coche y la lluvia empezó a caer con más fuerza. Corrimos hasta la puerta de la entrada, pero cuando llegamos al porche, ya podía notar la humedad calando la tela de mi ropa. *Molly* nos oyó; mientras Savannah abría la puerta, la perrita me adelantó, atravesó la cocina y enfiló hacia lo que supuse que debía de ser el comedor. Al observar a aquel animal, reviví mi llegada el día previo y pensé en todas las cosas que habían cambiado en esos años que habíamos estado separados. Demasiados datos por procesar. Durante el tiempo que pasé patrullando en Iraq me acostumbré a centrarme sólo en el presente más inmediato, con todos los sentidos alerta ante cualquier posible adversidad.

—Tengo un poco de todo —gritó mientras entraba en la cocina—. Mi madre sobrelleva así todo lo que está sucediendo: cocinando sin parar. Hay estofado, chile con carne, empanada de pollo, cerdo asado, lasaña... —Sacó la cabeza de la nevera cuando entré en la cocina—. ¿Tienes alguna preferencia?

—No, lo que tú quieras.

Ante mi respuesta, vi una nota de decepción en su cara y supe instantáneamente que Savannah estaba harta de asumir decisiones. Carraspeé antes de decir:

—Bueno, quizás un poco de lasaña.

—Muy bien. Ahora mismo la preparo. ¿Estás muy hambriento o sólo un poco?

Pensé en su pregunta.

—Supongo que muy hambriento.

—¿Te apetece una ensalada? Podría añadir olivas negras y tomates. Queda muy sabrosa, con una salsa picante y picatostes.

—Me parece genial.

—Bien, no tardaré.

La observé mientras sacaba una lechuga y varios tomates del cajón de la parte inferior de la nevera. Los lavó con abundante agua del grifo, troceó los tomates y la lechuga y los colocó en un cuenco de madera. Luego coronó la ensalada con olivas y la depositó en la mesa. Puso unas generosas porciones de lasaña en un par de platos y metió el primero en el microondas. Había una firmeza inexorable en sus movimientos, como si encontrara reconfortante esa tarea tan simple.

—No sé tú, pero a mí no me vendría nada mal un vaso de vino. —Señaló hacia un pequeño estante sobre la encimera cerca del fregadero—. Tengo un buen Pinot Noir.

—Tomaré un vaso —dije—. ¿Quieres que abra la botella?

—No, ya lo haré yo. Mi sacacorchos es un poco especial.

Abrió la botella y vertió vino en dos vasos. Pronto estuvo sentada frente a mí, con dos humeantes platos sobre la mesa. El aroma de la lasaña me recordó lo hambriento que estaba. Tras tomar un bocado, señalé hacia mi tenedor.

—Está realmente deliciosa —comenté.

—¿A que sí? —reconoció ella. En lugar de tomar otro bocado, sin embargo, tomó un sorbo de vino—. Es el plato favorito de Tim. Una vez casados siempre le suplicaba a mi madre que le preparase una bandeja entera para él solito. A ella le encanta cocinar, y se siente feliz cuando ve que los demás disfrutan con lo que prepara.

290

Al otro lado de la mesa, la observaba mientras ella deslizaba un dedo por el borde del vaso. El vino tinto atrapaba la luz como lo haría un rubí.

—Si quieres más, no te cortes —agregó—. De verdad, me estás haciendo un favor. Casi siempre la comida acaba en el cubo de la basura. Sé que debería decirle que trajera menos cantidad, pero estoy segura de que no se lo tomaría nada bien.

—Resulta duro para ella —alegué—. Sabe que estás sufriendo.

—Lo sé. —Tomó otro sorbo de vino.

—Vas a comer, ¿no? —Señalé hacia su plato intocado.

—No tengo hambre. Siempre me pasa lo mismo cuando Tim está en el hospital, caliento algo, tengo ganas de comer, pero tan pronto como veo el plato delante de mí, se me cierra el estómago. —Se quedó mirando fijamente su plato como si quisiera intentarlo, luego meneó la cabeza.

—Sólo por complacerme —la alenté—. Come un poco. Tienes que cuidarte.

—Estoy bien.

Hice una pausa, con el tenedor a medio camino hacia mi boca.

—Vamos, hazlo por mí. No estoy acostumbrado a que me miren mientras como; me siento extraño.

—De acuerdo. —Asió el tenedor, pinchó un pedacito de lasaña y se lo llevó a la boca—. ¿Contento?

—Por supuesto —sonreí—. Eso es exactamente lo que quería decir. Así me siento mucho más cómodo. De postres quizá podríamos partirnos un par de migajas. Pero hasta entonces, sigue pinchando lasaña con el tenedor y fingiendo que comes.

Savannah soltó una carcajada.

—Me alegro de que estés aquí. Estos días eres el único que se atrevería a hablarme de ese modo.

—¿De qué modo? ¿Con sinceridad?

—Sí —repuso—. Lo creas o no, a eso es exactamente a lo que me refiero. —Bajó el tenedor y apartó el plato a un lado, ignorando mi petición—. Siempre has tenido la habilidad de levantarme el ánimo.

—Recuerdo que pensaba lo mismo de ti.

Ella lanzó la servilleta sobre la mesa.

291

—Qué tiempos, ¿eh?

La forma en que me miraba hizo que recordase el pasado al instante, y por un momento reviví cada emoción, cada esperanza y cada sueño que albergaba para los dos. De nuevo ella era una jovencita que acababa de conocer en la playa con toda una vida por delante, una vida que quería que compartiera conmigo.

Entonces se pasó la mano por el pelo, y su anillo de esposada brilló ostensiblemente. Bajé los ojos, y los clavé en mi plato.

—Si tú lo dices…

Pinché otro trozo de lasaña con el tenedor y me lo llevé a la boca, intentando sin éxito borrar esas imágenes de la mente. Tan pronto como me hube tragado el trozo de lasaña, ensarté otro.

—¿Qué te pasa? —preguntó—. ¿Estás enfadado?

—No —mentí.

—Pues actúas como si lo estuvieras.

Era la misma mujer que recordaba, salvo que ahora estaba casada. Tomé un trago de vino —un trago que equivalía a todos los sorbos que ella había tomado—. Me recliné en la silla.

—¿Por qué estoy aquí, Savannah?

—No sé a qué te refieres —contestó.

—A esto —dije, señalando la cocina a nuestro alrededor—. A que me invites a que pase a cenar, aunque tú no pruebes bocado. A que rememores los viejos tiempos. ¿Qué pretendes?

—Nada —insistió ella.

—Entonces, ¿qué pasa? ¿Por qué me has invitado a entrar?

En lugar de contestar a mi pregunta, se levantó y volvió a llenarse el vaso de vino.

—Quizá sólo sea porque necesite hablar con alguien —susurró—. Tal y como te he dicho, no puedo hablar ni con mi madre ni con mi padre; ni tan sólo puedo hablar con Tim así. —Su tono era el de una persona derrotada—. Todos necesitamos a alguien con quien hablar.

292   Tenía razón, y lo sabía. Ése era precisamente el motivo por el que me había desplazado hasta Lenoir.

—Lo comprendo —asentí, cerrando los ojos. Cuando los volví a abrir, podía notar que Savannah me estaba evaluando—. Sólo es que no sé cómo digerir todo esto. Nuestro pasado. Nosotros. El hecho de que estés casada. Incluso lo que le pasa a Tim. Nada tiene sentido.

Su sonrisa mostraba su pena.

—¿Y crees que para mí tiene sentido?

Cuando no contesté, Savannah depositó el vaso en la mesa.

—¿Quieres saber la verdad? —me preguntó, sin esperar mi respuesta—. Sólo intento llegar al final de cada día con suficiente energía para enfrentarme al día siguiente. —Entornó los ojos como si la confesión le resultara dolorosa, entonces volvió a abrirlos—. Sé que todavía sientes algo por mí, y me encantaría decirte que ardo en deseos de saber todo lo que has hecho desde el día en que te envié esa carta abominable, pero con toda sinceridad —dudó unos instantes—, no sé si realmente quiero saberlo. Lo único que sé es que cuando apareciste por aquí ayer, me sentí... bien. No increíblemente bien, pero tampoco mal. Y ahí está la cuestión. Durante los últimos seis meses, lo único que he hecho es sentirme mal. Me despierto cada día nerviosa, tensa, enfadada, frustrada y asustada, pensando que voy a perder al hombre con el que me casé. Eso es todo lo que siento hasta que se pone el sol —prosiguió—. Las veinticuatro horas de todos los días durante los últimos seis meses. Así es mi vida en estos momentos, pero lo más duro es que sé que a partir de ahora las cosas únicamente pueden ir a peor. Ahora tengo la responsabilidad añadida de intentar hallar un modo de ayudar a mi marido. De intentar encontrar un tratamiento que pueda dar resultado. De intentar salvar su vida.

Hizo una pausa y me miró directamente a los ojos, escrutándome para ver mi reacción.

Sabía que existían palabras con las que podría reconfortar a Savannah, pero como de costumbre, no supe qué decir. Lo único que acertaba a pensar era que ella seguía siendo la mujer de la que una vez me enamoré perdidamente, la mujer que aún amaba pero que nunca podría tener.

293

—Lo siento —se disculpó al cabo de un rato, con un tono completamente decaído—. No pretendo involucrarte en mis penas. —Me dedicó una sonrisa frágil—. Sólo quería que supieras que me alegro de que estés aquí.

Clavé la vista en la superficie granulada de la mesa de madera, procurando mantener mis sentimientos bajo control.

—Perfecto.

Savannah se acercó a la mesa, me sirvió más vino, a pesar de que aún me quedaba un poco en el vaso.

—¿Te abro mi corazón y todo lo que se te ocurre decir es «perfecto»?

—¿Qué quieres que diga?

Savannah se dio la vuelta y enfiló hacia la puerta de la cocina.

—Podrías haber dicho que también te alegrabas de haber venido —replicó en una voz apenas audible, y desapareció.

No oí que se abriera la puerta de la entrada, por lo que deduje que se había retirado al comedor.

Su comentario me provocó un gran malestar, pero no pensaba seguirla. Las cosas habían cambiado entre nosotros, y sabía que de ninguna manera volverían a ser como antaño. Pinché otro trozo de lasaña y me lo llevé a la boca con un desafío tenaz, preguntándome qué era lo que ella quería de mí. Era ella la que había enviado la carta, era ella quien había puesto fin a nuestra relación. Era ella la que se había casado. ¿Se suponía que teníamos que fingir que nada de eso había sucedido?

Acabé de comer, llevé los dos platos al fregadero y los lavé. A través de la ventana salpicada por la lluvia, vi mi coche y pensé que lo más sencillo para los dos sería que me marchara. Pero cuando busqué las llaves en mi bolsillo, me quedé helado. Por encima del rítmico repiqueteo del agua de la lluvia sobre el tejado, escuché un sonido proveniente del comedor, un sonido que sofocó mi rabia y confusión. Savannah estaba llorando.

Intenté ignorar su llanto, pero no pude. Tomé mi vaso de vino y atravesé la cocina hasta el comedor.

Savannah se hallaba sentada en el sofá, protegiendo con ambas manos su vaso de vino. Cuando entré, alzó la vista.

Fuera, el viento había empezado a arreciar y la lluvia comenzaba a caer incluso con más fuerza. Un relámpago iluminó el comedor a través de la ventana, seguido por el fragor de un trueno, prolongado y grave.

Me senté a su lado, dejé el vaso sobre la rinconera y eché un vistazo a la estancia. Encima del dintel de la chimenea vi varias fotografías de Savannah y de Tim en el día de su boda: una en la que estaban cortando el pastel y otra tomada en la iglesia. Ella estaba radiante, y por un momento deseé ser yo el afortunado que estuviera a su lado en esas fotos.

—Lo siento —balbució—. Sé que no debería llorar, pero no puedo evitarlo.

—Es comprensible —murmuré—. Te están pasando demasiadas cosas.

En el silencio reinante, escuché el ruido de la cortina de agua que se estrellaba contra la ventana.

—Menuda tormenta —comenté, buscando palabras que pudieran llenar el incómodo silencio.

—Sí —dijo ella, sin apenas escucharme.

—¿Crees que Alan estará bien?

Con los dedos propinó unos golpecitos en el cristal de su vaso.

—No se marchará del hospital hasta que cese la lluvia. Le dan miedo los relámpagos. Pero no creo que dure demasiado. El viento empujará la tormenta hacia la costa. Por lo menos, eso es lo que ha sucedido las últimas veces. —Vaciló unos instantes—. ¿Recuerdas esa tormenta que presenciamos juntos? ¿Cuando te llevé a la casa que estábamos edificando?

—Claro que sí.

—Todavía pienso en esa noche. Fue la primera vez que te dije que te amaba. Precisamente hace poco me acordé de esa noche. Estaba aquí sentada, como ahora, Tim estaba en el hospital, Alan estaba con él, y mientras yo contemplaba la lluvia, los recuerdos me abordaron, de un modo tan vívido que sentí como si todo acabara de suceder. Y entonces la lluvia cesó y supe que era hora de ir a dar de comer a los caballos. Me encontré nuevamente inmersa en mis rutinas, y de pronto tuve la impresión de que me lo había imaginado todo, que en realidad eso no me había pasado a mí, sino a otra persona, alguien a la que ya no soy capaz de reconocer.

Se inclinó hacia mí.

—¿Qué es lo que recuerdas más vívidamente? —me preguntó.

—Todo.

Me miró por debajo de las pestañas.

—¿No hay nada en especial?

La tormenta en el exterior confería a la estancia un ambiente íntimo y oscuro; sentí un escalofrío de culpabilidad de antemano, al pensar lo que podía suceder a continuación. La deseaba tanto como jamás había deseado a nadie, pero en lo más profundo de mi ser, sabía que Savannah ya no era mía. Podía notar la presencia de Tim por doquier y sabía que ella tampoco estaba lista.

Tomé un sorbo de vino, entonces deposité el vaso sobre la mesa.

295

—No. —Mantuve la voz inmutable—. Nada. Por eso querías que siempre mirase la luna, ¿no? Para que así no me olvidase de nada.

Lo que no le dije fue que aún salía a contemplar la luna; a pesar de la sensación de culpa que me invadía por estar allí, me pregunté si ella también lo hacía.

—¿Quieres saber lo que recuerdo más vívidamente? —me preguntó.

—¿Cuándo le partí la nariz a Tim?

—No. —Se echó a reír, luego se puso seria—. Recuerdo cuando íbamos a misa. ¿Te das cuenta de que han sido las únicas veces en que te he visto con corbata? Deberías vestirte formalmente más a menudo. Te sentaba bien. —Savannah pareció estar recordando esa imagen antes de volver a girar la vista hacia mí—. ¿Sales con alguien? —me interrogó.

—No.

Ella asintió.

—Lo suponía. Pensé que lo habrías mencionado.

Se dio la vuelta hacia la ventana. En la distancia, podía ver uno de los caballos galopando bajo la lluvia.

—Tendré que salir a darles de comer dentro de poco. Probablemente se estarán preguntando dónde me he metido.

—No les pasará nada —aseveré.

—Ya, es muy fácil decirlo. Te aseguro que pueden impacientarse tanto como las personas, cuando tienen hambre.

—Debe de ser muy duro, encargarte tú sola de todo esto.

—Lo es. Pero ¿qué alternativa me queda? Por lo menos nuestro jefe ha sido muy comprensivo. Tim tiene la baja, y cuando está en el hospital, me dejan que me tome todo el tiempo que necesito. —Entonces, con un tono bromista, añadió—: Igual que en el ejército, ¿no?

—Oh, sí, exactamente igual.

Ella se rio divertida, entonces volvió a ponerse seria.

—¿Cómo fue la experiencia en Iraq?

Estuve a punto de soltar la parrafada poco seria de siempre sobre la arena, pero en lugar de eso dije:

—Es difícil de describir.

Savannah esperó, y yo así mi vaso de vino, intentando buscar una evasiva. Incluso con ella, no estaba seguro de si quería ahondar en esa cuestión. Pero algo estaba sucediendo entre nosotros, algo que yo quería y a la vez no quería. Me obligué a mirar hacia el anillo de Savannah y a imaginar la traición que ella sentiría sin duda más tarde. Cerré los ojos y empecé con la noche de la invasión.

No sé cuánto rato estuve hablando, el suficiente para que la lluvia cesara. Con el sol todavía recorriendo su órbita en un lento descenso, el horizonte refulgía con los colores del arco-íris. Savannah volvió a llenarse el vaso. Cuando hube acabado, me sentí totalmente exhausto, y supe que jamás volvería a hablar de ello.

Savannah había permanecido en silencio durante mi relato, sólo interrumpiéndome con alguna pregunta esporádica para demostrarme que estaba atenta a todo lo que le contaba.

—Me lo había imaginado distinto —remarcó.

—¿Ah, sí? ¿En qué sentido?

—Cuando repasas los titulares o lees las noticias, la mayoría de las veces los nombres de los soldados o de las ciudades en Iraq son simplemente palabras. Pero para ti, es una experiencia personal…, es real. Quizá demasiado real.

No me quedaba nada que añadir, y noté cómo su mano buscaba la mía. Su tacto consiguió que se me acelerase el pulso.

—Cómo desearía que no hubieras tenido que pasar por esa terrible experiencia.

Apreté su mano y noté que ella respondía con cariño. Cuando finalmente la soltó, la sensación de su tacto no se borró, y como un viejo hábito redescubierto, la observé mientras se colocaba un mechón de pelo detrás de la oreja. La imagen me resultó sumamente dolorosa.

—Son extraños los designios del destino —dijo, su voz casi un susurro—. ¿Alguna vez imaginaste que tu vida acabaría siendo como es?

—No —respondí.

—Yo tampoco. La primera vez que regresaste de Alemania, estaba segura de que un día acabaríamos casándonos, tú y yo.

Estaba más segura de lo que nunca he estado de nada en mi vida.

Clavé la vista en mi vaso mientras ella continuaba.

—Y entonces, en tu segundo permiso, me reafirmé todavía más. Especialmente después de que hiciéramos el amor.

—No... —Sacudí la cabeza—. Mira, será mejor que no hablemos de eso.

—¿Por qué? —preguntó—. ¿Acaso te arrepientes?

—No. —No podía soportar mirarla a la cara—. Por supuesto que no. Pero ahora estás casada.

—Pero sucedió —insistió—. ¿Quieres que me olvide, como si no hubiera pasado?

—No lo sé. Quizá.

—No puedo —se resistió, con un tono que denotaba desconcierto y ultraje al mismo tiempo—. Fue mi primera vez. Nunca lo olvidaré, y en cierta manera, para mí siempre será especial. Lo que sucedió entre nosotros fue muy bello.

No me fiaba de mí mismo a la hora de responder ante su confesión, y después de un momento, ella pareció contenerse. Inclinándose hacia delante, me preguntó:

—Cuando descubriste que me había casado con Tim, ¿qué pensaste?

Esperé a contestar; quería elegir mis palabras con el debido cuidado.

—Mi primer pensamiento fue que, en cierta manera, tenía sentido. Él lleva años enamorado de ti. Lo supe desde el momento en que lo conocí. —Me pasé la mano por la cara—. Después, me sentí... abrumado. Me alegré de que hubieras elegido a alguien como él, porque es un tipo entrañable y los dos tenéis muchas cosas en común, pero también me sentí... triste. Faltaba muy poco para que pudiéramos estar finalmente juntos. Ahora ya haría dos años que me habría licenciado.

Savannah frunció los labios.

—Lo siento —murmuró.

—Yo también. —Intenté sonreír—. Si quieres mi opinión más sincera, creo que deberías de haberme esperado.

Ella se rio, incómoda, y yo me quedé sorprendido al constatar el deseo que emanaba de sus ojos. Asió su vaso de vino.

—También pienso a menudo en eso. Si realmente habríamos acabado juntos, dónde viviríamos, qué sería de nuestras vidas. Especialmente en estos últimos meses. Anoche, después de que te marcharas, no podía pensar en otra cosa. Sé que suena terrible por mi parte, pero estos dos últimos años he estado intentando convencerme de que aunque nuestro amor fue real, no habría durado para siempre. —Su expresión mostraba ahora abatimiento—. Te habrías casado conmigo, ¿verdad?

—Sin dudarlo. Y todavía lo haría si pudiera.

Súbitamente, nuestro pasado parecía haber irrumpido en el presente, con una intensidad arrolladora.

—Fue real, ¿no? —cuestionó con voz temblorosa—. Me refiero a nuestra historia…

La luz plateada del atardecer se reflejaba en sus ojos mientras ella aguardaba mi respuesta. En los momentos que siguieron, sentí el peso aplastante del vaticinio de Tim sobre nuestros cuerpos.

Mis pensamientos desbocados eran morbosos y erróneos, pero estaban allí. Me odiaba a mí mismo por tan sólo pensar en una vida con Savannah después de Tim, y deseaba alejar ese pensamiento de mi mente.

Sin embargo, no podía. Quería estrechar a Savannah entre mis brazos, con pasión, recuperar todo lo que habíamos perdido en nuestros años separados. Instintivamente, empecé a inclinarme hacia ella.

Savannah era consciente de lo que estaba sucediendo, pero no se apartó. No al principio. Cuando mis labios rozaron los suyos, sin embargo, se giró atolondradamente, y sin querer salpicó nuestra ropa con el vino contenido en su vaso.

Se puso de pie al instante, depositó el vaso sobre la mesa y se separó la blusa de la piel.

—Lo siento —farfullé.

—No pasa nada —contestó—. De todos modos, será mejor que vaya a cambiarme. Tengo que poner la blusa en remojo; es una de mis favoritas.

—De acuerdo. —No sabía qué más decir.

La observé mientras salía del comedor y recorría un trozo

299

del pasillo. Entró en la habitación situada a la derecha, y cuando se perdió de vista, lancé una maldición entre dientes. Sacudí la cabeza ante mi propia estupidez, luego me fijé en la mancha de vino en mi camisa. Me levanté y enfilé hacia el pasillo en busca del cuarto de baño.

Abrí una puerta al azar y me topé cara a cara conmigo mismo en el espejo del cuarto de baño. En el espejo también vi el reflejo de Savannah, a través de la puerta entreabierta de la habitación al otro lado del pasillo. Estaba desnuda de cintura para arriba, me daba la espalda, y a pesar de que lo intenté, no conseguí apartar los ojos de esa imagen.

Ella debió de darse cuenta de que la estaba contemplando impúdicamente, porque miró por encima del hombro hacia mí. Pensé que cerraría rápidamente la puerta y se taparía, pero no lo hizo. En lugar de eso, me miró a los ojos sin recato, invitándome a que continuara mirándola. Y entonces, lentamente, se dio la vuelta.

Nos quedamos así, mirándonos el uno al otro a través del reflejo del espejo, separados únicamente por un angosto pasillo. Sus labios estaban levemente entreabiertos, e irguió un poco la barbilla. Sabía que, aunque viviera cien años, jamás olvidaría esa visión exquisita. Quería atravesar el pasillo y avanzar hacia ella, consciente de que me deseaba tanto como yo a ella. Pero permanecí donde estaba, paralizado por el pensamiento de que un día Savannah me odiaría por lo que ambos deseábamos tan obviamente.

Y ella, que me conocía mejor que nadie en este mundo, bajó la vista como si de repente hubiera llegado a la misma conclusión. Me dio la espalda justo en el instante en que la puerta de la entrada se abrió con un gran estrépito, y a continuación oí un alarido rasgando la oscuridad.

Alan...

Me giré y me precipité hacia el comedor; Alan ya estaba en la cocina. Pude oír cómo se ensañaba con las puertas de los armarios, abriéndolas y cerrándolas con virulencia mientras continuaba chillando de un modo agónico, casi como si se estuviera muriendo. Me detuve, sin saber qué hacer. Un momento más tarde, Savannah pasó delante de mí como una bala, abrochándose la blusa.

—¡Alan! ¡Ya voy! —gritó, con voz frenética—. ¡No pasa nada! ¡Tranquilo! ¡Tranquilo!

Alan continuaba gimoteando sin cesar, y seguía abriendo y cerrando los armarios con la furia de un endemoniado.

—¿Necesitas ayuda? —grité.

—No. —Sacudió enérgicamente la cabeza—. Ya me ocupo yo. Sucede a veces, cuando vuelve del hospital.

Savannah entró corriendo en la cocina. Pude oírla cómo empezaba a hablarle. Su voz casi se perdía en el clamor, pero escuché su tono firme; me desplacé hasta el umbral de la puerta y la vi al lado de Alan, intentando calmarlo. Sin embargo, no parecía conseguirlo, y sentí el impulso de entrar a ayudarla, pero Savannah no perdió la calma. Continuó hablándole con resolución, acto seguido le cogió de la mano y empezó a seguir el movimiento de los violentos portazos.

Al final, después de lo que pareció una eternidad, los portazos empezaron lentamente a perder su furor y se volvieron más rítmicos, hasta cesar por completo. Los gritos de Alan siguieron la misma pauta. La voz de Savannah era más suave ahora, y ya no acerté a oír palabras claras sino sólo un murmullo.

301

Me senté en el sofá. Unos pocos minutos más tarde, me levanté y me dirigí a la ventana. Estaba oscuro; las nubes habían desaparecido, y encima de las montañas se extendía un manto de estrellas. Preguntándome qué era lo que pasaba, me desplacé hasta un punto en el comedor desde donde podía divisar parte de la cocina.

Savannah y Alan se hallaban ahora sentados en el suelo, ella con la espalda recostada en un armario, y él con la cabeza apoyada en su pecho mientras ella le acariciaba el pelo con ternura. Alan parpadeaba febrilmente, como si le fuera imposible detener ese movimiento intermitente. Los ojos de Savannah brillaban con lágrimas, pero vi la extrema concentración en sus facciones y supe que ella había adoptado la determinación de no dejar que Alan averiguase la intensidad de su sufrimiento.

—Le quiero. —Oí que decía Alan. Ya no quedaba ningún vestigio de la voz grave del hospital; en su lugar había el lamento doloroso de un muchacho asustado.

—Lo sé, amor mío. Yo también le quiero. Le quiero mucho. Sé que estás asustado; yo también estoy asustada.

Por su tono deduje que era sincera.

—Le quiero —repitió Alan.

—Ya verás como dentro de un par de días saldrá del hospital. Los médicos están haciendo todo lo que pueden.

—Le quiero.

Ella lo besó en la frente.

—Él también te quiere, Alan. Y yo también. Y sé que él tiene muchas ganas de salir a cabalgar de nuevo contigo. Me lo ha dicho. Y está tan orgulloso de ti… No se cansa de repetirme el magnífico trabajo que haces aquí, en el rancho.

—Tengo miedo.

—Yo también, amor mío. Pero los médicos están haciendo todo lo que pueden.

—Le quiero.

—Lo sé. Yo también le quiero. Más de lo que puedas imaginarte.

Continué observándolos, y en ese instante tuve la certeza de que no pintaba nada allí. En todo el rato que permanecí de pie, Savannah no alzó la vista ni una sola vez; me sentí abrumado por el peso de todo lo que habíamos perdido.

Me palpé el bolsillo, saqué las llaves del coche y me di la vuelta para marcharme, sintiendo cómo me quemaban las lágrimas que pujaban por aflorar de mis ojos. Abrí la puerta y, a pesar del sonoro crujido de la madera, supe que Savannah no lo oiría.

Bajé los peldaños del porche con paso torpe, preguntándome si alguna vez en la vida me había sentido más cansado. Y después, mientras conducía de regreso al motel y escuchaba el ruido del motor mientras esperaba con el coche parado a que el semáforo se pusiera verde, supe que los transeúntes verían a un hombre llorando, un hombre cuyas lágrimas manaban sin parar, como si nunca fueran a agotarse.

Y

Pasé el resto del atardecer solo, en mi habitación del motel. Fuera podía oír voces de desconocidos que pasaban por delante de mi puerta, arrastrando maletas con ruedas. Cuando los coches se detenían en el aparcamiento, mi habitación se iluminaba momentáneamente con los focos que proyectaban imágenes fantasmagóricas en las paredes. Gente con empeño, gente que avanzaba por la vida. Tumbado en la cama, me invadió una gran envidia y me pregunté si alguna vez podría decir lo mismo.

No me molesté en intentar conciliar el sueño. Pensé en Tim, pero de un modo extraño: en lugar de la figura demacrada que había visto en el hospital, sólo veía al joven que había conocido en la playa, el estudiante con un aspecto impecable que siempre estaba dispuesto a regalar su sonrisa limpia a todo el mundo. Pensé en mi padre y me pregunté cómo debían de haber sido sus últimas semanas. Intenté imaginar al personal del geriátrico, escuchándolo mientras él hablaba de monedas, y rogué a Dios porque el director no se hubiera equivocado cuando me dijo que mi padre había fallecido en paz mientras dormía. Reflexioné sobre Alan y sobre el mundo extraño en el que habitaba su mente. Pero sobre todo pensé en Savannah. Reviví el día que habíamos pasado juntos; recordé una y otra vez el pasado, intentando escapar de esa sensación de vacío que se había apoderado de mí.

Por la mañana contemplé la salida del sol: una esfera dorada emergiendo de la tierra. Me duché y cargué de nuevo en el coche las escasas pertenencias que había llevado a la habitación. Me dirigí al bar situado al otro lado de la calle para desayunar, pero cuando depositaron el plato humeante delante de mí, lo aparté a un lado y me concentré sólo en la taza de café, preguntándome si Savannah ya se habría levantado y si estaría dando de comer a los caballos.

Eran las nueve de la mañana cuando aparecí por el hospital. Firmé en el libro de visitas y subí hasta la tercera planta en ascensor; recorrí el mismo pasillo que había recorrido el día pre-

303

vio. La puerta de Tim estaba entreabierta, y podía escuchar la televisión.

Él me vio y sonrió con cara de sorpresa.

—Eh, John —me saludó, y apagó la televisión—. Entra. Sólo estaba matando las horas.

Mientras tomaba asiento en la misma silla que el día anterior, me fijé en que tenía mejor color de piel. Hizo un esfuerzo considerable para sentarse en la cama antes de centrar nuevamente toda su atención en mí.

—¿Qué te trae por aquí tan temprano?

—Vengo a despedirme. Mañana tengo que coger un vuelo para regresar a Alemania. Ya sabes cómo son estas cosas —me excusé.

—Sí, lo sé —asintió—. Bueno, espero que me den el alta hoy por la tarde. He pasado una buena noche.

—Fantástico, me alegro de oírlo.

Lo estudié, buscando algún indicio de sospecha en su mirada, alguna señal de que sabía lo que había estado a punto de suceder la noche previa, pero no detecté nada.

—¿Por qué has venido, en realidad, John? —inquirió.

—No estoy seguro —confesé—. He sentido la necesidad de pasar a despedirme. Y he pensado que quizá tú también querrías verme.

Tim asintió y se giró hacia la ventana; desde su habitación, la vista dejaba mucho que desear: sólo un primer plano de un enorme aparato de aire acondicionado.

—¿Quieres saber lo peor de todo? —No esperó a que respondiera—. Me preocupa Alan. Soy consciente de la gravedad de mi estado. Sé las escasas posibilidades que tengo de salir con vida de ésta. Puedo aceptar esta dura verdad. Tal y como te comenté ayer, todavía no he perdido la fe, y sé, o por lo menos lo espero, que hay algo mejor aguardándome después de todo este calvario. Y Savannah…, supongo que si me pasa algo, se derrumbará. Pero ¿sabes lo que aprendí cuando perdí a mis padres?

—¿Que la vida es injusta?

—Sí, eso también, por supuesto. Pero también aprendí que

se puede seguir adelante, por más que parezca imposible, y que, con el tiempo, el dolor... merma. Es posible que no desaparezca por completo, pero después de un tiempo la carga se vuelve más llevadera. Eso es lo que le sucederá a Savannah. Es joven y fuerte, y será capaz de salir adelante. Pero Alan..., no sé qué pasará con él. ¿Quién lo cuidará? ¿Dónde vivirá?

—Savannah cuidará de él.

—Sé que lo haría. Pero ¿es justo para ella? ¿Esperar que acepte esa responsabilidad?

—No importa si es justo o no. No permitirá que nada le pase a Alan.

—¿Cómo? Tendrá que trabajar, ¿quién cuidará de Alan entonces? Recuerda, es todavía muy joven. Sólo tiene diecinueve años. ¿Puedo esperar que ella se ocupe de él durante los próximos cincuenta años? Para mí es simple. Es mi hermano. Pero Savannah... —Sacudió la cabeza—. Ella es joven y hermosa. ¿Es justo esperar que nunca se vuelva a casar?

—¿De qué estás hablando?

—¿Aceptaría su nuevo esposo encargarse de Alan?

Cuando no dije nada, él enarcó las cejas.

—¿Lo harías tú? —me exhortó.

Abrí la boca para contestar, pero ninguna palabra salió de mi garganta. Su expresión se suavizó.

—Pienso en eso mientras estoy aquí, tumbado. Cuando no me invaden las náuseas, quiero decir. De hecho, pienso en muchas cosas. Incluso en ti.

—¿En mí?

—Todavía la amas, ¿verdad?

Procuré no alterar la expresión de mi semblante, pero él leyó mis pensamientos.

—No pasa nada —dijo—. Ya lo sé. Siempre lo he sabido. —Su aspecto se había tornado casi melancólico—. Todavía puedo recordar la cara de Savannah la primera vez que habló contigo. Nunca la había visto así. Me sentí contento por ella porque vi algo en ti que me infundió confianza desde el primer momento. El primer año que estuviste lejos de ella, Savannah te echó mucho de menos. Era como si su corazón se resquebrajara un poco más cada día que pasaba. Sólo pensaba en ti. Y entonces descubrió que no ibas a regresar a casa y acabamos en Lenoir, mis padres murieron y… —No acabó la frase—. Siempre supiste que yo también estaba enamorado de ella, ¿verdad?

Asentí con la cabeza.

—Lo suponía. —Se aclaró la garganta—. La amo desde que tenía doce años. Y poco a poco, ella también se enamoró de mí.

—¿Por qué me cuentas todo esto?

—Porque —dijo— no fue lo mismo. Sé que ella me quiere, pero jamás me ha querido del modo que te ha querido a ti. Jamás ha sentido esa pasión por mí, pero las cosas nos iban bien juntos. Ella estaba tan contenta de que hubiéramos puesto en marcha el proyecto en el rancho…, y eso me hacía sentir tan bien, me refiero a pensar que podía hacer algo así por ella. Entonces caí enfermo, pero ella siempre ha estado aquí, a mi lado, ocupándose de mí del mismo modo que yo me ocuparía de ella si le sucediera lo mismo. —Se detuvo un instante, esforzándose por encontrar las palabras adecuadas, y no se me escapó la angustia en su expresión.

306

»Ayer, cuando entraste, vi la forma en que ella te miraba, y supe que todavía está enamorada de ti. Más que eso, sé que siempre lo estará. Me parte el corazón, pero, ¿sabes una cosa?, yo todavía sigo enamorado de ella, y para mí eso significa que no quiero nada más que verla feliz en esta vida. Es mi mayor deseo. Es lo que siempre he deseado para ella.

Mi garganta estaba tan seca que me costó horrores articular cuatro palabras.

—¿De qué estás hablando?

—Digo que no te olvides de Savannah si me muero. Y prométeme que siempre la tratarás como a una reina, del mismo modo que hago yo.

—Tim…

—No digas nada, John. —Alzó una mano, tanto para acallarme como para despedirse de mí—. Sólo recuerda lo que te he dicho, ¿lo prometes?

Cuando se dio la vuelta, supe que nuestra conversación había concluido.

Entonces me puse de pie y salí silenciosamente hasta el pasillo, cerrando la puerta a mis espaldas.

Fuera del hospital, parpadeé varias veces seguidas para adaptarme a la intensidad de la luz del sol matinal. Podía oír los pájaros trinar en los árboles, pero a pesar de que hice un esfuerzo por verlos, éstos permanecieron ocultos a mis ojos.

El aparcamiento estaba medio lleno. Por aquí y por allí podía ver a gente caminando hacia la entrada o de regreso a sus coches. Todos tenían un aspecto tan devastado, y así me sentía yo también. Parecía que el optimismo que mostraban a los seres queridos que estaban ingresados en el hospital se desvaneciera justo en el instante en que se quedaban solos. Sabía que los milagros siempre eran posibles, por más enferma que estuviera una persona, y que las mujeres en el pabellón de maternidad estaban arreboladas de alegría mientras sostenían a sus recién nacidos entre sus brazos, pero me pareció que, al igual que yo, la mayoría de los visitantes del hospital apenas podían mantener a raya sus emociones.

Me senté en un banco de los jardines del recinto y me pregunté por qué había venido; deseaba no haberlo hecho. Rememoré la conversación con Tim una y otra vez, y su imagen angustiada me obligó a cerrar los ojos. Por primera vez en muchos años, mi amor por Savannah me pareció... erróneo. El amor debería suscitar alegría, debería proporcionar paz interior; sin embargo, de un modo constante, nuestra historia sólo aportaba dolor. A Tim, a Savannah, incluso a mí. No había venido para tentar a Savannah ni para echar a perder su matrimonio... ¿O quizá sí? No estaba seguro de que fuera una persona tan noble como pensaba que era, y ese dilema me dejó tan vacío como una lata de pintura oxidada.

Saqué la foto de Savannah del billetero. Estaba arrugada y deteriorada. Mientras contemplaba su rostro, me sorprendí a mí mismo preguntándome qué pasaría ese año. No sabía si Tim viviría o moriría, y no quería pensar en ello. Sabía que pasara lo que pasase, la relación entre Savannah y yo jamás vol-

307

vería a ser lo que una vez fue. Nos habíamos conocido en una época en la que ninguno de los dos tenía ningún compromiso, un momento lleno de promesas; en su lugar ahora había las implacables lecciones del mundo real.

Me froté las sienes, consternado ante la idea de que Tim supiera lo que casi había sucedido entre Savannah y yo la noche anterior, y que incluso él se lo hubiera esperado. Sus palabras no habían dejado lugar a dudas, al igual que su petición de que prometiera amarla con la devoción que él sentía. Sabía exactamente lo que estaba sugiriendo que hiciera si él se moría, pero de algún modo su permiso me hacía sentir incluso peor.

Al cabo de un rato, me levanté y empecé a caminar lentamente hacia el coche. No estaba seguro de adónde quería ir, salvo que necesitaba alejarme de ese hospital tanto como pudiera. Necesitaba marcharme de Lenoir, aunque sólo fuera para darme a mí mismo la oportunidad de reflexionar. Hundí las manos en los bolsillos y saqué las llaves del coche.

Sólo entonces me di cuenta de que el todoterreno de Savannah estaba aparcado justo al lado del mío. Savannah se hallaba sentada en el asiento del conductor, y cuando me vio llegar, abrió la puerta y se apeó del auto. Me esperó, alisándose la blusa mientras yo me acercaba.

Me detuve a pocos pasos de ella.

—John —dijo—, ayer te marchaste sin despedirte.

—Lo sé.

Ella asintió con un leve movimiento de cabeza. Ambos comprendíamos el motivo.

—¿Cómo has sabido que estaba aquí?

—No lo sabía —respondió Savannah—. Pasé por el motel y me dijeron que ya te habías marchado. Cuando llegué aquí, vi tu coche y decidí esperarte. ¿Has estado con Tim?

—Sí. Está mucho mejor. Espera que le den el alta esta misma tarde.

—Fantástico. —Hizo una señal hacia mi coche—. ¿Te marchas de Lenoir?

—No me queda más remedio. Se me acaba el permiso.

Cruzó los brazos sobre el pecho.

—¿Pensabas pasar a despedirte de mí?

—No lo sé —admití—. Aún no había pensado en eso.

Vi un atisbo de aflicción y decepción en su rostro.

—¿De qué habéis hablado Tim y tú?

Miré por encima del hombro hacia el hospital, y luego de nuevo a ella.

—Quizá será mejor que se lo preguntes a él.

Sus labios se fruncieron hasta formar una fina línea y su cuerpo se puso visiblemente rígido.

—Así que... ha llegado el momento de despedirnos, ¿no?

Oí la bocina de un coche y vi que se había formado un repentino atasco en la carretera. El conductor de un Toyota rojo cambiaba de carril, haciendo todo lo posible por evitar la retención. Con los ojos fijos en la carretera, fui consciente de que estaba buscando evasivas para no contestar a su pregunta, pero sabía que ella merecía una respuesta.

—Sí —repuse, girándome lentamente hacia ella—. Creo que sí.

Sus nudillos se pusieron ostensiblemente blancos contra sus brazos.

—¿Puedo escribirte?

Me esforcé por no apartar la vista, deseando nuevamente que el destino hubiera sido más benévolo con nosotros dos.

—No estoy seguro de que sea una buena idea.

—No te comprendo.

—Sí, sí que me comprendes. Estás casada con Tim, y no conmigo. —Dejé caer la frase mientras aunaba fuerzas para lo que quería decir a continuación—. Es un buen hombre, Savannah. Mucho mejor que yo, de eso no me cabe duda, y me alegro de que te hayas casado con él. Por más que te ame con todo mi corazón, no deseo romper tu matrimonio. Y en el fondo, tampoco estoy seguro de que eso sea lo que tú quieres. Aunque me ames, también lo amas a él. Me ha costado bastante admitirlo, pero estoy seguro de que no me equivoco.

De lo que no hablamos fue del futuro incierto de Tim, y vi cómo súbitamente sus ojos se empezaban a llenar de lágrimas.

—¿Nos volveremos a ver?

—No lo sé. —Las palabras me abrasaban la garganta—. Aunque espero que no.

—¿Cómo puedes decir eso? —me recriminó, con la voz entrecortada.

—Porque eso significa que Tim se pondrá bien. Y tengo el presentimiento de que todo saldrá bien.

—¡No puedes decir eso! ¡No puedes prometerlo!

—No, no puedo.

—Entonces, ¿por qué tenemos que acabar ahora, de este modo?

Una lágrima rodó por su cara, y a pesar de que sabía que simplemente debería marcharme, avancé un paso hacia ella. Cuando estuve cerca, le sequé la lágrima con mi mano. En sus ojos podría ver miedo y tristeza, rabia y traición. Pero, sobre todo, vi que me imploraban que cambiara de idea.

Tragué saliva con dificultad.

—Estás casada con Tim, y tu esposo te necesita. A ti sola. No hay espacio para mí; ambos sabemos que no debería haberlo.

310

Mientras más lágrimas afloraban a sus ojos, sentí que los míos me abrasaban y que se me formaba un nudo en la garganta. Me incliné hacia ella y la besé en los labios con suavidad, luego la estreché entre mis brazos y la abracé con ternura.

—Te amo, Savannah, y siempre te amaré —suspiré—. Eres lo mejor que me ha pasado en la vida. Fuiste mi mejor amiga y mi novia, y no me arrepiento ni de un solo momento que he pasado contigo. Me hiciste sentir vivo de nuevo, y lo más importante: me devolviste a mi padre. Nunca te olvidaré por eso. Siempre serás lo mejor que hay en mí. Siento que tenga que ser de este modo, pero he de marcharme, y tú tienes que ir a ver a tu esposo.

Mientras hablaba, podía notar sus convulsiones y oír sus sollozos, y continué abrazándola unos minutos más. Cuando finalmente nos separamos, pensé que ésa había sido la última vez que la estrecharía entre mis brazos.

Retrocedí un paso, sin apartar la vista de los ojos de Savannah.

—Yo también te quiero, John.

—Adiós. —Alcé una mano.

Ella se secó las lágrimas de la cara y empezó a caminar hacia el hospital.

Decirle adiós ha sido la cosa más dura que he tenido que hacer en la vida. Parte de mí quería dar un golpe de volante y regresar corriendo al hospital, para decirle que siempre estaría allí si me necesitaba, para jurar solemnemente que aceptaba el compromiso que Tim me había propuesto. Pero no lo hice.

De camino hacia los confines de la ciudad, me detuve en una gasolinera que disponía de un pequeño colmado. Necesitaba llenar el depósito de gasolina, y también aproveché para comprarme una botella de agua. Mientras me acercaba al mostrador, vi una jarra que el dueño había colocado para recaudar fondos para Tim, y me la quedé mirando fijamente. Estaba llena de monedas y de billetes de un dólar; en la etiqueta aparecía el nombre de una cuenta en un banco de la localidad. Pedí al empleado que había detrás del mostrador que me cambiara varios dólares en monedas para ganar tiempo.

De vuelta al coche sentía el cuerpo totalmente entumecido. Abrí la puerta y empecé a hurgar entre los documentos que el abogado me había entregado, y también busqué un lápiz. Encontré lo que necesitaba, y acto seguido me dirigí a la cabina de teléfono. Estaba cerca de la carretera. Los coches pasaban delante de mí rugiendo a gran velocidad. Marqué el número de información y tuve que pegarme al aparato para escuchar la voz grabada que me dictaba el número solicitado. Lo apunté en un documento, luego colgué el teléfono. Inserté varias monedas en la ranura, marqué el número y escuché otro mensaje grabado que me pedía que insertara más monedas. Puse unas cuantas monedas más. Pronto escuché el tono de un teléfono.

Cuando contestaron, expliqué a quien me contestó quién era y le pregunté si se acordaba de mí.

—Claro que sí, John. ¿Cómo estás?

—Bien, gracias. Mi padre ha muerto.

Hubo una pequeña pausa.

—Siento mucho la noticia. ¿Estás bien?

—No lo sé.

—¿Hay algo que pueda hacer por ti?

Entorné los ojos, pensando en Savannah y en Tim, y esperando que de algún modo mi padre me perdonara por lo que estaba a punto de hacer.

—Sí —le contesté al negociante de monedas—. Deseo vender la colección de monedas de mi padre, y necesito el dinero tan pronto como sea posible.

Epílogo

Lenoir, 2006

¿*Q*ué es el amor verdadero?

Reflexiono de nuevo sobre ello mientras permanezco aquí sentado, en la ladera de la montaña, observando cómo Savannah se mueve entre los caballos. Por un momento, recuerdo la noche en que me presenté en el rancho para verla…, pero esa visita, hace un año, se me antoja cada vez más como un sueño.

Vendí las monedas por menos de lo que realmente valían, y una a una. Supe que los restos de la colección se los repartirían unas personas cuyo interés jamás sería comparable al de mi padre. Al final opté por quedarme sólo con el Buffalo nickel 1926-D, simplemente porque no podía soportar la idea de venderlo. Junto con la foto, es todo lo que me queda de mi padre, y siempre lo llevo encima. Es como un talismán para la buena suerte, uno que encierra todas mis recuerdos de mi padre; incluso ahora, de vez en cuando, lo saco del bolsillo y lo contemplo durante un rato. Paso los dedos por encima de la cajetilla de plástico que protege la moneda, y de repente puedo ver a mi padre leyendo el *Greysheet* en su estudio u oler las lonchas de panceta que chisporrotean en la sartén en la cocina. Descubro que esas imágenes me hacen sonreír, y por un momento, siento que ya no estoy solo.

Sin embargo, lo estoy, y en cierta manera sé que siempre será así. En eso estoy pensando precisamente mientras oteo las figuras de Savannah y de Tim en la distancia, que caminan cogidos de la mano; la forma en que se tocan denota el afecto genuino

313

que sienten el uno por el otro. He de admitir que forman una pareja estupenda. Cuando Tim llama a Alan, éste se une a ellos, y los tres entran en la casa. Por un momento me pregunto de qué deben de estar hablando en esos instantes, ya que siento curiosidad por los pequeños detalles de sus vidas, aunque soy plenamente consciente de que no es asunto mío. He oído, sin embargo, que Tim ha terminado el tratamiento y que la mayoría de la gente de la localidad tiene la esperanza de que se recuperará.

Lo supe por boca del abogado de Lenoir que contraté durante mi última visita. Entré en su oficina con un cheque al portador y le pedí que lo ingresara en la cuenta que los parroquianos habían abierto con el fin de recaudar fondos para el tratamiento de Tim. Ya conocía el trato de confidencialidad que se establecía entre los abogados y sus clientes, y sabía que él no comentaría nada a nadie. Era importante que Savannah no se enterase de lo que había hecho. En un matrimonio sólo hay espacio para dos.

314

No obstante, le pedí al abogado que me mantuviera informado, y durante el año pasado hablé con él varias veces desde Alemania. Me explicó que había contactado con Savannah para notificarle que uno de sus clientes deseaba realizar un donativo anónimo —pero que quería estar informado acerca de los progresos de Tim—, ella rompió a llorar cuando le dijeron el importe del donativo. El abogado me contó que, esa misma semana, Savannah llevó a Tim a la clínica MD Anderson y allí les comunicaron que Tim era un candidato ideal para el ensayo clínico con la vacuna que planeaban poner en marcha en el mes de noviembre. Me dijo que antes de iniciar las pruebas, trataron a Tim con bioquimioterapia y con otra terapia complementaria, y que los médicos tenían esperanzas de que el tratamiento matara las células cancerígenas que proliferaban en sus pulmones. Hace un par de meses, el abogado me llamó para informarme de que el tratamiento había tenido más éxito del esperado por los médicos y que ahora Tim estaba técnicamente en fase de remisión.

El resultado no garantizaba que Tim viviera hasta una edad longeva, pero le garantizaba una posibilidad de combatir el cáncer, y eso era todo lo que deseaba para ellos dos. Quería que fueran felices. Quería que Savannah fuera feliz. Y por lo que he podido presenciar hoy, lo son. He venido porque necesitaba saber si había tomado la decisión correcta cuando vendí las monedas, para corroborar si había actuado cabalmente al no volver a contactar con ella, y desde donde me hallo sentado, puedo asegurar que no me he equivocado.

Vendí la colección porque finalmente comprendí lo que significa el amor verdadero. Tim me había dicho —y demostrado— que amar significa preocuparte más por la felicidad de la otra persona que por la tuya propia, sin importar las elecciones dolorosas que tengas que asumir para lograrlo. Abandoné la habitación de Tim en el hospital con la certeza de que él tenía razón. Pero actuar del modo correcto no siempre resulta fácil. Estos días, vivo con la sensación de que me falta algo, alguna cosa que en cierto modo necesito para conseguir que mi vida sea plena. Sé que mis sentimientos por Savannah nunca cambiarán y sé que siempre me cuestionaré cualquier decisión que tome.

Y a veces, también me pregunto si Savannah sentirá lo mismo. Eso explica el otro motivo por el que he venido a Lenoir.

Contemplo el rancho mientras cae la noche. Es la primera noche de luna llena, y los recuerdos cobrarán vida en mí. Siempre lo hacen. Contengo la respiración a medida que la luna inicia su lento ascenso por encima de la montaña, con su brillo nacarado rozando justo la línea del horizonte. Los árboles adoptan una tonalidad plateada húmeda, casi líquida; a pesar de que deseo recordar esos recuerdos agridulces, me doy la vuelta y miro de nuevo hacia el rancho.

Durante un largo rato, espero en vano. La luna continúa su lento arco a través del cielo, y una a una, las luces de la casa se apagan. Me sorprendo a mí mismo con la vista fija en la puerta de la entrada, ansioso, esperando lo imposible. Sé que ella no saldrá, pero, sin embargo, no consigo convencerme para levan-

315

tarme y marcharme de allí. Respiro despacio, concentrándome en un intento de atraerla mentalmente hacia el exterior.

Y cuando finalmente la veo salir de la casa, un escalofrío me recorre la espalda, un extraño cosquilleo que nunca antes había experimentado. Ella se detiene en el umbral de la puerta, y la observo mientras parece mirar directamente hacia donde yo me hallo sentado. Me quedo paralizado, aunque no tenga motivos; sé que es imposible que me vea. Desde mi posición, contemplo cómo Savannah, sigilosamente, cierra la puerta a sus espaldas. Baja los peldaños despacio y se dirige al centro de la explanada.

Allí se detiene y cruza los brazos, mirando por encima del hombro para asegurarse de que nadie la ha seguido. Por fin parece relajarse. Y entonces siento como si estuviera presenciando un milagro, ya que lentamente ella alza la cara hacia la luna. La veo embelesarse con esa visión, hipnotizada por el cúmulo de recuerdos que la invaden; en esos instantes no deseo nada más que hacerle saber que estoy allí. No obstante, en lugar de eso, me quedo inmóvil en mi sitio y yo también alzo la vista hacia la luna. Por un instante efímero, me estremezco por la inexplicable sensación de que, de nuevo, los dos estamos juntos.

316

Agradecimientos

*L*a escritura de esta novela ha supuesto para mí un placer y un reto a la vez; un placer porque espero que los personajes reflejen el honor e integridad de aquellos que sirven en el Ejército, y un reto porque, con absoluta franqueza, asumo como un reto cada nueva novela que escribo. Existen personas, sin embargo, que hacen que ese desafío resulte mucho más fácil, y sin más preámbulos, deseo darles las gracias.

A Cat, mi esposa y la mujer a la que amo de todo corazón. Gracias por tu paciencia, amor mío.

A Miles, Ryan, Landon, Lexie y Savannah, mis hijos. Gracias por vuestro eterno entusiasmo, chicos.

A Theresa Park, mi agente. Gracias por todo.

A Jamie Raab, mi editora. Gracias por tu afabilidad y sagacidad.

A David Young, el nuevo director ejecutivo de Hachette Book Group en Estados Unidos, a Maureen Egen, a Jennifer Romanello, a Harvey-Jane Kowal, a Shannon O'Keefe, a Sharon Krassney, a Abby Koons, a Denise Di Novi, a Edna Farley, a Howie Sanders, a David Park, a Flag, a Scott Schwimer, a Lynn Harris y a Mark Jonson, entre otros. Gracias por vuestra amistad.

A mis compañeros entrenadores y a los atletas del equipo del programa olímpico juvenil New Bern High School (que han ganado tanto el campeonato de pista cubierta como el de al aire libre del estado de Carolina del Norte): Dave Simpson,

Philemon Gray, Karjuan Williams, Darryl Reynolds, Anthony Hendrix, Eddie Amstrong, Andrew Hendrix, Mike Weir, Dan Castelow, Marques Moore, Raishad Dobie, Darryl Barnes, Jayr Whitfield, Kelvin Hardesty, Julian Carter y Brett Whitney, entre otros, ¡por una temporada brillante, chicos!

Este libro utiliza el tipo Aldus, que toma su nombre
del vanguardista impresor del Renacimiento
italiano Aldus Manutius. Hermann Zapf
diseñó el tipo Aldus para la imprenta
Stempel en 1954, como una réplica
más ligera y elegante del
popular tipo
Palatino

***
**
*

Querido John se acabó de imprimir
en un día de invierno de 2009, en los
talleres de Brosmac, carretera
Villaviciosa de Odón
(Madrid)

***
**
*